Gaby Köster

DIE CHEFIN

Roman

Pendo München Zürich

Mehr über unsere Autoren und Bücher:
www.pendo.de

MIX
Papier aus verantwortungsvollen Quellen
FSC® C014889

ISBN 978-3-86612-372-4

Satz: Kösel Media GmbH, Krugzell
Druck und Bindung: Pustet, Regensburg
Printed in Germany

[1]

Das Glück ist ein lausiger Gastgeber. Es lädt dich zu sich nach Hause ein, spendiert dir großzügig einen Schampus, eventuell auch ein paar Lachshäppchen, etwas Fingerfood und lässt dich gönnerhaft Austern schlürfen. Und genau in dem Moment, wo du dich gerade an die gute Kost gewöhnst, räumt das Glück den Tisch ab, schmeißt dich wieder raus und sagt: Die Party ist zu Ende!

Das nennt man Schicksal und man macht dafür gerne die Vorsehung, schlechtes Karma oder irgendwelche höheren Mächte verantwortlich. Aber in der Regel sind die Gründe nicht im Übernatürlichen zu suchen. Manchmal hat das Schicksal auch einfach nur zu große Schuhe.

Til haben solche sogar das Leben gekostet. Dabei stand ihm eine außerordentliche Karriere im Showbusiness bevor. Alle waren sich einig, dass er das Zeug zu einem absoluten Star hatte. Weltweit hätten sich Kamerateams darum gerissen, über ihn berichten zu dürfen, seine Facebookseite hätte Hunderttausende von Freunden gehabt.

Til war ein Keinohrhase. Und zwar ein echter! Benannt nach Til Schweiger, dem Hauptdarsteller und Produzenten der Komödie »Keinohrhasen«. Er war ein total süßes, braun-weißes Kaninchen mit großen, dunklen Knopfaugen, das durch einen genetischen Defekt ohne Ohren zur Welt gekommen war. Anfang 2012 in einem Zoo in der Nähe von Chemnitz. Der kleine ohrlose Til war so goldig und putzig, dass sofort klar war, dass er die Attraktion des Tierparks werden würde und selbst Berühmtheiten wie Eisbär Knut, Krake Paul oder das schielende Opossum Heidi noch weit in den Schatten gestellt hätte. Doch kurz nach seiner Geburt geschah bei Filmarbeiten über ihn das fürchterliche Unglück. Es war die allerletzte Einstellung des TV-Drehs in Tils Stall. Der Kameramann ging in die Hocke, dann erhob er sich, trat einen Schritt zurück und merkte plötzlich, dass er auf etwas stand. Etwas sehr Weichem. Er drehte sich um, hob seinen Fuß und sah, dass das Weiche der löffellose Hauptdarsteller war, der sich im Stroh versteckt hatte. Und den er nun unter seinen zu großen Schuhen zerquetscht hatte.

Til wurde nur gut zwei Wochen alt und wird als der James Dean der Tierwelt in die Filmgeschichte eingehen. Zu früh gestorben, für immer eine Legende. Aber so ist das im Leben. Til hatte das Schicksal einfach nicht kommen hören. Wie auch, ohne Ohren?

Aber uns allen geht es nicht anders als Til, wir haben keine Ohren für solche Sachen. Wenn das Schicksal zu einem seiner berüchtigten Schläge ausholt, stehen wir ohne Deckung da und lassen uns von dem Miststück ausknocken.

So war es auch bei Marie Sander gewesen, sie hatte ihr Schicksal weder vorher gehört noch gesehen noch geahnt noch gespürt. Schließlich war sie keine Maus, die schon Tage vor einem schweren Erdbeben aus ihrem Loch flüchtet, kein Hund, der vor einem drohenden Vulkanausbruch zu jaulen anfängt, und auch kein Vogel, der mit solch feinen Sinnesorganen ausgestattet ist, dass er einen Tsunami kommen spürt.

Und deshalb lag Marie Sander jetzt zu Hause in ihrem Bett und schaute fern. Seit Tagen, seit Wochen oder genauer gesagt seit vier Monaten, elf Tagen und zwölf Stunden. So lange war es her, dass sie aus dem Krankenhaus und der Reha wieder nach Hause zurückgekehrt war. Insgesamt elf Monate nachdem ihr Leben ins Rollen gekommen war. Und das im wahrsten Sinne des Wortes, denn Marie Sander saß im Rollstuhl. Seit dem Tag, an dem das Schicksal ihr einen Schlag versetzt hatte. Unvermittelt, hinterhältig, anfallartig. Deshalb heißt es ja auch Schlaganfall.

Früher bestand ihr Leben aus Rock'n'Roll, heute kaum noch aus Rock, dafür umso mehr aus Rollen. Früher war sie Sängerin und Bassistin, doch seit ihr linker Arm seinen Dienst verweigerte, war ans Bassspielen nicht mehr zu denken. Dabei war Marie Sander mal richtig gut im Geschäft gewesen. Sie hatte drei Nummer-1-Hits geschrieben, zwei goldene Schallplatten und einen Echo verliehen bekommen. Sie hatte schon ihr ganzes Leben lang Musik gemacht, doch eines Tages, vor ungefähr zehn Jahren, war der Erfolg plötzlich über sie hereingebrochen. Das Glück hatte sie zu sich nach Hause eingeladen und sie reich bewirtet. Hatte sie mit Lachsschnittchen nur so überschüttet. Sie hatte dankend angenommen und sich nie etwas drauf eingebildet, denn sie sagte sich immer: Erfolg steigt nur zu Kopf, wenn dort der erforderliche Hohlraum vorhanden ist. Sie hatte auch nie versucht, sich ihren Erfolg zu erklären. Sie sagte sich: Ich bin wahrscheinlich so ähnlich wie Heidi, das schielende Opossum. Das hatte sich auch nie gefragt, warum es so berühmt geworden war, und obwohl es nichts konnte, außer dumm herumsitzen und schielen, hatte es genau so viel Facebookanhänger wie Angela Merkel. Gut, manche sagen: Kein Wunder, denn dumm herumsitzen und blöd gucken, mehr macht Angela Merkel ja auch nicht.

Bei Marie Sander kam der Erfolg vielleicht daher, dass sie es nie auf den Erfolg angelegt hatte. Sie hatte ihn einfach mitgenommen und sich gesagt: Erfolg, das ist wie eine Wagneroper in Bayreuth. Man versteht es nicht, man weiß nur: So lange die dicke Frau noch singt, ist die Oper nicht zu Ende.

Aber jetzt sang Marie Sander nicht mehr, sie stand nicht mehr auf der Bühne, die Oper war zu Ende.

Der Fernseher lief und tauchte ihr Wohnzimmer in ein Licht, als wenn eine Hundertschaft der Polizei nachts zum Großeinsatz mit Blaulicht durch ein Aquarium fährt. Marie schaute auf das gegenüberliegende Gebäude. Sie fragte sich, welche Opern dort hinter den Fenstern der ehemaligen Nähmaschinenfabrik, in der sich heute hippe Lofts befanden, jetzt gerade aufgeführt wurden. Waren es komische Opern? Waren es dramatische Opern, in denen am Ende immer einer stirbt? Vielleicht passierte genau in diesem Moment hinter einem der Fenster gerade etwas ganz Furchtbares. Raubmord, Totschlag oder noch schlimmer: eine nächtliche Wiederholung von »Wetten, dass ...?« mit Markus Lanz als Moderator.

Marie Sander musste kurz auflachen. Bei all den Dramen, die sich eventuell in diesem Moment in dem Gebäude gegenüber abspielten, war da ihr eigenes Drama wirklich das schlimmste von allen? Dieser Gedanke half ihr oft, wenn sie mit ihrem Schicksal haderte. Dann dachte sie: Egal, wie scheiße dein Leben auch sein mag, es gibt immer irgendwo auf der Welt ein dickes Kind, dem gerade ein Eis runterfällt, bevor es dran lecken kann.

Marie selbst war alles andere als ein dickes Kind. Bei einer Größe von eins vierundsiebzig wog sie fünfzig Kilo, sie konnte essen wie ein Schaufelradbagger im Braunkohleabbau und nahm einfach nicht zu. Selbst jetzt mit zweiundvierzig im Rollstuhl sitzend nicht. Auch sonst hatte sie der Schlaganfall optisch nicht sehr verändert. Sie hatte leicht hagere, aber feine Gesichtszüge und Augen, auf die jeder sibirische Tiger neidisch gewesen wäre. Ihre Haare waren rot wie glühende Stahlschlacke, die frisch aus dem Hochofen fließt. Wenn sie nicht gerade mal wieder weißblond waren. Trotz wechselnder Farben waren sie aber immer zügellos in alle vier Himmelsrichtungen aufgetürmt und hochtoupiert. Sorgsam über Jahre mit so viel Haarspray, Gel und Chemie behandelt, dass jede Sondermülldeponie dagegen der reinste Kurpark war. Ihr Geschmack ließ sich in einem einzigen Satz zusammenfassen: Je wilder, umso besser! Das hatte durchaus Nachteile, denn ihre Haare führten ein Eigenleben und in ihnen verschwanden von Zeit zu Zeit Dinge wie in einem Bermudadreieck. Mit dem ihr eigenen Hang zu Übertreibungen beteuerte sie, nach dem Waschen darin schon Kämme, Schokoriegel, Kaffeetassen und einmal sogar den Wellensittich gefunden zu haben, der ihrer Nachbarin Frau Schmitz entflogen war.

[2]

Marie schaltete den Fernseher aus. Dunkelheit legte sich wie schwarze Rinde über den ganzen Raum. Sie stemmte sich in ihren Rollstuhl, rollte ans Fenster und zündete sich eine Zigarette an. All ihre Ärzte hatten ihr nach dem Schlaganfall dringend dazu geraten, mit dem Rauchen aufzuhören. Aber für sie war das – so unvernünftig es auch sein mochte – ein letztes Stück Selbstbestimmung, das sie sich nicht nehmen lassen wollte. Sie sagte sich: Na, und? Rauchen ist vielleicht krebserregend, aber mir ist doch egal, was Krebse lüstern macht!

Sie nahm einen tiefen Zug und sah hinüber zur Wohnung des avantgardistischen Malers Carsten Rottmann, die in das bleigraue Licht eines in die Wand eingelassenen Koibeckens getaucht war. Drei ausgewachsene Zierkarpfen mussten sich dort ihre Unterkunft mit einem Dutzend aufgeschlitzter Barbiepuppen teilen. Warum? Weil Rottmann dies offenbar für Kunst hielt.

Marie ließ ihren Blick weiter durch den Raum schweifen und plötzlich fuhr ihr blankes Entsetzen in die Glieder. Eine Leiche hing an einem Galgen mitten in Rottmanns Loft! Das Blut tropfte aus den Mundwinkeln des leblosen Körpers, formte auf dem weiß getünchten Boden eine tiefrote Lache, während ein Vogel Fleischstücke aus dem baumelnden Kadaver herauspickte. Marie drehte sich der Magen um. Sie griff zum Telefon, um die Polizei zu rufen, schaute dann aber noch einmal hin und musste grinsen. Das war kein menschlicher Leichnam, der da am Strick hing, sondern eine Vogelscheuche in einem apricotfarbenen Businesskostüm und mit einem schwarzen Raben auf der Schulter. Die zur Raute geformten Hände der abstrusen Kunstinstallation sollten wohl an Angela Merkel erinnern und wahrscheinlich ein Fanal gegen deren Politik darstellen. Nach Maries Auffassung zeichneten sich Rottmanns Werke nicht durch Talent, sondern durch Geschmacklosigkeit aus. Er hatte am Hauptbahnhof vor den Toiletten dreihundertfünfundsechzig Plastikgartenstühle mit der Aufschrift »Harter Stuhl« aufgestellt und einen lebenden Hamster vierundzwanzig Stunden auf einen rotierenden Ventilator gebunden. Marie begriff einfach nicht, wie man mit so einem pubertären Unsinn Geld verdienen konnte. Und dass Rottmann damit offensichtlich viel Geld verdiente, war nicht zu übersehen. Seine Wohnung war zwar spärlich, aber sehr hochpreisig eingerichtet. Klare Linien, kein Schnickschnack, kahle mintgrüne Wände, eine davon mit alten Fix-und-Foxi-Heften tapeziert, vor der ein goldenes Regal stand. Dazu ein LC3-Sofa von Le Corbusier, eine Palisanderliege von Mies van der Rohe, ein Kirschholztisch von Frank Lloyd Wright, ein glänzender Chromsekretär und ein ungefähr drei Quadratmeter großer, pinkfarbener Bang&Olufsen-Fernseher. In diesem inhaltsleeren Ambiente bewegte sich Rottmann wie eine lebende Karikatur des modernen Kunstbetriebs. Nur heute nicht, heute war seine Wohnung leer bis auf die Koikarpfen im Aquarium, die arrogant-gelangweilt auf die Barbiepuppen starrten.

Eine Etage höher im Penthouse auf dem Dach der ehemaligen Fabrik ging das Licht an. Wie jeden Abend um diese

Uhrzeit. Ein athletischer, kraftstrotzender Mittvierziger betrat nur in Jogginghose und Turnschuhen gekleidet sein Wohnzimmer, das allerdings eher einem Fitnessstudio glich. Bis auf ein altes Ikeasofa war es vollgestopft mit Hantelbänken, Rudermaschinen, Beinpressen, Bi-, Tri- und Quadrizepscurlern. Besäße der Mensch auch einen Octozeps und einen Monozeps, der Mann hätte sich bestimmt sofort die entsprechenden Foltergeräte angeschafft. Sein äußeres Erscheinungsbild ließ sich mit drei Wörtern zusammenfassen: »Muskelschmalz« und »unbewegte Miene«. Sein Vorname war Tarkan. Sein Nachname lautete Batman. Als Marie dies vor einigen Tagen durch einen neugierigen Blick auf sein Klingelschild herausbekommen hatte, dachte sie: Wow! Batman ist also im bürgerlichen Leben ein Bodybuilder aus Köln und muss allabendlich seine Muskeln stählen, um nachts Gotham City von allen Verbrechern zu befreien!

Sein Name rührte allerdings nicht von dem amerikanischen Comichelden, sondern von der gleichnamigen Stadt im Südosten der Türkei.

Der osmanische Batman von gegenüber stemmte gerade eine Hundertdreißig-Kilo-Langhantel in die Höhe, der Schweiß lief ihm dabei in Strömen über den nackten Oberkörper. Wie jeden Abend schaute Marie dem Spektakel gebannt zu. So gebannt, dass sie automatisch zu dem Fotoapparat griff, der neben ihr auf dem Tisch lag. Sie zoomte sich ihr Gegenüber näher heran, um es genauer betrachten zu können. Ihr gefielen die leicht asiatischen Gesichtszüge des Bodybuilders und seine großen, rußfarbenen Augen. Ihr Blick heftete sich an seinen Oberkörper. Jeder einzelne Muskel war definiert, und zwar eindeutig definiert als Quell des Entzückens. Ihr Blick folgte einem einzelnen Schweißtropfen auf seiner Reise durch die hügelige Dünenlandschaft seines kaum bewaldeten Sixpacks bis in tiefere Regionen, deren Fauna sie sich nicht vorzustellen wagte. Was waren das für seltsame Phantasien, die dieser aufgepumpte Adonis in ihr auslöste? Wahrscheinlich litt sie unter Entzug, vor allem nachdem sie ihrem Freund vor drei Monaten den Laufpass gegeben hatte. Einen Tag vor ihrem zweiundvierzigsten Geburtstag. Denn Manni-Hasi hatte sich zwar immer sehr gerne in ihrem Erfolg gesonnt und es geliebt, sie auf irgendwelche Preisverleihungen zu begleiten. Mit ihrer Krankheit konnte er allerdings wenig anfangen. Die würde ihn irgendwie überfordern und außerdem habe er irgendwie keine Schmetterlinge mehr im Bauch.

»Weißt du was, Sportsfreund?«, hatte sie erwidert. »Wenn du Schmetterlinge im Bauch willst, dann steck dir Raupen in den Arsch!«

Er hatte ihr dann noch vorgeschlagen, dass sie ja Freunde bleiben könnten, doch Marie hatte nur gedacht: »›Wir können ja Freunde bleiben‹ ist das Gleiche wie ›Dein Hund ist tot, aber du darfst ihn behalten.‹«

Und dann hatte sie ihn mit einem »Leck mich doch, du Sack!« achtkantig vor die Tür gesetzt. Ihren zweiundvierzigsten Geburtstag hatte sie danach in ganz kleinem Rahmen gefeiert, nur mit ihren Freunden Jonny Walker, Mai Tai und Veuve Cliquot. Noch vor Mitternacht war sie dann ins Bett gegangen, nicht ohne vorne noch lattenstramm eine Runde mit dem Porzellanbus gefahren zu sein.

Marie rollte in die Küche, um sich etwas zu trinken zu holen. Sie war gerade an ihren Fensterplatz zurückgekehrt und hatte sich ihren Fotoapparat geschnappt, da bemerkte sie, dass auch Tarkan den Raum verlassen hatte. Eine Minute später kam er mit einem Schild in der Hand aus dem Nebenraum zurück, ging ans Fenster und hielt den Karton dagegen. Darauf stand mit einem dicken Edding in großen Buchstaben geschrieben: »Bekomme ich einen Abzug?«

»Verdammter Bullshit!«, erschrak Marie. »Er hat bemerkt, dass ich ihn beobachte, weil ich Idiot das Licht in der Küche angelassen hab!«

Vor lauter Scham fing ihr Kopf an, hochrot zu leuchten, denn nun stand sie vor ihm da wie ein notgeiler Voyeur oder Spanner. Tarkan hingegen nahm den Pappkarton vom Fenster, beschriftete dessen Rückseite, um diese dann an die Scheibe zu drücken: »Wie heißt du?«

Marie überlegte lange. Dann rollte sie zu ihrem Schreibtisch, schrieb ihren Namen auf einen DIN-A3-Umschlag und zeigte diesen ihrem Nachbarn: »M A R I E«. Kurze Zeit später erhielt sie eine erneute Botschaft von gegenüber: »Freitag Frühstück?«

Sie nickte, winkte kurz, dann rollte sie in ihr Schlafzimmer, nicht ohne vorher das Licht in der Küche gelöscht zu haben.

[3]

Marie wusste nicht, warum, aber sie fühlte sich am nächsten Morgen so leicht wie schon lange nicht mehr. Eine Stimmung, die so ganz anders war als die der vergangenen Monate, in denen sie auch noch die letzten Reste ihres verbliebenen Lebensglücks mit dem lähmenden Gips ihrer dunklen Gedanken verspachtelt hatte. Ihre Freunde machten ihr permanent Vorhaltungen, dass sie mehr und härter an sich arbeiten müsse, dass sie ihre therapeutischen Übungen ernster nehmen solle und dass sie nicht genug für die Wiederherstellung ihres lädierten Körpers tue.

Sie sagte dann immer: »Klar, mache ich, für den nächsten Marathon habe ich mich schon angemeldet!«

Aber sie war nun mal kein Leistungssportler, der es gewohnt ist, mit eiserner Disziplin zu kämpfen und zu trainieren. Wie kann man das von einem Menschen, der nie extrem viel Sport getrieben hat, plötzlich erwarten? Sie war doch nicht faul, sie war nur physisch etwas konservativ.

Amtsärzte dagegen versuchten permanent, den Grad ihrer Behinderung kleinzureden. Neulich fragte sie eine neurologische Ärztin allen Ernstes, ob sie denn ihren Haushalt alleine erledigen würde. »Ja, wie denn? Mit einem Arm? Und meine Füße haben diesbezüglich noch kein Talent! Aber wenn Sie meinen, dann geh ich demnächst morgens nach dem Aufstehen erst mal in die Küche, guck mir das schmutzige Geschirr vom Vortag an und schwinge dann munter meine Spülaxt. Alles, was dabei kaputtgeht, ist dann praktisch sauber, weil nicht mehr existent! Und was heil bleibt, hat eben Pech, muss puppenlustig so lange vor sich hin schimmeln, bis der linke Arm wieder funktioniert. Oder warten, bis es von der Spülaxt bei der nächsten Runde getroffen wird!«

Es war nicht so, dass sie gänzlich in Depressionen versunken war, sie war es einfach nur satt, auch gedanklich dauernd zu kämpfen und dauernd positiv denken zu müssen.

Unzählige Psychoratgeber, Glücksexperten und Gute-Laune-Propheten wollen den Leuten heutzutage weismachen, man müsse nur richtig denken und schon gebe es keine Probleme mehr auf der Welt. So ein Quatsch! Genauso wie: »Lächle und die Welt lächelt zurück!« Marie wollte aber nicht immer lächeln. Man lächelt doch nur, wenn es einen Grund dafür gibt. Sollte sie eines Tages zum Beispiel Wladimir Putin über den Weg laufen, dann würde sie ihn nicht anlächeln wollen, sondern ihm lieber eins in die Fresse hauen.

»Mein Gott!«, sagte sie sich. »Ich bin ein Homo sapiens und keine Grinsekatze!«

Als Marie hatte feststellen müssen, dass ihr Kopf es müde war, immer nur positiv zu denken, musste sie auch feststellen, dass stattdessen ein Unwetter in Form dunkler Gedankenwolken und bedrohlicher Geistesblitze in ihm aufgezogen war. Sie hatte eindeutig ein böses Tief erwischt. Der Zug ihrer Gedanken war entgleist und es sah so aus, als hätte es keine Überlebenden gegeben.

Doch dieser Zustand war seit heute Morgen plötzlich wie weggeblasen. Sie schaute zur Küche hinüber und fragte sich, ob das wohl mit ihrem Besuch zusammenhing. Es konnte eigentlich nicht sein, denn der Kerl, der dort lautstark seine Anwesenheit kundtat, war doch eigentlich gar nicht ihr Typ.

»Und? Hast du den Zucker gefunden?«, rief sie quer durch ihre Wohnung und erhielt als Antwort nur lärmende Geräusche von klirrendem Geschirr und polternden Töpfen.

»Nicht, dass du das irgendwie falsch verstanden hast. Du solltest uns nur einen Kaffee kochen und nicht gleich die ganze Küche abreißen. Verstehst du?«

Immer noch keine Antwort aus dem Raum am anderen Ende ihres Wohnzimmers.

»Ich weiß auch nicht, wie ihr Männer es immer schafft, euch ein einziges Spiegelei zu braten und dabei gleichzeitig die komplette Küche zu verwüsten. Der Mann meiner Freundin Suse hat neulich selbstständig Wasser gekocht. Hinterher musste Tine Wittler mit einem dreißigköpfigen Handwerkerteam zur Grundsanierung anrücken. Ich bin ja auch der festen Überzeugung, dass die Welt nicht durch einen spontanen, nicht erklärbaren Urknall entstanden ist. Ich bin mir sicher, das Universum war ursprünglich ein frisch geputztes Badezimmer, das im Chaos endete, weil Gott versucht hat, sich zu rasieren!«

Endlich hörten die Geräusche von nebenan auf und stolz wie Johann Lafer nach der Zubereitung eines Siebzehn-Gänge-Menüs stand der Meisterkoch mit zwei Tassen Kaffee im Türrahmen.

»Hast du mir überhaupt zugehört, Tarzan?«, griente Marie ihn an.

»Ich heiße nicht Tarzan, ich heiße Tarkan! Das weißt du genau!«, kam es missmutig zurück.

»Ja! Du siehst aber eher nach Tarzan aus! Ich mein, mit deinen ganzen Karnevalsmuskeln, die du dir mühsam antrainiert hast. Ich muss das ja jeden Abend mit ansehen, wie du drüben in deiner Fitnesshölle Eisen pumpst.«

Tarkan reagierte nicht, all ihre um Lockerheit bemühten Sprüche schienen an ihm abzuprallen. Er machte weder den Eindruck, dass er sich von ihnen provoziert fühlte, noch dass er sie in irgendeiner Art lustig fand. Er schaute ihr beim Reichen der Tasse nur eindringlich in die Augen, verharrte so einen Moment und sagte dann beiläufig: »Ich weiß, dass du darauf stehst.«

Sie verschluckte sich fast am Kaffee. Was erzählte er da? Das war völliger Unsinn! »Nee! Also, wenn du meine ehrliche Meinung hören willst: Du siehst aus wie 'n frisch rasiertes Mammut, und dein Oberkörper erinnert mich an ein mit Walnüssen vollgestopftes Kondom!«

»Und warum schaust du mir dann jeden Abend beim Training zu?«

»Das sind Naturstudien. Für mich ist das wie eine Tierreportage auf Discovery Channel: Neueste Berichte aus dem Leben der Primaten und Alphatierchen.«

»Du interessierst dich für Menschenaffen?«

»Klar, würde ich sonst mit dir reden?«

Ein ganz leichtes Lächeln zuckte in seinen Mundwinkeln, doch er schluckte es wie einen hängen gebliebenen Brotkrümel augenblicklich wieder herunter.

»Und du hältst mich also für ein Alphamännchen! Danke für das Kompliment!«

»Du musst ein Alphamännchen sein. Wie sonst kann man seinen Arsch nur so selbstsicher durch die Welt tragen? Das ist das typische Imponiergehabe von Primaten!«

»Na und? Was ist daran so schlimm, wir stammen doch alle vom Affen ab.«

Mittlerweile fing sie an, Spaß daran zu finden, sich mit ihm zu streiten: »Dass wir alle vom Affen abstammen, ist doch gar nicht die Frage, sondern die Frage ist, wie viele Generationen dazwischenliegen. Wenn du in den Zoo gehst, musst du dich garantiert am Ausgang immer ausweisen, damit sie dich wieder rauslassen, oder?«

Er nahm einen Schluck Kaffee, ließ diesen gurgelnd die Kehle hinunterlaufen und zeigte keinerlei Reaktion. Marie gelang es einfach nicht, ihn aus der Reserve zu locken. »Wahrscheinlich erzählst du mir gleich, dass du als Alphamännchen auch diesen enormen Drang besitzt, möglichst viele Weibchen zu begatten. Aber nicht aus Eigennutz, sondern zum Wohle der Menschheit – weil du weißt, dass deine Gene echte Qualitätsgene sind und weitergegeben werden sollten.«

»Qualitätsgene! Danke! Schon wieder ein Kompliment.«

»Ganz und gar nicht! Denn Alphamännchen sind in Wahrheit echte Luftkoteletts. Wusstest du zum Beispiel, dass im Tierreich die Schimpansen-Rudelführer den Rekord für die schnellsten Quickies halten? Drei Sekunden! Da wird Cheetah nicht oft auf ihre Kosten kommen.«

Er leerte seine Tasse, stellte sie auf den Tisch und ging einen halben Schritt auf sie zu.

»Weißt du was? Ich glaube, wenn du damals bei King Kong die weiße Frau gewesen wärst – der Affe hätte dich nach zehn Minuten wieder an den Marterpfahl zurückgehängt!«

Jetzt war sie es, bei der ein leichtes Lächeln auf den Mundwinkeln zuckte.

»Dabei träumst du doch insgeheim auch von King Kong. Würdest du mich sonst so oft beobachten?«

»Du meinst, ich träume von der archaischen Wildheit und dem Animalischen, das in euch Männern nun mal drinsteckt, weil es eure Natur ist? Du hast sie ja nicht mehr alle, Tarzan!«

»Ich heiße Tarkan!«, knurrte er zurück. »Ich bin auch nicht der König des Dschungels. Höchstens der König der Dummköpfe«, fügte Tarkan leise hinzu.

Auf Maries fragenden Blick fuhr er fort: »Früher war ich

mal Polizist, hab aber wegen illegalem Handel mit anabolen Steroiden meinen Job verloren und schlage mich heute als Türsteher durch.«

Er schaute sie herausfordernd an und setzte sich lässig auf die Kante des giftgrünen Tisches. Ein Bein blieb auf dem Boden, das andere stellte er auf die Lehne ihres Rollstuhls. Marie hatte sofort den Impuls, ein Stück von seinem Bein wegzurücken, da sich seine Geste viel zu intim anfühlte. Doch dann ließ sie es geschehen. Er beugte sich zu ihr hinüber, und nun endlich öffneten sich seine Gesichtszüge wie ein Vorhang, durch den man das Sonnenlicht ins Zimmer lässt.

»Sag mal, redest du eigentlich immer so viel?«

»Nur wenn der andere so wenig zum Gespräch beiträgt. Wenn Schweigen wirklich Gold ist, dann musst du verdammt reich sein.«

Er schaute sie nun wieder ernst an: »Es gibt ja auch nicht so viel zu reden. Außer wenn du wirklich was von mir willst, dann sag das ruhig. Ich hab da keine Probleme mit.«

Beide sahen sich schweigend an.

»Was läuft denn hier gerade ab?«, fragte Marie schließlich nervös. Ihr lädiertes, lahmes Bein fing an, unkontrolliert zu zittern.

»Das weißt du genauso gut wie ich!«

»Wie? Meinst du, hier läuft gerade ›Love me tender‹?«

»Eher ›Ticket to ride‹ oder meinetwegen auch ›Sexual healing‹«, grinste er unverschämt zurück.

»Ja, klar: ›Sexual healing‹!«, stöhnte Marie laut auf. »Aber ich als Tierspezialistin hätte es ja wissen müssen. Shrimps haben das Herz im Kopf, Männer das Gehirn in der Hose. Wir Frauen sind da anders. Ich hab mal gelesen, dass nur drei Prozent der Männer, aber achtzig Prozent der Frauen für hunderttausend Euro ein Jahr auf Sex verzichten würden.«

»Bist du etwa arm? Brauchst du hunderttausend Euro?«

Sie schüttelte den Kopf und senkte den Blick. Ihre Beinmuskeln bewegten sich wie von Geisterhand, und ein Schauer durchzuckte ihren gesamten Körper.

»Oder hast du Probleme damit?«, drängte er weiter, während sich Maries Gedankenkarussell ruckartig in Bewegung setzte. Was machte sie hier? War sie im Begriff, sich von dem wandelnden Fleischpalast, der ihr gegenübersaß, verführen zu lassen? Wollte sie das? Obwohl sie ihn erst heute kennengelernt hatte? Obwohl er gar nicht ihr Typ war?

Ja, sie wollte.

Nein, sie wollte nicht.

Ja ... Nein ... Ja ... Das Karussell nahm immer mehr Fahrt auf. Drehte sich mit zunehmender Geschwindigkeit mal nach oben, mal nach unten. Änderte urplötzlich die Richtung, um auf einmal gegen den Uhrzeigersinn zu fahren. Ihr wurde schwindelig, und sie war kurz davor, aus dem Waggon geschleudert zu werden. Sie hatte die Kontrolle über ihr mentales Fahrgeschäft verloren und drohte, von ihren eigenen Gedanken hilflos mitgeschleift zu werden.

Er nahm ihr die Entscheidung ab, indem er sie bei der rechten Hand fasste und sanft über den Ärmel ihres Sweatshirts fuhr. Sie spürte dies wie einen Windhauch und hörte augenblicklich auf zu denken. Es war einfach nur schön, sich endlich mal woanders als in seinen Gedanken aufzuhalten. Er ergriff ihre linke Hand, und sie rief dieser zu: »Mach mit!« Aber nichts passierte, alle Empfangsgeräte dort waren abgestellt.

[4]

Tarkan hatte ihre Hand wieder losgelassen, die Mittagssonne leckte an dem grünen Holztisch, und Marie schaute aus dem Fenster. Ihr Blick wanderte hinüber zum Atelier von Carsten Rottmann, dem Maler. Und plötzlich sah sie dort zwei Gestalten durch sein Loft huschen. Sah, wie diese sich aus dem Schlafzimmer kommend umblickten und zum goldenen Bücherregal und zu Rottmanns Schreibtisch liefen. Sie kniff die Augen zusammen, um mehr erkennen zu können. Eine der beiden Gestalten riss nun hektisch die Schubladen des Chromsekretärs auf, und da war sie sich sicher: Einbrecher! »Tarkan! Drüben bei Rottmann wird eingebrochen!«, rief sie aufgeregt und griff zu ihrem Handy.

Doch Tarkan nahm es ihr aus der Hand und flüsterte: »Die schnappe ich mir. Bis die Polizei da ist, sind die doch längst über alle Berge!«

Noch bevor sie etwas erwidern konnte, hatte er sich auch schon in Bewegung gesetzt. Er sprang vom Tisch, griff sich einen darauf liegenden Schraubenzieher und stürmte quer durch die Wohnung rennend aus der Wohnungstür.

»Hey!«, rief Marie ihm hinterher. »Was willst du denn mit dem Schraubenzieher? Die Einbrecher an die Wand schrauben, bis die Polizei da ist?«

Während Tarkans Schritte dumpf durch den Hausflur hallten, blickte sie wieder rüber zu Rottmann und sah, dass die eine Gestalt mittlerweile sämtliche Schubladen herausgerissen und auf den Boden geworfen hatte. Die andere hatte das goldene Bücherregal ausgeräumt und dessen Inhalt auf dem Parkett verteilt. Kein Handgriff der beiden schien zufällig zu sein, sie gingen mit solch einer Geschwindigkeit zu Werke, dass ihr sofort klar war: Das mussten echte Profis sein. Ab und zu begutachteten sie irgendetwas und warfen es dann desinteressiert hinter sich. Schließlich zerrten sie zwei an der Wand lehnende Bilder aus ihrer Luftpolsterfolie und steckten sie in eine Umhängetasche. Marie wollte nun doch die Polizei rufen. Aber Tarkan hatte in der Hektik vergessen, ihr das Handy zurückzugegeben, sodass ihr nichts anderes übrig blieb, als tatenlos von ihrem Rollstuhl aus das Geschehen gegenüber zu verfolgen. Die kleinere der beiden Gestalten rief die größere zu sich herüber. Anscheinend hatte sie etwas ganz Besonderes gefunden. Beide verharrten einen Augenblick regungslos und blickten auf ein weißes Ding, das wie ein kleines Paket oder ein dicker Briefumschlag aussah. Dann steckten sie dieses in ihre Umhängetasche, rannten los und verschwanden.

Rottmanns Atelier war wieder leer. War schon vorher kein einziges Geräusch des Einbruchs zu hören gewesen, so war die Stille jetzt regelrecht fühlbar und krabbelte wie ein Insekt durch Maries Ohren. Die Einbrecher waren fort, Tarkan hatte sie verpasst. Was war er nur für ein Idiot, ihr Handy mitzunehmen und zu versuchen, wie ein wild gewordener Berggorilla den Ärger in seinem Revier auf eigene Faust zu beenden. Ihr selbst war das ziemlich egal, da sie Carsten Rottmann und auch seine Bilder ohnehin nicht sonderlich mochte. Doch die plötzliche Aufregung tat ihr nicht gut. Seit dem Schlaganfall verhedderten sich die Verkabelungen ihres Hirns schnell wie ein Wollknäuel, das durcheinandergerät. Sie brauchte dann immer ein wenig Zeit, um alles in ihrem Oberstübchen wieder an seinen Platz zu stellen, und versuchte daher, sich diese gedanklichen Aufräumarbeiten möglichst zu ersparen.

Sie schaute zum Eingang ihrer Wohnung hinüber, in dem die Tür weit offen stand. Wo war Tarkan nur abgeblieben? Sie rollte mit ihrem Rollstuhl zur Tür und hörte plötzlich im Hausflur lautes, gellendes Kindergeschrei. Was bildeten sich diese Rotzlöffel nur ein? Sie hatte nichts gegen Kinder, aber sie hasste Kinder, die sich nicht zu benehmen wussten. So etwas nervte sie einfach. Wenn sich zum Beispiel an der Supermarktkasse Kinder laut schreiend auf den Boden warfen, weil sie unbedingt einen Schokoriegel wollten. Dann sagte sie den verzweifelten Eltern immer: »Tränen lügen nicht – aber Kondome schützen!«

In all das Kindergeplärr mischte sich jetzt eine lauthals fluchende Männerstimme.

»Wenn Sie Ihre Kinder nicht im Griff haben, kann ich Ihnen gerne die Nummer vom Jugendamt geben! Da arbeiten Profis, die sich mit Kindererziehung auskennen!«, rief sie in den Hausflur.

Der Krach kam nun immer näher, das mobile Krawallkommando war jetzt auf dem Treppenabsatz eine Etage unter ihr, und dann sah sie die Verursacher des Lärms: Es war Tarkan, der einen wild um sich schlagenden Jungen unter dem rechten Arm klemmen hatte und mit dem ausgestreckten linken ein Mädchen am Kragen hielt, das ebenso wild nach ihm trat. Wenn es nicht gerade mit aller Kraft seine Beine gegen das Treppengeländer drückte, um Tarkan am Vorwärtskommen zu hindern. Bei jeder neuen Stufe musste er seinen Arm beugen, um das Mädel gewaltsam auf den nächsten Absatz zu hieven. Und jedes Mal musste er einen gezielten Tritt mitten in die Weichteile einstecken. Jetzt schien Tarkan genug von dem endlosen Kampf zu haben, denn er packte sich auch das Mädchen unter den Arm. Er drückte mit beiden Armen so fest zu, dass die zwei Kinder fiepend und röchelnd nach Luft japsten. Mit einer letzten Kraftanstrengung rannte er die restlichen Stufen hinauf und stürmte in die Wohnung.

»Los, schließ die Tür zu!«, rief er keuchend und blieb in der Mitte des Wohnzimmers stehen. Er bewegte sich keinen Millimeter, stand da wie ein Fels mit zwei zappelnden Kindern unterm Arm. Den Blick in die Ferne gerichtet, sah er aus wie ein sowjetisches Kriegerdenkmal, an dem ein paar Tauben auf der Suche nach Nahrung herumflatterten.

»Wenn ihr mir versprecht, euch ruhig hinzustellen und nicht zu treten und um euch zu schlagen, dann lasse ich euch runter!«

Die Kinder schlugen weiter um sich, und Tarkan erhöhte zur Unterstreichung seiner Worte den Druck seiner Arme merklich. Ein eindringliches Röcheln und anschließendes Kopfnicken waren die Antwort darauf. Er setzte die beiden vorsichtig mit den Füßen auf den Boden. Langsam, wie ein Hobbybastler, der seinen Streichholzturm nicht durch den Windstoß einer überhasteten Bewegung zum Einsturz bringen will, ging er einen Schritt zurück.

Die beiden Kinder standen reglos nebeneinander. Die Augen des Jungen wanderten unstet und argwöhnisch durch den ganzen Raum. Bernsteinfarben funkelnd schossen sie von einem Punkt zum anderen wie bei einem Flipperautomaten, in dem zwei glänzende Stahlkugeln über das Spielfeld jagen. Er hatte dunkelbraune, halblange Haare, trug ein schwarzes Adidas-T-Shirt mit verblichenem goldenem Schriftzug, dazu Jeans und graue Turnschuhe. Ein durchaus hübscher Junge, ein wenig wie Mogli nach einer Neueinkleidung bei H & M. Er war auch ungefähr im gleichen Alter wie das Dschungelkind: zehn oder höchstens elf Jahre. Nur hatte er nichts von Moglis offenen Gesichtszügen, etwas sehr Hartes und extrem Misstrauisches lag in seinem Antlitz. Er sah dadurch aus wie ein Junge, hinter dessen zu dünner Haut sich wie hinter einem Vorhang ein verbitterter alter Mann versteckte.

Das Mädchen war ein wenig älter, vielleicht zwölf oder dreizehn Jahre alt, die Pubertät hatte bei ihr gerade erst schüchtern an der Tür angeklopft. Sie trug einen braunen Kapuzenpullover, verblichene Jeans und rote Converse Chucks. In ihrem rechten Ohr klemmte ein kleiner goldener Ring, und durch braune, von blonden Strähnen durchsetzte Haare, die ihr ins Gesicht fielen, schaute sie starr geradeaus.

»Und? Wer seid ihr? Wie heißt ihr zwei Nervzwerge?«, fragte Tarkan, ohne die beiden aus den Augen zu lassen.

Er erhielt keine Antwort.

»Hallo! Ihr sollt mir eure Namen nennen.«

»Ja, los! Oder soll Onkel Eisenbieger euch wieder ein wenig in die Schrottpresse nehmen?«, fügte Marie hinzu und formte dabei ihren rechten Arm zu einem Schwitzkasten.

»Nix versteh ...«, sagte das Mädchen ausdruckslos. »Nix Deutsch versteh ...«

Tarkan und Marie schauten sich ratlos an. Das Mädchen blickte mit unbewegtem Auge nach vorn und sprach tonlos an ihren kleinen Kompagnon gewandt: »Spune pur și simplu că nu înțelegi limba germana.«[1]

»Eu nu sunt totuși prost«[2], gab der Junge beinahe unhörbar zurück.

»Hai să plecăm. Număr până la trei. Apoi fugim ... unu, doi ...«[3], fuhr das Mädchen fort, wurde aber von Tarkan

[1] »Sag einfach, dass du kein Deutsch verstehst!«

[2] »Ich bin doch nicht blöd!«

[3] »Komm, lass uns abhauen. Ich zähle bis drei. Dann rennen wir. Eins, zwei ...«

schroff unterbrochen: »Nu! Voi rămâneți pe loc. Nix da! Ihr bleibt hier! Und wenn ihr kein Deutsch reden wollt, können wir uns gerne auf Rumänisch unterhalten!«

Verdutzt starrten die beiden Kinder und auch Marie den türkischen Bodybuilder an.

»Hey«, rief Marie, »seit wann gehst du abends nach dem Training noch in die Volkshochschule und lernst Fremdsprachen?«

»Nee, nicht Volkshochschule, rumänische Großmutter! Geboren in Ada Kaleh, einer Donauinsel. Oma war eine muslimische Tatarin. Von der hab ich das, weil ich als Kind lange bei ihr gelebt habe«, zischte er ihr zu.

»Ah, der Herr Tarzan ist ein halber Tartar. Also so eine Art Gehacktes halb und halb!«, frotzelte Marie in seine Richtung.

»Tatar, nicht Tartar! Tataren sind ein altes Turkvolk!«, korrigierte er sie barsch und wandte sich wieder an die beiden Kinder: »So, jetzt passt mal auf, băiat und fată ...«

»Wenn ihr nicht augenblicklich ein bisschen kooperativer seid, dann gibt's mächtig Ärger!«, fiel Marie ihm ins Wort. »Vor allem, wo wir schon mal wissen, wie ihr heißt. Du bist der Băiat und du bist die Fată ...«

Tarkan und die beiden Kinder prusteten gleichzeitig vor Lachen laut los.

»Marie! ›Băiat‹ und ›fată‹, das heißt ›Junge‹ und ›Mädchen‹ auf Rumänisch, das sind keine Namen!«, erklärte Tarkan und verdrehte dabei die Augen.

»Kann man zu Junge statt băiat aber auch tânăr sagen«, rutschte es dem kleinen Mogli heraus, und als er daraufhin ertappt aus der Wäsche schaute, wirkte er auf einmal sehr jung und sehr zerbrechlich.

»So, das hätten wir geklärt. Mein Rumänisch lässt zwar ein wenig zu wünschen übrig, aber zum Glück sprecht ihr zwei Rabauken ja Deutsch. Und wie heißt ihr wirklich?«

»Ich Jordan und das Sorina«, sagte der Junge ein wenig bockig. Marie rollte auf den Jungen zu, stupste ihn halb gereizt, halb versöhnlich in die Seite. »Dann wollen wir doch mal gucken, welche Beute ihr bei eurem kleinen Überraschungsbesuch bei Rottmann erobert habt.«

Sie nahm dem Jungen die Umhängetasche, die er quer über der Schulter hängen hatte, ab und fuhr damit zum Schreibtisch am Fenster.

»Oh, zwei Bilder«, sagte sie mit einem oberflächlichen Blick in die Tasche. »Ob man in dem Fall von Beutekunst reden kann, weiß ich nicht. Denn ›Kunst‹ würde ich Rottmanns Machwerke nicht nennen.«

Ohne weitere Begutachtung schob sie die Bilder zur Seite, griff mit der Hand in die Tasche und holte daraus einen großen Umschlag hervor. Sie öffnete ihn und pfiff durch die Zähne: »Wow, was haben wir denn hier? Geld! Und zwar jede Menge Geld!«

Tarkan nahm ihr den Umschlag ab, holte ein ziegelsteindickes Bündel Hundert-Euro-Scheine heraus, das er augenblicklich zu zählen begann. Als er damit fertig war, rief er: »Meine Herren! Das sind fünfzigtausend Euro!«

Marie schob das Geld wieder in den Umschlag zurück und wog diesen prüfend in der Hand. »Jetzt weiß ich, was der Umrechnungskurs von Euro in Pfund ist. Fünfzigtausend Euro, das ist genau ein Pfund!«

Tarkan runzelte die Stirn. »Ich denke, wir müssen die beiden Kinder zur Polizei bringen.«

Diese zeigten sich erstaunlich unbeeindruckt von Tarkans Drohung.

»Macht nix!«, sagte Sorina, das Mädchen. »Kommen wir in Heim und hauen morgen wieder ab aus Heim!«

Tarkan als Exbulle war auch klar, dass die Polizei strafunmündige Kinder wie Sorina und Jordan nur dem Jugendamt übergeben kann und es in Köln keine geschlossenen Heime gibt, in denen sie zwangsweise festgehalten werden können.

»Irgendwie tun mir die beiden auch leid«, sagte schließlich Marie, »wie alt seid ihr?«

»Ich zehn, Sorina dreizehn«, nuschelte der Junge.

»Mit zehn bricht man doch nicht freiwillig in fremde Wohnungen ein, oder?«

Ein scheues Lächeln legte sich auf das Gesicht des Jungen, und er schüttelte verlegen den Kopf.

Dann schrie er plötzlich laut auf: »Vampirul! E aici!«

Er wies panisch mit dem Arm in Richtung Fenster und zitterte am ganzen Körper, während Sorina schlagartig totenbleich wurde.

»Da drüben! In Haus ist Andras! Der Vampir! Hat gesehen, wie wir Geld gezählt. Viel Geld!«

»Wenn wir Andras nicht Geld geben, er uns prügelt tot!«, rief Sorina und warf sich zusammen mit ihrem Bruder unters Fenster auf den Boden.

Marie und Tarkan blickten auf den Mann im Hausflur vor Rottmanns Wohnung. Er war untersetzt, ein wuchtiger Kraftzwerg mit langer, speckig glänzender Walhalla-Mähne, schwarzem Hemd und schwarz-weißer Harley-Davidson-Jacke, etwa Mitte vierzig. Er schaute sie direkt an, öffnete leicht lächelnd den Mund. Etliche Goldzähne flackerten ihnen wie gefahrkündende Warnblinklichter entgegen.

»Scheiße, der Typ sieht nicht sehr freundlich aus. Ruf die Polizei!«, befahl Tarkan, während Andras, der Vampir, sich vom Fenster wegdrehte und die Treppe hinunterlief.

»Nein!«, schrie Sorina. »Für Polizei zu spät. Andras sehr schnell und bestimmt sehr wütend!«

[5]

Ohne lange zu überlegen, schnappte sich Marie die Umhängetasche mit den Bildern und dem Geld und setzte sich mit ihrem Rollstuhl in Bewegung.

»Das Mädchen hat recht, lass uns abhauen. Ich möchte mich mit dem Schmierlappen nicht auf einen Boxkampf einlassen. Jederzeit gerne, nur nicht jetzt, wo mein linker Haken ein wenig schwächelt!«

Sorina und Jordan packten sich Maries Rollstuhl und schoben sie Richtung Ausgang. Draußen im Flur stürzten alle in den Fahrstuhl. Tarkan hob den Arm, um auf »Erdgeschoss« zu drücken, doch Marie schlug ihm die Hand nach unten: »Bist du wahnsinnig, da laufen wir ihm direkt in die Arme. Drück auf ›Untergeschoss‹.«

Surrend setzte sich der Lift in Bewegung, während Sorina zitternd flüsterte: »Andras unsere Patron! Hat uns gekauft für tausend Euro in Rumänien. Müssen für ihn einbrechen in Häuser! Wenn wir nicht gut, er uns viel schlagen!«

Im Keller angekommen öffnete sich die Fahrstuhltür zu einem weißgekalkten Treppenraum. Durch eine Stahltür an dessen Ende gelangten sie in die Tiefgarage. Marie lenkte ihre drei Begleiter nach links. Neben einem hellblauen Renault Kangoo hieß sie sie anhalten.

»Du hast ein Auto?«, fragte Sorina ungläubig.

»Ja, das ist in Deutschland durchaus normal, dass Leute Autos besitzen!«, antwortete Marie, wohl wissend, dass das Mädchen auf etwas anderes anspielte. »Aber fahr du, Tarkan. Bis ich mich auf dem Sitz sortiert habe, ist das gegelte Spaghettilöckchen bestimmt längst hier!«

Sie wühlte in der Handtasche, die sie sich in ihrer Wohnung noch schnell gegriffen hatte, und stieß dann einen gewaltigen Fluch aus: »Verdammter Hurensalat! Die Drecks-Autoschlüssel liegen oben auf dem Flurtisch!«

Ratlos schauten sich Tarkan und die beiden Kinder an. »Los, ihr Ölgötzen!«, brüllte Marie. »Schiebt mich und rennt! Da geht's lang!«

Der kleine Tross raste zum Eingang der Tiefgarage, preschte die Rampe hoch und gelangte draußen auf die Straße. Ihnen war klar, dass sie mit Marie im Schlepptau zu Fuß keine Chance haben würden, und so winkte Tarkan ein Taxi, das in dem Moment um die Ecke bog, zu sich heran. In Windeseile verstauten sie Marie auf dem Beifahrersitz und den Rollstuhl im Kofferraum. Tarkan und die beiden Kinder nahmen auf dem Rücksitz Platz. Der Fahrer am Steuer des alten Daimlers drehte sich in aller Ruhe eine Zigarette: »Na, Herrschaften, wat verschafft mir die Ehre? Betriebsausflug von der AOK? Wo wolle mer denn hin?«

Er trug eine verblichene Jeansjacke, die er in den Siebzigern aus einem Garagenverkauf von Bruce Springsteen erworben haben musste, dazu einen fusseligen fuchsroten Bart und eine Frisur, die eine Mischung aus Don King und Tinky Winky von den Teletubbies war. Insgesamt machte er den Eindruck, als bestünde seine Hygiene einzig und allein darin, einmal in der Woche in der Waschstraße im Wagen sitzen zu bleiben.

»Wo wir hinwollen?«, raunzte Marie ihn an. »Vor allem mal weg von hier. Und zwar heute noch!«

»Einmal nach weg! In Ordnung!«, grummelte der Taxifahrende Althippie. Er rückte sich auf seinem flokatibezogenen Sitz zurecht, griff mit der linken Hand ans mit Plastiksonnenblumen umwickelte Lenkrad und mit der rechten an den Schaltknüppel. Langsam setzte sich der beigefarbene Mercedes, Baujahr 1982, in Bewegung.

»Sag mal, fährst du schon? Oder hast du nur den Sitz nach vorne geschoben?«, rief Marie nervös. »Mann, gib Gas!«

Pille, so der Name des Althippies, zündete sich die Selbstgedrehte an und hielt Marie eine Postkarte entgegen. »Hier, guck ma, die hat mir ein Kumpel geschickt!«

Auf der Karte war ein Satellitenbild der Erdkugel abgebildet. Am Rand stand geschrieben: »Wünschte, du wärst auch hier.«

»Und ich wünschte, du würdest endlich Gas geben!«, erwiderte Marie wütend. Nervös holte sie eine Zigarette hervor, doch Pille raunzte sie an: »Hier im Taxi ist Rauchverbot!«

Er nahm einen tiefen Zug und zeigte auf ein Nichtraucherschild am Armaturenbrett. »Kannst du nicht lesen?«

Da tauchte plötzlich im Rückspiegel ein schwarzes BMW-M6-Cabrio auf und drängelte gefährlich. Am Steuer saß Andras, der offensichtlich die vier ins Taxi hatte steigen sehen und ihre Verfolgung aufgenommen hatte.

»Marie!«, schrie Tarkan. »Er ist hinter uns!«

»Marie?«, hakte Pille nach. »Doch nicht etwa Marie Sander? ›Die Chefin‹? Wow! Ich habe sämtliche CDs von Ihnen, meine Gnädigste. Denn ich bin Ihr größter Fan und ergebener Diener!«

»Und damit du das auch in Zukunft noch sein kannst, gib endlich Gummi!«

Pille nahm einen erneuten Zug von seiner Selbstgedrehten, deren Qualmgeruch verriet, dass sie nicht nur aus Tabak bestand. Dann drückte er das Gaspedal bis zum Anschlag durch und ging zur Attacke über. Wie vom Teufel besessen bretterte er los, überholte einen Kleinlaster rechts über den Bürgersteig, beschleunigte dann auf Tempo hundert und raste auf der Linksabbiegerspur an einem Stau vorbei, um im allerletzten Moment wieder rechts einzuscheren. Danach überfuhr er die nächsten beiden roten Ampeln und jagte über einen Fahrradweg an einem anhaltenden Müllwagen vorbei. Andras hatte mit seinem Zehnzylinder größte Mühe, an dem altersschwachen Mercedes dranzubleiben. Im Gegenteil, Pille gelang es mit seinen waghalsigen Manövern, den Abstand zu vergrößern.

»Wat sind zehn Zylinder gegen zehn Gramm Marihuana!«, juchzte er. »Ich sag euch, auf Dope fahr ich am besten. Ich bin der Niki Lauda unter den Kiffern.«

»Wollen wir hoffen, dass du nicht auch so endest wie Niki Lauda!«, rief Tarkan verängstigt von hinten.

»Und dass Polizei uns nicht anhält!«, fügte Sorina hinzu.

»Polizei? Die kann mich mal mit ihren Kontrollen! Neulich wurd ich sogar von der Bücherpolizei angehalten! Ich hatte in einem dreibändigen Lyrikbuch gegen die vorgeschriebene Leserichtung quergelesen und dabei ein Lesezeichen umgehauen. Gab drei Punkte in Weimar und einen Monat Leseverbot!«

»Pille hat also eindeutig einen Knall«, dachte sich Marie im Stillen, »wahrscheinlich verursacht durch übermäßigen Konsum von gewissen Substanzen in seinen Selbstgedrehten.« Aber er fuhr wie ein junger Gott. Im dichten Verkehr flog er über die Stadtautobahn, denn von »fahren« konnte in seinem Zustand nicht mehr die Rede sein. Andras' schwarzer BMW war rund fünfhundert Meter hinter ihnen. Als Pille einen erneuten Stau vor sich sah, nahm er mit quietschenden Reifen die Ausfahrt in Richtung Industriegebiet im Osten der Stadt.

»Das Antizipieren von Situationen«, griente er, »setzt logisches Denkvermögen voraus. Ich bin ja eigentlich Philosoph! Also Student der Philosophie. Im siebenundachtzigsten Semester. Und ich sag euch, so eine Verfolgungsjagd ist reine Philosophie! Alles nur eine Frage der Logik!«

»Was sein das? Logik?«, fragte Sorina von hinten.

»Dat is die Lehre des vernünftigen Schlussfolgerns. Logik, dat ist z.B., wenn ich sage: Ich koche heute für euch Oktopushoden. Wie wir alle wissen, hat der Oktopus acht Beine, also kriegt man vier paar Eier! Is ja logisch! Oder wenn ich sage: Ich kenne einen Analphabeten. Der ist bilingual. Der kann in zwei Sprachen nicht lesen. Dat is auch logisch!«

»Ich in alle Sprachen nicht kann lesen!«, platzte es aus Jordan heraus. »Bin ich auch bilidings? Ist das schlimm?«

»Nee, nicht schlimm, aber logisch. Bei deiner Vergangenheit!«, erwiderte Marie. »Logik kannst du ohne Ethik nämlich vergessen! Warum glauben manche Leute, sich über andere Menschen erheben zu dürfen? Wie zum Beispiel dieser Andras?«

»Andras hat auch böse Pitbull, vor dem wir große Angst!«, rief Jordan. »Pitbull ich am liebsten totschlagen!«

»Nee! Ethisch gesehen geht dat nicht!«, sagte Pille. »Dann erhebst du dich genauso über andere Lebewesen. Das darfst du nicht. Da musst du anders vorgehen. Meine Nachbarin hat auch so eine kläffende Scheißtöle. Ich bin also einfach bei der eingebrochen und hab dem Hund Kontaktlinsen in die Augen gesetzt. Kontaktlinsen mit kleinen Katzen drauf. Der Hund ist bekloppt geworden!«

»Ha!«, strahlte Jordan. »Dein Ethikding sehr gut. Ich noch hätte ein Linse rausgenommen, dann Hund wär ganze Zeit im Kreis gelaufen.«

Sie kamen nun in eine Gegend, die weniger stark befahren war. Obwohl Pille den alten Daimler trat, war abzusehen, dass Andras sie bald einholen würde. Hinter den Bahngleisen am Rhein nahm Pille eine Abkürzung über eine Böschung und einen daran anschließenden Grünstreifen. Dann bog er in einer Seitenstraße in einen Gewerbehof, der zum größten Teil aus leerstehenden Fabrikgebäuden bestand und auf dem sich nur die Büroräume einer ganz besonders hippen Werbeagentur befanden. Er sprang aus dem Wagen, riss die Türen auf, rannte zum Kofferraum und wuchtete den Rollstuhl heraus.

»Los, alle raus! Ihr bleibt hier und ich versuche, den BMW allein abzuhängen.«

Marie, Tarkan und die Kinder taten wie ihnen befohlen. Pille sprang zurück in den Wagen. Mit durchdrehenden Reifen und rauchendem Auspuff rauschte er davon.

[6]

»Wir jetzt in Sicherheit vor Andras?«, fragte Sorina ängstlich. Tarkan zuckte mit den Schultern und schaute sich unschlüssig um. Marie rauchte eine Zigarette und wusste auch nicht so recht weiter. In der Ferne hörten sie die röhrenden Motorgeräusche des schwarzen BMWs. Sie blickten zur Einfahrt, und schon donnerten die fünfhundert Pferde des V10-Motors im vollen Galopp an ihnen vorbei.

»Der Spritzlappen wird Pille bald eingeholt haben. Und ich bin sicher, dass er schlagkräftige Argumente hat, um Pille davon zu überzeugen, ihm unseren Aufenthaltsort zu verraten!«, rief Marie. »Wir müssen ein neues Taxi bestellen!«

Tarkan hatte sich ein wenig von den anderen entfernt und schaute auf die Handvoll parkender Autos an der Seite des Grundstücks.

»Tarkan!«, schrie Marie ihm hinterher. »Was machst du da? Wir sind hier nicht auf der Automobilmesse! Wir müssen ein Taxi rufen!«

»Das dauert zu lang!«, rief Tarkan zurück. »Ich hab eine bessere Idee.«

»Etwa zu Fuß? Mit mir? Das hatten wir doch schon mal verworfen! Da können wir uns genauso gut ’ne Wanderdüne als Fluchtfahrzeug nehmen!«

Tarkan hatte sich halb unter eins der geparkten Fahrzeuge gelegt, einen nachtblauen Porsche. Unter dem linken hinteren Kotflügel schien er etwas zu suchen und hantierte mit einem Arm unter dem Blech. Die beiden Kinder schoben Marie zu ihm hin. Tarkan war nun fast vollständig unter dem Radkasten verschwunden, nur seine Stimme war noch zu hören: »Wollen wir doch mal sehen, ob meine Arme lang genug sind. Wir müssen nämlich wegen der Alarmanlage als Erstes die Hupe ausschalten. Die sitzt beim 911er übrigens hinten über dem Getriebe. Leider ist sie nicht über den normalen Sicherungskasten deaktivierbar.«

Marie schaute ihn fassungslos an. »Du willst das Auto klauen?«, sagte sie und schaute auf den lackglänzenden Porscheklassiker aus den Neunzigern. »Das kannst du nicht machen!«

»Natürlich kann ich das«, erwiderte er gelassen. »Ich war mal Polizist, da hab ich so was gelernt!«

Er stöhnte und ächzte, fluchte abwechselnd auf Türkisch und Deutsch, doch dann gab es einen kurzen Ruck und sein Arm kam mit einem Stück Kabel in der Hand wieder ans Tageslicht.

»So, die Hupe ist tot«, lächelte er zufrieden, nachdem er wieder auf die Füße gesprungen war. Er griff in seiner Hosentasche nach dem Schraubenzieher, den er vor einer Dreiviertelstunde von Maries Wohnzimmertisch genommen hatte, und las vom Boden einen herumliegenden Pflasterstein auf. Mit diesen beiden Werkzeugen brach er mit purer Gewalt in kürzester Zeit die Fahrertür auf, und nach weiteren fünf Minuten des ziemlich brachialen, aber höchst professionell wirkenden Arbeitens hatte er das Lenkradschloss geknackt und einige Kabel hinter der Lenksäule freigelegt.

»Los, rein mit euch!«, rief er triumphierend. Die Kinder sprangen in den Wagen. Tarkan half Marie auf den Beifahrersitz und verstaute das Gestell und ein Rad ihres Rollstuhls im nicht gerade übergroßen Kofferraum des Sportwagens. Das zweite Rad legte er Jordan, der hinten neben Sorina auf dem Notsitz saß, auf den Schoß. Er setzte sich ans Steuer und schloss den Motor kurz. Aus zwei Auspufftrompeten drang ein infernalisches Fauchen. Freudig grinsend schaltete er die Halbautomatik in den ersten Gang, und dann schoss der Porsche wild knurrend durch die Einfahrt hinaus auf die Straße.

Am Fenster eines der Büroräume tauchte ein aufgescheuchtes Werbehuhn auf, fuchtelte wild mit den Armen und bemerkte nicht, wie dabei ihre schwarze Designerhornbrille verrutschte und ihr schicker Giorgio-Armani-Hosenanzug verknitterte.

[7]

Tarkan war nach rechts auf die wenig befahrene Industriestraße abgebogen, an deren Ende er auf die Autobahn fahren wollte, um zurück in die Stadt zu gelangen. Er war allerdings noch keinen Kilometer weit gekommen, da sah er ein schwarzes PS-Geschoss auf sie zujagen.

»Runter mit euch!«, schrie er.

Marie drückte ihren Kopf in den Fußraum des Porsches, die Kinder versteckten sich hinter den Sitzlehnen. Tarkan setzte sich geistesgegenwärtig eine auf dem Armaturenbrett abgelegte Gucci-Sonnenbrille auf. Der unwohlbekannte BMW M6 raste an ihnen vorbei, Andras am Steuer warf dabei einen kurzen Blick in den 911er. Aber hinter der Cateye-Sonnenbrille wirkte Tarkan nicht wie Tarkan, sondern wie ein Fünfzigerjahre-Nerd, der von seinen reichen Eltern einen schicken Sportwagen zum Geburtstag geschenkt bekommen hatte.

»Boah! Ich wäre fast in den Graben gefahren!«, rief Tarkan. »Die Brille hat mindestens zwei Dioptrien. Ihr könnt übrigens wieder hochkommen. Der Vampir ist weggeflogen.«

»Ich will Vampir nie, nie, nie, nie wiedersehen!«

Dem sonst so harten Jordan lief eine Träne über die Wange, tropfte auf sein T-Shirt und setzte einen zweiten I-Punkt auf den Adidas-Schriftzug.

Sie bogen um eine Kurve und sahen kurz darauf Pilles Taxi am Straßenrand stehen. Pille selbst saß auf dem Hosenboden, mit dem Rücken an den rechten Vorderreifen gelehnt. Mehrere Platzwunden an seinem Kopf und die zertretenen Scheinwerfer seines Taxis zeugten von Andras' Wut über sein Täuschungsmanöver.

Marie versorgte seine Wunden und fluchte dabei über die kaltblütige Brutalität des Vampirs. Doch Pille bemerkte nur lapidar: »Macht nix! So ist das im Leben: Mal bist du Hund, mal bist du Baum.«

»Ist das jetzt Logik oder Ethik?«, lachte sie.

»Nee!«, erwiderte Pille. »Das ist Metaphysik. Ich gehe über die Grenzen meines eigenen Körpers hinaus: Obwohl er mir nur auf die Fresse gehauen hat, tut's mir überall weh.

Wisst ihr, Metaphysik, dat ist die Champions League des Denkens. Da musste geistig in die Tiefe des Raums gehen, da wo et gedanklich wehtut. Da darfste auch vor metaphysischen Erlebnissen nicht zurückschrecken. Ich hab neulich mit einem Satz Magiekarten Poker gespielt. Ich hatte ein Full House und vier Leute starben!«

»Vielleicht solltest du es statt mit Metaphysik mal mit Methadon probieren. Das Zeug, was du rauchst, scheint dir auf jeden Fall nicht gutzutun!«

Marie gab ihm einen sanften Kuss auf seine klaffende Wunde. »Aber dafür hast du ›Der Chefin‹ den Arsch gerettet!«

Pille lehnte es entschieden ab, von ihnen in die Stadt mitgenommen zu werden. Er müsse erst noch ein wenig darüber nachdenken, wer er sei und wo er herkomme, bevor er sagen könne, wo er hinwolle.

Die anderen stiegen wieder in den Porsche und ließen den durchgeknallten Althippie am Straßenrand zurück.

[8]

Sie fuhren mit gemächlichem Tempo über die Stadtautobahn. »Sagt mal, ihr beiden Nachwuchseinbrecher«, wandte sich Marie an die Kinder auf den Notsitzen im Fond. »Ihr habt doch in Bukarest auf der Straße gelebt …«

Die beiden nickten. Marie stammelte ein wenig verlegen: »Heißt das, dass eure Eltern nicht mehr am äh …, also verschieden sind?«

»Ja«, erwiderte Jordan. »Unsere Eltern verschieden. Papa ist Mann und Mama ist Frau!«

»Ich meinte: Sind eure Eltern tot?«

Sorina und Jordan schüttelten betreten den Kopf und schauten schweigend aus dem Fenster. Und dann platzte es aus Sorina heraus: »Eltern nix tot. Eltern weg von Erdboden. Und wir weg von Eltern. Die nicht wissen, wo wir sind. Sonst uns bestimmt suchen!«

In einem stürmischen Schwall abgehackter Wortfetzen erzählte sie Marie und Tarkan ihre Geschichte. Dass sie und ihr Bruder ursprünglich aus dem Nordwesten Rumäniens an der Grenze zur Ukraine stammten und ihre Eltern so arm waren, dass sie vor vier Jahren einen folgenschweren, tragischen Entschluss fassten. Sie wollten versuchen, sich im Ausland durchzuschlagen. Sie gaben Jordan und Sorina in die

Obhut eines Onkels, der sich jedoch schon bald als nicht sehr fürsorglich herausstellte und sich lieber dem Alkohol als den ihm anvertrauten Kindern zuwandte. Bei einem Besuch in Bukarest setzte er die beiden schließlich einfach auf der Straße aus und verschwand. Ohne Geld hatten sie keine Möglichkeit, in ihre Heimatstadt zurückzukehren, sie hatten keine Papiere und kannten nicht mal die genaue Adresse ihres Geburtsortes. Fast ein Jahr lang lebten sie auf den Straßen der Millionenstadt und mussten täglich um ihr Überleben kämpfen. Sie schliefen in den Ruinen gleich hinter dem Bahnhof. Im Winter waren die Wärmeschächte und Kanalrohre ihr Wohnzimmer. Sie hausten im Bauch der Stadt, den sie durch einen Gullydeckel und eine darunterliegende Eisenleiter betraten.

»Haben wir viele andere Kinder getroffen. Haben uns viel geprügelt!«, rief Jordan, worauf Sorina anfügte: »Und ich kleinere Kinder Kleider weggenommen, damit Jordan hat warm!«

»Ich in Läden eingebrochen und gestohlen. Aber nur genommen Essen. Von Geld ich noch kein Ahnung. Ich noch zu klein.«

Sorina fuhr fort: »Wenn wir wurden von Polizei geschnappt, dann wir mussten ihr Büro sauber putzen, dann haben uns verprügelt bis alles blau und wieder laufen gelassen.«

Sorina legte aber großen Wert darauf zu betonen, sich nie auf dem Straßenstrich verkauft zu haben.

»Viele Mädchen von Straße sich reiben an fremde Männer wie ausgehungerte Katzen. Kriegen dafür einen Euro. Ich nie gemacht!«

Auch hätten sie und ihr Bruder nicht wie viele Straßenkinder aus Plastiktüten »Aurolac« geschnüffelt, so der Name eines billigen rumänischen Verdünnungsmittels. »Lässt dich Hunger und eisiges Kälte für ein paar Minuten vergessen.

Aber danach alles noch schlimmer und du willst sterben. Zerfrisst dir Gehirn!«

Schließlich seien die beiden vor zweieinhalb Jahren von einem Menschenhändler aufgegriffen und nach Deutschland verschachert worden. Seitdem lebten sie bei Andras, der sie als seinen Privatbesitz betrachte und sie auf Raubzüge in die deutschen Großstädte schicke.

»So ist Leben heute«, beendete Sorina ihre Geschichte. »Wenn wir nicht gut, Andras uns schlagen. Einmal er mich an einen Baum gefesselt und dann mit Gürtel von Hose verprügelt!«

»Oh, das tut weh!«, sagte Tarkan, der ein wenig unbeholfen sein Mitgefühl zum Ausdruck bringen wollte. »Da hast du bestimmt fürchterlich geweint!«

»Nein. Ich nicht kann weinen!«

Marie schaute auf das tapfere junge Mädchen. »Da geht es dir wie mir. Ich kann nach meinem Schlaganfall auch nicht mehr weinen. Wahrscheinlich hat man mir, als ich im Koma lag, den Tränenkanal entfernt.«

»Dabei Tränen wichtig. So wie Wasser lässt Baum wachsen in Höhe, Tränen lassen dein Seele wachsen. Aber mein Seele lebt in Wüste.«

»Verdorrt und ausgetrocknet«, dachte Marie traurig. »Da hat sie recht. Und in unseren Adern fließt nur noch Sand.«

Beklommenes Schweigen füllte den Porsche, der die eben gehörte Geschichte mit nervösen Spuckgeräuschen aus seinem Boxermotor zu kommentieren schien. Es war Jordan, der die Situation wieder entspannte: »Wenn ich groß, kann ich eure Seele wieder gießen. Denn ich werden Gärtner. Baue auch riesengroßes Gewächshaus, damit ich Gemüse anpflanzen kann und alle Straßenkinder satt werden.«

»Oha«, sagte Marie, »das müsste aber ziemlich groß werden!«

»Natürlich! Wird so groß wie Fußballfeld!«

Marie warf Tarkan einen Blick zu und fragte leise: »Was machen wir jetzt mit den beiden?« Und an die Kinder gerichtet: »Könnt ihr nicht zurück? Habt ihr keine Verwandten mehr in Rumänien?«

Die Kinder zuckten mit den Schultern.

»Aber ihr könnt auch nicht hierbleiben. Das ist nicht erlaubt. Ihr seid ja keine Deutschen, sondern Rumänen.«

Sorina schüttelte heftig den Kopf: »Ich bin eine ›Ţigancă‹!«

»Du meinst, du bist eine Roma?«, fragte Marie nach.

»Nein, eine Ţigancă. Sagst du zu mir Roma, dann du mich beleidigst. Nennst du mich Ţigancă, dann du mir sprichst zu Herzen.«

Tarkan klopfte nervös aufs Lenkrad: »Ich glaube, da haben wir uns ziemlich in die Scheiße geritten. Wir sitzen in einem gestohlenen Fahrzeug, in dem sich fünfzigtausend Euro Diebesgut und zwei straffällige, sich außerdem illegal in Deutschland aufhaltende Kinder befinden. Sagen wir mal so: Jetzt zum nächsten Polizeirevier zu fahren ...«

»... Das wäre ungefähr so klug, wie sich mit Hannibal Lecter zum Fleischessen zu verabreden. Oder sich von einem Kannibalen einen blasen zu lassen«, unterbrach ihn Marie. »Wir müssen auf eigene Faust was unternehmen und versuchen, etwas über die Herkunft der Kinder herauszufinden!«

Sie wählte eine Nummer auf ihrem Handy und sprach kurz darauf los: »Hör mal, Bonkert, du alte Puddingwalze, du musst mir helfen. Du bist schließlich mein Anwalt.«

Nachdem sie ihrem Rechtsbeistand ihre Situation dargelegt hatte, hörte sie ihm einige Minuten schweigend zu und sagte dann: »Ach, du meinst also, ich hab kein Gehirn, sondern einen Zettel im Kopf, auf dem ›Gehirn‹ steht? Was? Wir stecken nicht knöcheltief in der Scheiße, sondern bis Oberkante Unterlippe? Bonkert, du kannst mich mal, ich bin die längste Zeit Advokats Liebling gewesen.«

Sie beendete das Gespräch und wandte sich an Tarkan. »Bonkert meint, es wäre suboptimal, sich nicht der Polizei zu stellen. Nur dann könnte er versuchen, uns irgendwie da wieder rauszuhauen. Es wäre selbstverständlich unsere eigene Entscheidung, aber wenn nicht, könne er für nichts garantieren!«

[9]

Tarkan lenkte den 911er am Kreuz Köln-Ost auf die A3 und fuhr Richtung Norden. Denn Marie hatte natürlich weder auf den Rat ihres Anwalts noch auf Tarkans Einwände gehört und ihren Dickkopf durchgesetzt. Sie machten sich auf den Weg nach Duisburg, dem derzeitigen Wohnort von Sorina und Jordan. Maries Plan war es, an die Habseligkeiten der Kinder zu gelangen, da diese eventuell einen Hinweis auf deren Herkunft und deren verschollene Familie geben würden.

In Duisburg-Wedau verließen sie die A3 und überquerten den Rhein über die rostrote Stahlbogenbrücke, die seit dem Streik der Krupparbeiter in den Achtzigern »Brücke der Solidarität« heißt. Dunkle Gewitterwolken zogen sich über dem Rhein zusammen. Sie durchquerten den Stadtteil Rheinhausen und erreichten nach ein paar hundert Metern ihr Ziel – einen heruntergekommenen sechsstöckigen Wohnblock, das Zuhause der Kinder. Es war eines jener maroden Abbruchhäuser, die von geschäftstüchtigen Hausbesitzern zu überhöhten Mieten an mittellose Einwanderer aus Südosteuropa vermietet werden. Hier waren es rumänische Romafamilien, die vor der bitteren Armut in ihren Heimatländern geflohen waren und sich mit Jobs auf dem berüchtigten »Arbeiter-Strich« für Schwarzarbeiter über Wasser zu halten versuchten.

Durchdringender Lärm schallte aus den überfüllten Wohnungen, und auf dem Bürgersteig vor dem Haus stapelten sich unzählige Müllsäcke, zerfledderte Möbel und kaputte Elektrogeräte. Das ganze Haus schien ein Beweis dafür zu sein, dass Armut nicht edel macht, aber einigen besonders skrupellosen Vermietern immer noch die Möglichkeit bietet, sich an ihr zu bereichern. Also jenen Menschen, die das Elend als Geschäftsmodell entdeckt haben.

Tarkan hatte den Wagen auf der gegenüberliegenden Straßenseite geparkt und ging nun mit Jordan auf das Haus zu. Die beiden Frauen blieben im Porsche zurück. Der Junge führte Tarkan in den Keller des Hauses, aus dem ihnen beißender Gestank entgegenkam. Sie kämpften sich durch Sperrmüll und kaputte, auseinandermontierte Fahrräder zu einer Art Verschlag, vor dem Jordan anhielt.

»Hier lebst du mit Sorina und Andras?«, fragte Tarkan entsetzt.

»Nur Sorina und ich, Andras hier nix wohnen! Er in richtige Wohnung in Haus auf andere Straßenseite.«

Jordan öffnete die Tür des Kellerlochs. Auf dem Boden lag eine vergammelte, schimmelige Matratze, die sich die beiden Kinder als Bett teilen mussten, an der Decke hing eine nackte Glühbirne. Es gab kein Fenster, kein Waschbecken, keine Möbel und erst recht kein Spielzeug. Der einzige persönliche Besitz der Kinder lag auf dem Boden und bestand aus zwei Alditüten und einer zerfledderten blauen Sporttasche mit der Aufschrift »Steaua Bukarest«.

»Hab ich aus Bukarest!«, wobei er Bukarest »Bukuréscht« aussprach. »Hab ich gefunden auf Straße. Bin ich große Fußballfan. Ganz großes Fan von Gheorghe Hagi. War lange bei

Steaua und ist bestes rumänische Spieler von alle Zeiten. Ist nämlich auch Țigan wie ich!«

Und stolz fügte er hinzu: »Viele Țigani gute Fußballer: Hristo Stoichkov, Andrea Pirlo, Éric Cantona und ganz viele andere!«

Er zeigte auf zwei Steine und eine Konservendose, die vor der Matratze lagen. »Das unsere Feuerstelle. In alte Dose wir zünden an Spiritus und dann wir können kochen. Aber jetzt kein Zeit für Kochen!«

Tarkan pflichtete ihm bei und drückte dem Jungen die Plastiktüten und die Sporttasche in die Hand. Der ging hinter die Matratze und zog aus einem Mauervorsprung ein in Klarsichtfolie eingeschlagenes Foto heraus, das die Kinder dort versteckt hatten. Mit schnellen Schritten liefen die beiden die Kellertreppe hinauf.

Sie traten gerade in den Hausflur hinaus, als sich ihnen ein bulliger Mann in einem ballonseidenen Jogginganzug in den Weg stellte. Ein prolliger Spackenhaarschnitt mit ausrasierten Seiten zierte seinen mächtigen Schädel, aus dessen Mitte eine riesige Nase ragte, mehr Gebirgsmassiv als Riechorgan. Getragen wurde sein felsiges Haupt von einem schmalzigen Doppelkinn und einem aufgedunsenen Stiernacken. Er baute seine ganzen eins neunzig breitbeinig vor Tarkan auf und verschränkte die Arme vor der Brust. »Wat willze mit dem Jungen, du Hohlblock? Der gehört Andras! Ich sag dir, jetzt gehste quieken!«

Er holte mit dem rechten Arm aus und versetzte Tarkan einen Schwinger, den dieser nur halb abwehren konnte. Tarkan taumelte gegen die Wand, der lose Putz rieselte herunter wie Schnee im Winter von den Bäumen. Dann berappelte er sich und ging zum Gegenangriff über. Wild drosch er auf seinen Widersacher ein. Aber seine Schläge schienen an Godzillas Zwillingsbruder abzuprallen wie ein Fußball am Torpfosten. Jordan versuchte zu helfen und trat in wilder Raserei dem Stiernacken von hinten gegen die Beine. Doch der schüttelte den Jungen mit einer einzigen Handbewegung ab wie ein lästiges Insekt. Dann griff er Tarkan am Kragen seiner Lederjacke und drückte ihn gegen die Wand. Er holte erneut aus, doch sein Widersacher konnte sich wegducken. Der nächste Versuch gelang ihm besser. Er schlug Tarkan mit vollem Schwung auf die Rippenspitze, wohl wissend, dass Rippen nicht gerade das stabilste Bauteil des Körpers sind. Doch zum Glück traf er nicht voll. Tarkan geriet ins Wanken, machte einen Schritt zur Seite und nutzte dann einen kurzen Moment der Unaufmerksamkeit seines Kontrahenten. Er versetzte ihm einen ansatzlosen, knallharten Leberhaken. Schlagartig wurde dem Bullen dadurch das Blut aus dem Organ gepresst und der Bluttransport unterbrochen. In der Schrankwand gingen die Lichter aus. Das komplette Möbelstück sackte in sich zusammen, als hätte man sämtliche Schraubverbindungen gelöst. Sackte nach unten auf die Knie, rang wie ein Erstickender nach Luft und kroch speichelnd über den Boden.

Tarkan schnappte sich den Jungen unter den Arm und rannte zur Tür hinaus.

»Bingo!«, rief er Jordan zu. »Wenn du einen auf die Leber bekommst, würdest du am liebsten vor Schmerzen kotzen.«

Er lief so schnell er konnte über die Einfahrt vor dem Haus. Doch bei jedem Schritt spürte er ein qualvolles Ziehen in den Rippen, und sein Kopf brummte fürchterlich. Er hatte noch nicht die Straße erreicht, da stand Mister Stiernacken schon wieder auf den Beinen und stürmte ebenfalls aus dem Haus. Keine fünfundzwanzig Meter Vorsprung besaß Tarkan, die er mit dem Jungen unter dem Arm schnell verspielt haben würde.

»Du ausgekotzter Pferdearsch! Dir klopp ich die Kasse

aussem Gesicht!«, ertönte es in seinem Rücken, während er die Schritte des aufgebrachten Hünen schon hinter sich spürte.

Tarkan stellte sich gerade im Geiste auf einen erneuten Boxkampf ein, da dröhnte der infernalische Lärm eines aufheulenden Motors durch die Luft. Der beißende Geruch verbrannten Gummis stieg ihm in die Nase. Blauer Benzinqualm hüllte die Szenerie ein. Marie saß am Steuer des Porsches und war mit durchdrehenden Reifen schlingernd losgerast. Sie radierte mit den Pneus über den Asphalt und blieb mit einem gekonnten Hundertachtzig-Grad-Drift direkt vor Tarkan und dem Jungen stehen. Sorina riss die Beifahrertür auf, und Tarkan sprang mit Jordan unter dem Arm ins Fahrzeug. Marie gab Vollgas. Noch bevor die Tür wieder ganz geschlossen war, drückte sie das Gaspedal durch und bretterte davon. Am Straßenrand ließ sie einen wild fluchenden Kerl in den Rauchschwaden des Doppelrohr-Auspuffs zurück.

[10]

»Los, schneller!«, schrie Tarkan. »Nicht, dass dieses Wurstgesicht sich noch an uns dranhängt!«

»Schau mich an, Tarkan. Können diese Augen bremsen?«

Sie trat mit dem rechten Fuß voll aufs Pedal und beschleunigte den Wagen so sehr, dass ihren Mitfahrern die Tränen aus den Augen gepresst wurden und waagerecht zu den Ohren wieder abflossen.

»Geil! Das ist kein Motor hier in meinem Rücken. Das sind zweihundertfünfzig Kilo Sprengstoff, genug um ein ganzes Häuserviertel in die Luft zu jagen!«

Einhändig mit rechts lenkend schoss sie an der nächsten Kreuzung scharf rechts in eine schmale Wohnstraße und beschleunigte den Wagen bis in den vierten Gang hoch.

Der Himmel öffnete mit heftigem Donnergrollen seine Schleusen, als wollte er den am Straßenrand zurückgebliebenen Stiernacken eindringlich davor warnen, die Verfolgung des Porsches aufzunehmen.

»Wer war dieser Idiot?«, fragte Marie, während sie die Stadt in westlicher Richtung verließen. »Und was sollte dieser fürchterliche Fliegerseidenanzug, den der trug? Das letzte Mal, dass ich so viel Fliegerseide auf einem Haufen gesehen habe, das war 'ne Dokumentation über Fallschirmspringer in der Normandie!«

Sie klemmte das Lenkrad mit dem rechten Knie ein und griff mit der rechten Hand nach ihrem Handy. Nachdem sie gewählt und die Lautsprecherfunktion eingeschaltet hatte, legte sie die Hand zurück aufs Volant: »Bonkert, mein Schwabbelchen«, schrie sie, um die Motorengeräusche zu übertönen.

»Ja, natürlich habe ich deinen Rat befolgt und bin direkt zur Polizei gefahren. Aber die hatten zu. Wahrscheinlich Betriebsferien! Aber im Ernst, du musst mir helfen. Ich brauche Informationen über ein bestimmtes Haus in Duisburg und einen ziemlich unangenehmen Kern-Assi, der sich da rumtreibt.«

Sie gab ihm alle nötigen Informationen, und Bonkert versprach, sich darum zu kümmern und sie zurückzurufen. Dann legte sie ihren Handrücken oben aufs Lenkrad und wählte eine zweite Nummer.

»Hallo, Herr Rottmann«, brüllte sie kurz in Richtung Hörer. »Ich bin's, Marie Sander, Ihre Nachbarin. Wissen Sie, ich bin ja ein großer Bewunderer Ihrer Kunst. Ich muss auch gestehen, dass ich manchmal heimlich von meiner Wohnung aus Ihre Werke betrachte. Wie gebannt bin ich von der ursprünglichen Kraft Ihrer Kreationen. Besonders diese rote Skulptur am Eingang hat es mir angetan. Was? Das ist der Feuerlöscher? Ja, das war nur ein Witz, natürlich! Sie haben recht: Kunst, das ist wie Leben ohne Netz und doppelten Boden. Also, ich sag immer: Das ist wie in einem runden Raum in die Ecke zu scheißen!«

Und nachdem sie ihn genug umgarnt und ihm versprochen hatte, zu seiner nächsten Vernissage zu kommen, lenkte sie das Gespräch auf den Einbruch in seiner Wohnung. Ja, er habe den Einbruch bemerkt, eine ziemlich unangenehme

Geschichte, bei der zwei kleinformatige Bilder gestohlen wurden. Sonst aber zum Glück nichts. Marie verschluckte sich und ließ beinahe das Handy fallen.

»Sonst NICHTS?«, raunte sie Tarkan leise zu. »Ich fasse es nicht! Rottmann werden fünfzigtausend Euro geklaut und es fällt ihm nicht mal auf? Der scheint ja echt Schotter an den Füßen zu haben!«

Dann verriet ihr Carsten Rottmann, dass er den Einbruch bisher noch nicht der Polizei gemeldet habe. Er müsse ja seine nächste Ausstellung vorbereiten und sei deshalb ziemlich im Stress.

Nachdem Marie ihm noch versichert hatte, dass sie das Thema seiner Installation »Einhundertelf Diddlmäuse angekettet in einem Sadomasokeller« ausgesprochen spannend fände, beendete sie das Gespräch.

»Der hat doch echt nicht den Schuss gehört. Auf jeden Fall müssen wir uns erst mal wegen der zwei Bilder und der fünfzigtausend Euro keine allzu großen Sorgen machen.«

»Aber nur solange er noch nicht zur Polizei gegangen ist!«, wandte Tarkan ein. »Und außerdem sitzen wir nach wie vor in einem gestohlenen Auto und haben zwei ziemlich unangenehme Halunken gegen uns aufgebracht. Sich keine allzu großen Sorgen machen müssen, fühlt sich für mich irgendwie anders an!«

Nachdem das heftige Gewitter sämtliche Wolken wie einen Waschlappen bis auf den letzten Tropfen ausgewrungen hatte, klarte der Himmel wieder auf. Marie war nun auf eine Landstraße gelangt, die parallel zum Rhein nach Köln führte, und gab dem Porsche noch mal so richtig die Sporen. Sie hatte den arbeitsscheuen linken Arm in ihrem Schoß geparkt und hielt mit der rechten Hand das Lenkrad lässig umklammert. Mit hundertfünfzig Sachen jagte sie über die regennasse Straße. Sie war ganz in ihrem Element und ließ den dunkelblauen 911er die Krallen ausfahren. Hohe Gischtfontänen aufspritzend schien der Wagen auf seiner eigenen Bugwelle zu reiten. Die Bäume flogen an ihnen vorbei wie eine Armee grüner Mensch-ärgere-dich-nicht-Püppchen, die am Wegesrand Spalier standen. Und dabei das einfallende Sonnenlicht in Stroboskopblitze verwandelten. Die beiden Kinder hinten auf den Notsitzen juchzten vor Vergnügen.

»Schneller! Schneller!«, rief Jordan. Für ihn löste ihre Spritztour das aus, was für andere eine Achterbahnfahrt mit der »Black Mamba« im Phantasialand auslöst: pures, beglückendes Adrenalin. Er bedauerte fast, dass der Porsche keine Überkopfelemente und Schraubenzieherdrehungen beherrschte.

Nur Tarkan krallte seine Fingernägel in die Ledersitze und starrte mit weit aufgerissenen Augen auf die Straße.

»Bist du sicher, dass du die Kiste im Griff hast?«, versuchte er gegen den röhrenden Motor anzuschreien.

»Ja, sicher«, lachte Marie zurück. »Fahrerlehrgang auf dem Nürburgring. Hat mir meine Plattenfirma damals zur ersten goldenen Schallplatte spendiert.«

»Und was ist, wenn dir plötzlich eine Katze oder ein Wildschwein vors Auto springt?«

»Dann fahr ich zum TÜV und lass das Tier eintragen!«, gluckste Marie gut gelaunt. »Du hast doch nicht etwa Angst? Ich wusste es ja die ganze Zeit: King Kong hat ein Hasenherz!«

»Quatsch!«, empörte sich Tarkan. »Mein Puls ist niedriger als der eines Murmeltiers im Winterschlaf!«

Gleichzeitig wurde sein Gesicht totenbleich, denn Marie fuhr über eine Bodenwelle, und der 911er hob kurz mit allen vier Rädern in die Luft ab.

»Na, dann wollen wir deinen Puls mal auf Betriebstemperatur bringen!«, amüsierte sich Marie mit Blick auf ihren leidenden Beifahrer.

Sie trat mit dem rechten Fuß so hart aufs Gaspedal, dass das Benzin geradezu aus dem Auspuff spritzte. Der Motor spuckte Gift und Galle, eine Tonmischung aus Rasenmäher und Kampfjet anstimmend, und schoss wie ein beleidigtes Motorrad nach vorne.

Jordan stieß einen dopamingetränkten Begeisterungsschrei aus, während auch Sorina jetzt merklich stiller wurde und sich am Vordersitz festklammerte.

»Ha! Der 964!«, jubelte Marie, »der beste 911er, der je gebaut wurde. Einer der letzten luftgekühlten Boxer, alles danach kannst du in der Pfeife rauchen. Nur noch Wasserkocher auf vier Rädern. Schade nur, dass es kein Schaltwagen ist. Eine Automatik in 'nem Porsche ist einfach Scheiße!«

Allerdings gab ihr die Automatik überhaupt erst die Möglichkeit, das Auto mit nur einem funktionstüchtigen Arm und Bein zu fahren. Sie klemmte erneut das Lenkrad mit dem rechten Knie ein und griff mit der rechten Hand zum Schaltknüppel, um über die Tiptronicschaltung den nächsten Gang einzulegen.

»Bist du wahnsinnig!«, entfuhr es dem totenblassen Tarkan, doch Marie lachte ihn nur vergnügt an.

Vor ihnen tauchte ein sechsachsiger Milchtanklastzug auf, den sie so haarscharf vor einer Kurve überholte, dass der Fahrer vor Schreck mit seinem Lkw ins Schlingern geriet. Nach dem Überholen bremste sie brutal mit voller Wucht ab. Ihre drei Passagiere wurden heftig in die Sicherheitsgurte katapultiert und beteten, dass ihre Gesichtshaut auf ihren Schädeln bleibt. Der Wagen krallte sich mit allen vieren in den Asphalt und keuchte dann mit rauchenden Bremsscheiben und quietschenden Reifen um die Kurve.

»Verdammt noch mal!«, schrie Tarkan sie an. »Übertreib

es nicht! Das war reines Glück, dass du die Kurve noch gekriegt hast. Du solltest das Glück nicht zu sehr auf die Probe stellen.«

»Doch! Muss ich!«, entgegnete Marie. »Ich bin nämlich von der Stiftung Glückstest. Mein eigenes kriegt übrigens nur das Testurteil ›mangelhaft‹!«

Marie schaltete nun wieder herunter und fuhr zügig, aber nicht zu schnell über die lange Gerade, die vor ihnen lag. Die Gesichter ihrer Insassen entspannten sich, nur Jordan schien ein wenig enttäuscht, dass der Höllenritt ein Ende hatte. Am Ende der langen Geraden bog Marie von der Straße ab und fuhr auf einen Parkplatz vor einem Ausflugslokal.

»Pause und Lagebesprechung!«, sagte Marie.

Alle stiegen aus, Marie wurde auf ihren Rollstuhl verfrachtet, und gemeinsam begaben sie sich auf die Terrasse der Gaststätte, die einen wunderbaren Blick auf die Pappelreihen und Kopfweiden der Rheinaue freigab. Die Sonne war wieder herausgekommen, so als wolle sie sich noch kurz verabschieden, bevor sie in Bälde glutrot im Rhein versinken würde. Ein Kellner wischte ihnen die noch regennassen Stühle trocken. Die Kinder hatten sich gerade eine Portion Spaghetti Bolognese und ein Wiener Schnitzel mit Pommes bestellt, da erhielt Marie auf ihrem Handy eine Nachricht von Bonkert. Es war ein Foto des unangenehmen Zeitgenossen, dessen Bekanntschaft sie vor gut einer Stunde in Duisburg hatten machen dürfen. Darunter stand: »Ist das der Typ, den ihr sucht?«

Marie rief ihren Anwalt zurück und erhielt von ihm die Informationen, die Bonkert auf die Schnelle über Mister Stiernacken hatte sammeln können.

»Der Typ heißt Walter Koschnek, zweiundfünfzig Jahre. Genannt ›die Axt‹. Weil er gerne mal die Mieter seiner Häuser mit der Axt zum Auszug bewegt. Unter anderem der

Besitzer des Abbruchhauses, das ihr gerade besucht habt. Auch im Rotlichtmilieu tätig. Mehrfach vorbestraft wegen schwerer Körperverletzung, Erpressung und Zuhälterei. Einmal hat er eine Frau auf eine heiße Herdplatte gesetzt, weil sie der Kundschaft nicht zu Willen war. Der Bursche ist ein Voll-Assi, Geburtsort schätze ich mal Mesoproletanien. Der ist höchst aggressiv und hat einen so guten Ruf wie ein usbekischer Gebraucht-Prothesenhändler!«

»Ich würd mal sagen, wenn ich dessen Mutti wär, wäre mein Motto: Schlag in Nacken, braucht der Spacken!«, erwiderte Marie.

»Übrigens war das Abbruchhaus schon mehrmals Auslöser heftigster Bürgerproteste. Die Anwohner beschweren sich über den Müll, behaupten, eine Schafherde würde auf dem Dach gehalten, und machen die dort lebenden Roma für jedes im Umkreis von fünf Kilometern gestohlene Mofa verantwortlich. Sie drohen sogar damit, das Haus anzuzünden.«

»Ja, Rumänen mögen wir nicht. Polnische Schwarzarbeiter haben wir dagegen gerne. Weil die schwarz für uns putzen oder unsere Wohnungen sanieren. Auch die schicken Altbauwohnungen von gutsituierten linken Altachtundsechzigern. Aber am wenigsten mögen wir das Zigeunerpack, das wollen wir nicht, weil die in Lumpen auf dem Pflaster sitzen und ihre Kinder zum Betteln schicken!«

»Genau!«, erwiderte Bonkert. »Daran wollen wir nicht schuld sein. Sind wir aber! Denn wie sagte schon die heilige Johanna der Schlachthöfe: ›Nicht der Armen Schlechtigkeit hast du mir gezeigt, sondern der Armen Armut!‹«

Bevor sie sich noch weiter in Rage redeten, beendete Marie lieber das Thema und kam stattdessen zu einem anderen Punkt: »Weißt du was, Bonkert? Irgendwie fühl ich mich heute so wuschig. Könnte ich vielleicht bei dir übernachten, Speckmäuschen?«

Am anderen Ende lachte Bonkert schallend los. »Du machst mir eindeutige Angebote? Komm, lass stecken. Erstens bin ich kein Mann für eine Nacht ...«

»Klar, weil du vorher schon einschläfst!«

»Und zweitens bringst du wahrscheinlich deinen ganzen Anhang mit. Ich brauch's ein bisschen intimer! Aber ihr könnt ruhig kommen, ich stell schon mal ein, zwei Fläschchen Pitboule de Pompös raus!«

»Ich danke dir, mein kleiner Rechtsverdreher. Wir haben nämlich keine Lust, bei uns zu Hause diesem Walter Koschnek oder diesem Andras über den Weg zu laufen!«

Jordans Gesicht nach zu urteilen, musste er mit dem Kopf zuerst in die Bolognesesauce gefallen sein. Aber sein Teller war leer und glänzte wie frisch gespült. Auch Sorina hatte von ihrem Schnitzel nichts übrig gelassen und kaute noch an der Salatbeilage.

»Essen gut. Besser als Essen auf Feuerstelle im Keller!«, grunzte Jordan genüsslich. Dann trank er seine Limo mit einem Schluck aus und griff zu seiner abgeranzten Steaua-Bukarest-Sporttasche. Er holte die Klarsichthülle heraus, die er in seinem Kellerverschlag in dem Mauervorsprung versteckt hatte. Diese war durch Schlieren, Kratzer und Ölflecken fast vollkommen undurchsichtig geworden und besaß in etwa so viel Transparenz wie die Arbeit des amerikanischen Geheimdienstes.

»Hier, guckt ihr!«, sagte der Junge, zog das Foto aus der Folie und legte es auf den Tisch. »Das unsere Eltern.«

Auf dem Bild sah man einen Mann und eine Frau, beide Anfang dreißig. Sie standen vor einer armseligen Holzhütte, das Dach, das aus einem abgebrannten Dachstuhl bestand, ungedeckt, die Seiten mit losen, verrotteten Schalbrettern behelfsmäßig vernagelt und die nicht verglasten Fensteröffnungen mit Plastikplanen notdürftig abgedichtet. Auf dem

Arm hielt die Frau einen Jungen. Vor den beiden Erwachsenen stand ein kleines Mädchen in einem viel zu kurzen, himmelblauen und stark verdreckten Kleidchen. An den Füßen trug sie Gummisandalen, die von zerschnittenen Fahrradschläuchen zusammengehalten wurden. Der kleine Junge hatte eine zerrissene blassgelbe Jogginghose und ein verblichenes T-Shirt an, das schon in den Achtzigern nicht mehr modern war. Die Frau, die ihn auf dem Arm hielt, war schlank, hatte grazile, aber abgespannte Gesichtszüge. Sie trug ihre blauschwarzen Haare zu einem nachlässig geflochtenen Zopf gebunden, aus dem ihr einige Strähnen über die Augen und den schmalen, sanft geschwungenen Mund fielen. Argwöhnisch und herausfordernd schien sie mit leicht zusammengekniffenen Lidern Marie und Tarkan aus dem Bild heraus direkt ins Gesicht zu schauen. Sie wirkte, als sei sie gleichzeitig auf der Flucht und auf dem Sprung zum Angriff, wie eine Gazelle mit dem Blick eines Panthers.

Ein knielanges, ehemals weißes, nun grauschleieriges Hemd lag locker über ihren hageren Schultern, darunter trug sie einen rosafarbenen, wild geblümten Rüschenrock.

Der Mann an ihrer Seite war nur mit olivgrünen, wadenlangen Armeeshorts bekleidet, sein nackter Oberkörper war braun gebrannt und breitschultrig. Seine maskuline Ausstrahlung wurde durch seine dichte kohlrabenschwarze Brustbehaarung und seinen nachlässig geschnittenen Bart noch verstärkt. Seine Haare waren kurz, gelockt und so dicht, dass man denken konnte, es sei der rauwollige Pelz eines schwarzen Schafes. Obwohl auch er voller Argwohn in die Kamera blickte, wirkte er insgesamt sanftmütiger als die Frau.

»Haben wir schönes Eltern!«, sagte Jordan stolz. »Mamă sehr schönes Frau!«

»Papa schönes Mann! Und stark!«, fügte Sorina hinzu. »Heißen Sami und Romica!«

Die beiden beim Essen noch so aufgekratzten Kinder wurden plötzlich sehr still. Ihre Augen vereisten, ihre Blicke wurden leer und drangen nicht mehr durch die gefrorene Regenbogenhaut ihrer Pupillen.

»Aber wir nicht wissen, wo Eltern sind geblieben. Für immer weg! Oder tot!«, entwich es Sorina leise, während sie sich mit der Hand über den von zahlreichen Schorfwunden übersäten Arm rieb.

Marie betrachtete das Bild näher und versuchte, darauf einen Hinweis auf den Ort, an dem es aufgenommen wurde, zu erkennen. Doch sie sah nichts dergleichen. Der Boden neben der Hütte war übersät mit leeren Plastikflaschen, PVC-Tüten, kaputten Ziegelsteinen, Holzpaletten, Metallkabelresten und ähnlichem Unrat. Im Hintergrund sah man einen Schrotthaufen, der mal ein Auto gewesen sein musste. Davor stand ein Rudel Straßenhunde, und ganz in der Ferne sah man eine schwarze Rauchwolke.

»Und ihr wisst nicht mehr, wo ihr damals gewohnt habt? Was war eure Adresse? Wie hieß die Stadt? Oder wie hieß zumindest eure Straße?«, fragte Marie die Kinder.

Doch die zuckten nur matt mit den Schultern. »Wir noch klein. Wir immer nur gesagt: Wir wohnen zu Hause. War auch kein Stadt. War wie ein Dorf in eine Stadt!«, versuchte Sorina fast schuldbewusst zu erklären. Betrübt starrte sie auf die glühend rot im Rhein versinkende Sonne, die in seinem Wasser wie in Tränen zu baden schien.

»Ach Kleines!«, sagte Marie und streichelte dem Mädchen über den Arm. »Wenn ich weinen könnte, würde ich das für dich tun. Aber ich kann's, genau wie du, ja auch nicht! Ich verspreche dir allerdings, dass wir alles tun werden, um euch zu helfen!«

Das Eis, das die beiden Kinder auf dem Weg zurück zum

Auto spendiert bekamen, heiterte die bedrückte Stimmung nicht wesentlich auf. Schweigend fuhren sie in die Stadt, und mit Einbruch der Dunkelheit erreichten sie schließlich in der Nähe der Ulrepforte in der Kölner Südstadt das Haus von Maries Anwalt Alfons Bonkert.

[11]

Müde und saftleer in den Köpfen betraten sie das schicke Gründerzeithaus. Ausbuchtende, mit Putten, Cherubinen und floralen Elementen verzierte Erker, verspielte Kuppeln und ausladende Balkone schmückten den roten Sandsteinbau, der sich wie ein kleiner widerspenstiger Milchzahn in einem Kindermund zwischen zwei Sechzigerjahre-Bürogebäuden erhob. Die schwere Eichentür fiel hinter ihnen donnernd ins Schloss. Marie ließ sich in ihrem Rollstuhl von Tarkan bis zum Treppenabsatz schieben und blickte die alte, über fünf Stockwerke führende Treppe mit ihrem geschnitzten, eichenen Treppengeländer hinauf. Durch die bunten, bleiverglasten Fenster auf jeder Etage fielen die Lichter der Stadt und tanzten ein Tänzchen auf den gemusterten Steinböden. Marie zog sich an der gedrechselten Treppensäule hoch auf die Beine und fing lauthals an zu fluchen: »Bonkert, du Sackgesicht. Ich hasse dich! Ich weiß, dass auch du ein Altachtundsechziger bist und dass auch du deine bedrissene Zweihundert-Quadratmeter-Butze von polnischen Schwarzarbeitern hast renovieren lassen. Schwamm drüber! Aber musste das unbedingt eine Bude im vierten Stock sein? In einem verkackten Altbau ohne Aufzug?«

Schleppend wie Reinhold Messner beim Aufstieg auf den

Nanga Parbat arbeitete sie sich Schritt für Schritt nach oben. Oder genauer gesagt: wie Reinhold Messner, dem auf den letzten Metern des Gipfelsturms eins seiner Gehwerkzeuge durch ein Bein aus Wackelpudding ersetzt wurde. Sich mit der rechten Hand am Handlauf festhaltend zog sie bei jedem Schritt das Puddingbein schlackernd nach oben und versuchte damit einen stabilen Stand zu finden. So stabil, wie es auf Götterspeise als Fundament möglich ist. Dann setzte sie ihr funktionierendes Streberbein auf die nächsthöhere Stufe, und der Vorgang wiederholte sich von Neuem.

»Heidi Klum hat ihre Brüste irgendwann mal auf die Namen ›Hans‹ und ›Franz‹ getauft«, schimpfte sie. »Vielleicht sollte ich meinen Beinen die Namen ›Dick‹ und ›Doof‹ geben.«

Nach einigen Minuten hatte sie schließlich die zweite Etage erreicht, legte eine Pause ein und zündete sich erst mal eine Zigarette an. Aus dem bleiverglasten Fenster schaute eine Muttergottes ihr leidend entgegen.

»Was ist, Mariechen? Willst du auch 'ne Fluppe?«, keuchte sie dieser entgegen. »Auf jeden Fall weiß ich jetzt, wie sich dein Sohn auf dem Weg nach Golgatha gefühlt haben muss!«

Nach weiteren endlosen Minuten stand Marie dann endlich röchelnd vor Bonkerts Wohnungstür. »Hat jemand einen Fotoapparat dabei? Ich will die Gipfelfahne hissen! Aber ich sag euch eins: Ohne Sauerstoffgerät mach ich das nie wieder!«

Tarkan reichte ihr den Rollstuhl, den er nach oben getragen hatte, die Kinder halfen ihr beim Einrichten der Fußstützen. Die Tür der Wohnung flog eine heftige Windböe ausstoßend auf, und Bonkert erschien freudestrahlend im Türrahmen. »Alle Achtung. Siebzehneinhalb Minuten! Beim letzten Mal waren es noch über zwanzig!«

»Beim letzten Mal hatte ich mir auch geschworen, dass es das letzte Mal wäre!«

»Komm, ich bin stolz auf dich, du wirst immer schneller!«

»Ja, ich werd im Februar beim Treppenlauf im Empire State Building starten. Der Rekord liegt bei neun Minuten. Die schlag ich locker!«

Bonkert lachte schallend los und fiel Marie um die Arme. Er war ein Mann, der in Blitz und Donner lachen konnte, so laut, als würde ein gigantischer Trecker seinen Motor anwerfen. Der Motor war in seinem Fall eine enorme Plauze, ein echter Mollenfriedhof, der wegen seiner Vorliebe für gutes Essen und Trinken aber eher ein Feinkostgewölbe war. Darüber spannte sich ein weißes Oberhemd, dessen Knöpfe stets zu platzen drohten. Über dem Hemd hing eine Krawatte und diese wiederum Marie jetzt im Gesicht. Bonkert lief grundsätzlich nur in Schlips und Kragen durch die Gegend. Marie vermutete manchmal, dass er auch nachts im Bett zum Schlafanzug eine Krawatte trug. Seine dünnen Haare klebten an seinem runden Gesicht wie Insektenbeine an einer Honigfliegenfalle. Auf Bonkerts Nase saß – meist permanent nach unten rutschend – eine Art metallenes Baugerüst, das ihm als Brillengestell diente. Groß, silbern, tropfenförmig mit Doppelsteg. Als Marie ihn mal gefragt hatte, wo er denn dieses Ungetüm herhabe, hatte er scherzend geantwortet: »Hab ich irgendwann mal günstig am Nerd-Pol erworben!«

Bonkert schob Marie in die Wohnung und brachte sie im Wohnzimmer an einen ungefähr drei Meter langen Tisch aus massivem Borneoteak.

»Bonkert, ich will hier nicht sitzen, für dieses Möbel ist doch der halbe Regenwald abgeholzt worden. Wahrscheinlich hockt hinterm Tischbein noch ein Orang-Utan!«, protestierte Marie.

»Nee, keine Sorge, mein Mädchen! Der Tisch ist fair gehandelt. Und mit Ökosiegel!«, lachte Bonkert zurück.

»Wie? Von den Ureinwohnern per Hand mit der Nagelpfeile gefällt?«

»Recycelt!«

Er klopfte mit den Handknöcheln auf die rötliche, von Farbresten und Schwundrissen durchsetzte Tischplatte. »Das ist Teak von alten indonesischen Gebäuden!«

»Verstehe, dann ist das also quasi Anteak!«

Auch Tarkan und die beiden Kinder hatten unterdessen an dem hölzernen Streitobjekt Platz genommen.

»Ihr müsst das nicht so ernst nehmen. Marie verarscht mich gerne, weil sie mich für einen krankhaften Öko und Baumkuschler hält!«

»Der Herr Baumkuschler fährt auch gerne für einen lactosefreien Dinkeljoghurt mit dem Porsche Cayenne zum Biosupermarkt!«

»Und tankt dabei nur Biodiesel, mein Fräulein!«

»Dass da Palmöl drin ist, für dessen Anbau der indonesische Dschungel mit seinen geliebten Teakbäumen platt gemacht wird, vergisst er aber! Wie wär's mit 'nem Stückchen sklavenfreie Schokolade für die Kinder?«

Bonkert wollte zurückschießen, besann sich dann aber auf seine Gastgeberrolle und begab sich in die offene Einbauküche. Hektisch hantierte er dort an einer klobigen Espressomaschine, die wie ein Raumschiff auf schwarzem Granit schwebte, dessen silberne Kristalle schwarz wie die nächtliche Milchstraße funkelten. Sosehr er es liebte, mit Marie zu streiten, so sehr hasste er es auch, dass es ihr immer wieder gelang, zielsicher seine wunden Punkte zu treffen und die Widersprüche in seinem Leben aufzudecken. Bonkert war ein Kölner Altlinker der ersten Stunde, Gründungsmitglied der Grünen-Ortsgruppe Köln-Nippes und seit vierzig Jahren Kämpfer für eine bessere Welt. Nachdem er sich als Anwalt anfangs oft unentgeltlich für die Entrechteten eingesetzt hatte, hatte er sich irgendwann aufs Geldverdienen verlegt und wohnte nun in ebenjener noblen Eigentumswohnung. Über zwei Etagen verlaufend war diese ausgestattet mit Eichenparkett, Stuckdecken, offenem Kamin und Marmorbad mit Eckbadewanne. Zusätzlich zu den zweihundert Quadratmetern Wohnfläche gab es eine handballfeldgroße, von mannshohen Hanfpalmen gesäumte Dachterrasse, die einen atemberaubenden Blick auf den Kölner Dom freigab.

Bonkert kam mit frisch gepresstem Orangensaft für die Kinder und drei Tässchen Mokka für die Erwachsenen zurück an den Tisch.

»Den müsst ihr probieren. Der ist mit meiner neuen Espressomaschine gebrüht. Da muss man das Wasser zwei Stunden vorheizen, aber dann hast du eine Crema, phantastisch!«

»Das Ding zwingt dich also dazu, dir den Wecker auf fünf Uhr zu stellen, damit du um acht Uhr, bevor du aus dem Haus gehst, noch schnell einen Kaffee trinken kannst? Hör mal, das ist ungefähr so sinnvoll wie fünf Viagras schlucken für einen Quickie. Wo hast du das Teil denn her, aus alten russischen Armeebeständen?«

»Die ist von Manufactum! Hat dreitausend Euro gekostet! Das ist eben nicht diese ›Geiz-ist-geil-Mentalität‹.«

»Ich sag immer: Manufactum, das ist Zalando für Lehrer.« Marie blickte spöttisch zu den anderen und sah, dass die Kinder höchst widerwillig an dem sauren Orangensaft nippten. Eine einfache Limo hätte ihnen besser geschmeckt. »Bonkert hat sich dort bestimmt auch die mundgeblasene Waschmaschine aus biologisch abbaubarem Gusseisen und das aus dem Harn tibetanischer Mönche gewonnene Mundwasser bestellt.«

»Quatsch, sonst nur noch den Eierschneider!«

»Wahrscheinlich im pferdeledernen Reiseetui aus hauseigener Schlachtung, wofür zweihundertneunundachtzig Euro auch durchaus angemessen waren.«

Nun mussten Bonkert und Marie beide lachen, auch wenn Bonkert nicht umhinkam, sich einzugestehen, dass Marie ihn schon wieder rhetorisch in die Knie gezwungen hatte.

Aber er freute sich aufrichtig, dass Maries schärfste Waffe, ihre Zunge, immer noch funktionierte wie ein gut gewetztes Schwert. Denn zum Glück hatte der Schlaganfall in keinster Weise ihr Sprachzentrum beschädigt. Obwohl es medizinisch gesehen vollkommener Unsinn war, vermutete Bonkert, dass sie wahrscheinlich mit dem Schwert ihrer Zunge den Angriff des Schlaganfalls auf ihr Sprachzentrum abgewehrt hatte. Denn Marie hatte eindeutig eine große Klappe und redete gerne und viel. Sollte Marie tatsächlich einmal sterben, so war Bonkert sich sicher, müsste man ihren Mund extra totschlagen.

»Ich geb's auf, mein Schatz!«, sagte er dann auch zu ihr. »Du willst doch nicht wirklich mit mir diskutieren. Du hörst dich einfach nur gerne selbst quasseln. Hühner, denen man den Kopf abgeschlagen hat, rennen noch meterweit ohne Kopf weiter. Würde man dir den Kopf abschlagen, würdest du noch tagelang weiterreden.«

»Na und?«, lachte Marie. »Das liegt bei uns in der Familie. Meine Oma Hedwig ist mitten in einem Telefonat mit ihrer Freundin an einem Herzinfarkt gestorben. Da mussten wir bei der Beerdigung zwei Stunden am offenen Grab warten, bis Oma Hedwig zu Ende telefoniert hatte.«

Tarkan schaltete sich nun ins Gespräch ein. »Ich will euch ja nicht stören, aber haben wir nicht Wichtigeres zu tun?«

»Stimmt!«, rief Bonkert, nahm einen letzten Schluck von seinem Espresso und räumte die Kaffeetassen vom Tisch.

»Wozu die Wahrheit im Kaffeesatz suchen, wo sie doch so angenehm im Wein untergebracht ist. Ich hol mal den Bordeaux! Der Satz stammt übrigens von André Brie, einem Spitzenpolitiker der Linken. Guter Mann, hat allerdings zwanzig Jahre für die Stasi gearbeitet. Wahrscheinlich aber nur, um die DDR auf dem Gebiet des Weinanbaus ganz nach vorne zu bringen.«

»Mit ›Wichtigeres zu tun haben‹ meinte ich keine Weinverkostung!«, wies Tarkan ihn zurecht.

»Gibt es sonst noch Wichtigeres? Und alles andere, wie zum Beispiel das Schicksal der Kinder, können wir auch bei einem 88er Château Montrose Grand Cru besprechen!«

Marie warf einen Blick auf die Kinder, die müde wie zwei Schmetterlinge im September auf ihren Stühlen hingen. »Aber ohne die beiden! Zeit, dass ihr kleinen Sommervögel euch in eure Schlafsäcke verpuppt!«

Marie brachte die beiden ins Gästezimmer, das Bonkert für die Kinder vorgesehen hatte und das mit einem großen Futonbett und papierbezogenen Paravents im japanischen Stil eingerichtet war.

Sorina legte sich auf ihr Nachtlager, drückte ihre Nase in den dünnen Futon und fing an, diesen zu beschnuppern. »Marie?«, fragte sie leise. »Bonkert uns nicht mögen? Er kein Respekt für uns?«

»Wie kommst du denn da drauf?«

»Warum wir müssen schlafen auf billig Schlafmatte aus stinkende Pferdehaar? Nur weil wir sind Ţigani?«

»Tja«, dachte sich Marie, »ich weiß auch nicht, warum man freiwillig auf so was schläft.«

Dann erklärte sie Sorina, dass Matratzen aus Rosshaar im Gegenteil sogar ziemlich teuer seien und es Menschen gebe, die sie einfach für gesünder hielten.

»Ich reiche Menschen in Deutschland nix verstehen. Hast du Geld wie Heu und schläfst aber wie ein Pferdeknecht! Kaufst du auch kein fertige Limonade, sondern presst du Apfelsinen selber aus! Warum?«

Marie zuckte nur mit den Schultern und strich die Decke glatt. Die beiden Kinder lagen nebeneinander und hielten sich fest an den Händen, eine Gepflogenheit, die sie sicherer durch ihre elternlosen Nächte bringen sollte.

»Und jetzt wird geschlafen! Müde bin ich Flattermann – lege meine Flügel an – klappe meine Beinchen ein – Ich will eine Raupe sein.«

»Ich nicht will Flattermann sein. Ich will sein Batman!«, flüsterte Jordan.

Marie beugte sich über den Jungen. »Da kann ich dir helfen, denn ich kenne Batman persönlich!«

Jordan schaute ungläubig und zuckte kurz und heftig zusammen, als Marie ihm einen sanften Kuss auf die Stirn gab. Denn so viel liebevolle Zuwendung hatte er von einem Erwachsenen nicht mehr bekommen, seit seine Eltern ihm abhandengekommen waren. Dann schlief er lächelnd ein.

[12]

Bonkert hatte mittlerweile drei kristallene Rotweingläser aus dem Schrank geholt und sie mit seinem Lieblings-Bordeaux gefüllt. Er stellte diese zu den Oliven, den eingelegten Weinbergschnecken und der französischen Käseplatte mit Brie, Roquefort, Munster und vier verschiedenen Ziegenkäsen auf den Tisch. Marie hatte das Foto aus Jordans Sporttasche mitgebracht und gab es Bonkert in die Hand. Der Anwalt betrachtete es eingehend. »Sieht ganz nach einem Romagetto aus, wie es in Osteuropa unzählige davon gibt!«

»Warum leben die in Gettos?«, fragte Marie nach.

»Weil sie von der einheimischen, ›weißen‹ Bevölkerung massiv diskriminiert und verfolgt werden. Allein im Getto von Stolipinowo in Bulgarien leben fünfzigtausend Roma unter meist menschenunwürdigen Verhältnissen. Das Ergebnis davon sind Arbeitslosigkeit, Hunger, mangelnde medizinische Versorgung und Analphabetismus. Denn nach dem Zusammenbruch des Kommunismus, besonders des Ceauşescu-Regimes, das dem Agrarland Rumänien die Gesetze einer real-sozialistischen Industrienation aufzudrücken versuchte, ist nicht alles besser, sondern eher alles noch schlimmer geworden. Dadurch müssen die Roma sehr oft als Sündenböcke herhalten, denen man alles in die Schuhe schieben kann.«

»Aber man weiß doch, dass die sich alle aus freien Stücken in ihren Clans abschotten und in aller Regel kriminell sind!«, wandte Tarkan ein und schüttete sich an einer Olive kauend von dem 88er Château Montrose nach.

»Unsinn! Roma sind keine Pinguine, die alle gleich sind und reflexmäßig vorherbestimmten Verhaltensmustern folgen. Das sind auch keine dunklen Geheimgesellschaften, die von einem mächtigen ›Zigeunerkönig‹ regiert werden, der seine Untertanen wie Vieh behandelt und seine Roma-Kinder zum Betteln und Klauen schickt. Kriminelle Netze gibt es, da hast du recht. Aber meist sind Roma nur ein Teil dieser Verbindungen, das große Geld machen die ›Weißen‹.«

Tarkan verzog das Gesicht. »Ja, und dann kommen die alle zu uns. Armutszuwanderer, davon liest man doch dauernd in der Zeitung!«

Sich fast am Rotwein verschluckend polterte Marie zurück: »Du hast doch vor drei Stunden dieses Haus in Duisburg selbst gesehen, Mister Schlaumeier. Natürlich sind das Armutszuwanderer – aus was für einem Grund als aus Armut sollen die denn nach Deutschland zuwandern? Wegen des tollen Wetters? Wegen der tollen Architektur in Duisburg?«

»Und die Roma, die ihre Kinder auf die Straße zum Betteln schicken, sind ja auch die einzigen für uns ›sichtbaren Roma‹. Die ›unsichtbaren‹, die als Krankenschwestern, Bauarbeiter oder Putzfrauen arbeiten, sieht man ja nicht im Straßenbild!«, ergänzte Bonkert und erhob sich, um nach der Lachsquiche im Backofen zu schauen. »Deshalb stehen Roma bei uns ja auch im Ansehen der Bevölkerung ganz unten.«

»Direkt hinter den Politessen!«, lachte Marie. »Aber wahrscheinlich immer noch ganz knapp vor den GEZ-Beamten und den FDP-Politikern! Dass du als Türke so etwas sagst, ist doch erstaunlich, denn eigentlich haben wir Deutschen doch dauernd diese Angst vor den sogenannten Armutsimmigranten. Weil wir Deutschen dauernd unseren eigenen Wohlstand in Gefahr sehen. Dauernd haben wir Angst, dass wir zu kurz kommen!«

»Stimmt!«, rief Bonkert aus der Küche. »Was tut zum Beispiel ein Franzose, wenn er eine Fliege im Weinglas hat? Der sagt: ›Oh, mon dieu‹ und kippt den ganzen Wein weg. Der Spanier sieht das locker, holt die Fliege heraus und trinkt. Und ein Deutscher? Packt sich die Fliege, hält sie hoch und ruft wütend: ›Spuckst du wohl aus!‹«

Er war mit der zweiten Flasche Rotwein aus der Küche zurückgekehrt. Nachdem er diese entkorkt hatte, betrachtete er erneut das Foto. »Also, außer einem Schrottwagen, dem ganzen Müll und der schwarzen Rauchwolke im Hintergrund ist da nichts zu erkennen. Nichts, was auf den Herkunftsort der beiden Kinder schließen lässt. Tut mir leid.«

Er reichte das Bild zu Marie herüber, die es in die Plastikhülle zurückschieben wollte. Dabei blieb eine Ecke an dem Umschlag hängen, und sie bemerkte, dass hinter dem Foto noch ein zweites Foto klebte. Es hatte das gleiche Motiv, nur dass auf diesem neben Sorina noch ein zweites, rund drei Jahre älteres Mädchen stand.

»Wer ist das?«, fragte Marie erstaunt. »Eine Spielkameradin von Sorina?«

Aber dafür war das Mädchen zu alt. Sie schaute genauer hin und sah, dass Sorina dem Mädchen wie aus dem Gesicht geschnitten war.

»Das ist die Schwester der beiden!«, rief Marie. »Wir suchen also ab sofort nicht nur die Eltern, sondern auch noch das Schwesterherz.«

»Wie viel Familienzusammenführung willst du denn noch machen, Mutter Theresa?«, lachte Bonkert, der mit seiner

Lachsquiche an den Tisch zurückgekommen war. »Ich würd sagen, wir machen einen kleinen Umweg über einen einfachen Grand Cru Blanc de Entre-Deux-Mers …«

»Kannst du mal Deutsch reden?«, warf Marie ein.

»… Über einen weißen Bordeaux und kehren dann zum roten zurück.«

Er schenkte sich und den beiden anderen ein. Marie nahm einen ersten Schluck und schüttelte sich ostentativ. »Hammer, diese feinen Aromen von Stachelbeeren, Rollmops, Spreewaldgurke und Möbelpolitur! Und dann diese dezente urinale Säurelastigkeit! Wie hast du es beim Abfüllen geschafft, die Katze auf die Flasche zu setzen?«

Nicht nur bei Marie hinterließ der Alkohol so langsam seine Spuren. Nach der Vernichtung des Weißweins und des erneuten Übergangs zum Rotwein waren alle drei breit wie Überseekoffer. Beim Öffnen der nächsten Flasche, einem 2007er Pauillac, konnte Bonkert den Korkenzieher nicht mehr finden. Er zog kurzerhand seinen rechten Schuh aus und stellte den teuren Pauillac in seinen Schuh und schlug diesen mitsamt Weinflasche mit der Sohle gegen die Wand hinter sich. Bei jedem Schlag kam der Korken ein Stück weiter aus der Flasche heraus, der schwappende Wein drückte ihn von innen nach außen. Schließlich konnte er den Korken ganz einfach mit den Fingern aus der Öffnung ziehen. Er schenkte Tarkan von dem Rotwein nach, nicht ohne dabei einen Großteil davon neben dessen Glas zu schütten.

»Marie kenne ich seit fast fünfzehn Jahren, und ich hab sie schon das eine oder andere Mal aus den Fängen der Justiz rausgehauen wie den Korken aus dieser Flasche!«, sprach er mit schwerer Zunge. »Weißt du noch, wie du damals von dieser alternden Filmdiva verklagt wurdest?«

»Ja, und nur weil ich im Fernsehen gesagt hatte, sie hätte ein Gesicht wie ’ne Kreppsohle und neben ihr würde sogar das Brandenburger Tor wie ein postmoderner Neubau wirken.«

Tarkan prustete laut los. »Die kenne ich, glaube ich!«

»Oder wie du diesen hohen katholischen Würdenträger, der vergewaltigten Frauen die Pille danach verwehren wollte, als mentalen Synapsen-Pygmäen bezeichnet hast?«

»Ich hab nun mal ein loses Mundwerk. Weißt du, manchmal fehlen mir zum Schweigen einfach die passenden Worte.«

Bonkert, ganz der perfekte Gastgeber, fragte seine Besucher, ob sie noch Hunger hätten, doch die beiden lehnten dankend ab.

»Bonki, mein Lieblingskalorientrampolin«, nuschelte Marie weinselig. »Ich danke dir sehr für diese reichhaltige und mühevoll zubereitete Verköstigung, aber manchmal sehne ich mich nach der ›Mamm‹, die griechische Pommesbude neben unserer Stammkneipe!«

»Ja! Lecker Pommes mit Senf, Mayo und Zwiebeln! War aber nur ein Genuss, wenn man vorher nicht zufällig auf Mamms kalkweiße, geschwollenen Füße geguckt hatte!«

Die beiden fingen an, in alten Zeiten zu schwelgen.

»Marie hat mir in der Kneipe, wo sie gearbeitet hat, immer das Bier gezapft. Und nach Feierabend sind wir feiern gegangen, bis der Bäcker aufmachte!«

»Ganz schlimm war's, wenn Sonntag und Vollmond auf einen Tag fielen!«, erinnerte sich Marie. »Erst feiern bis in die Puppen und dann frühstücken bei Merzenich am Chlodwigplatz. Stühle gab es keine, aber gepolsterte Bretter in Orange, auf denen man im Stehen die Heckwangen parken konnte!«

Ein fast sentimentaler Glanz legte sich auf ihr Gesicht. »Weißt du noch, als du morgens um halb sieben bei der hochtoupierten Blonden im weißen Kittel mit nix drunter ein Jägerschnitzel bestellt hast und die nur sagte: ›Jetzt hören Sie sofort mit dem Randalieren auf, sonst ruf ich die Polizei! Du kriegst ein Käsebrötchen und das zahlst du direkt, bevor du mir noch abhaust!‹«

»Ja, wie hätten wir das denn machen sollen? Abhauen? Bratzebreit, wie wir waren! Du warst die ganze Zeit nur damit beschäftigt, mit deinem tigerleggingsbekleideten Hintern nicht von dem Stehbalken abzurutschen. Und ich hab stundenlang auf meinen Tee gestarrt und dann den hochtoupierten Weißkittel mit nix drunter außer einem BH gefragt: ›Haben Zitronen eigentlich kleine gelbe Füße?‹ Was die natürlich verneinte, worauf ich total in Panik geriet: ›Scheiße! Dann habe ich gerade einen Kanarienvogel in den Tee gedrückt.‹ Und dann hat sie uns mit den Worten ›Hadder kein Wonnung?‹ rausgeschmissen!«

»Wir haben ja versucht, ins heimische Bett zu kommen, aber es hat nicht geklappt. Wenn am Taxistand Chlodwigplatz der Fahrer fragte, wohin wir wollten, haben wir gesagt: ›Wohin wohl? Nach Hause!‹ Da der aber genauso wenig wie wir selbst wusste, wo das war, schlichen wir uns erneut zu Merzenich, wurden wieder mit den Worten ›Hadder kein Wonnung?‹ rausgeschmissen und gingen dann ins El Greco. Bauernsalat mit Omelette frühstücken, also was Leichtes für den durchzechten Magen.«

»Ich habe irgendwann mal nachgerechnet, was wir in solchen versoffenen Nächten alles weggefuttert haben. Mein Rekord lag bei drei Pommes, einem Jäger-, einem Zigeunerschnitzel, zwei Packungen Erdnüssen, drei Frikadellen, einer Bratwurst, einem Mettbrötchen und dem abschließenden obligatorischen Bauernsalat mit Omelette. Das macht zusammen exakt neunzehntausendfünfhundertzweiundzwanzig Kalorien. Ich glaub, das Gefährlichste damals war nicht der Alkohol, sondern dass ich eines Morgens einfach hätte platzen können!«

»Aber zum Glück habe ich dich ja vor dem sicheren

Tod bewahrt, als ich irgendwann nicht mehr mitgegangen bin.«

»Unsinn! Du wurdest zwangsweise aus unserem unbekümmerten und höchst ungesunden Kneipenleben herausgerissen, als die erste CD, die du veröffentlicht hast, direkt ein großer Erfolg wurde. Statt Zechtouren standen bei dir nun Touren durch die Konzertsäle der Republik auf dem Plan.«

»Schimpf also nie wieder über die Kommerzialität der Plattenindustrie. Sie hat dir schließlich dein Leben gerettet!«, lachte Marie und fiel Bonkert taumelnd in die Arme, der seinen Schlips seit geraumer Zeit in einem Glas mit einem 2003er Château Haut Bailly badete.

Es war fast zwei Uhr, als Marie, Tarkan und Bonkert voll wie drei Kinderwindeln beschlossen, endlich schlafen zu gehen. Bonkert verabschiedete sich von Marie mit den Worten: »Wolltest du nicht eigentlich die Nacht mit mir verbringen?«

Doch Marie antwortete nur: »Mein Dickerchen, ich habe den ganzen Abend versucht, dich mir schönzutrinken. Hat zwar geklappt, aber jetzt bin ich zu besoffen für Sex! Außerdem ist mit dir allein ein Doppelbett doch schon voll, Sir Lunch-A-Lot.«

Sie verschwand mit Tarkan im zweiten Gästezimmer. Seite an Seite legten sie sich auf die große Matratze. Tarkan spürte wieder das Reißen in den Rippen von dem Handgemenge mit Walter Koschnek, der »Axt«, die ihn beinahe gefällt hätte. Sein Kopf hämmerte, doch gleichzeitig fühlte er sich seltsam leicht. »Weißt du was, Marie? Es ist gut möglich, dass wir alle bald hinter schwedischen Gardinen landen oder dass wir gehörig was auf die Nase kriegen. Wir stecken also bis über beide Ohren in Schwierigkeiten. Ist ziemlich blöd, aber eins kann ich nicht behaupten: Dass es mit dir langweilig wäre!«

Auf sein Gesicht legte sich ein zartes Strahlen, glänzend

wie eine dünne Schicht Honig auf einer Scheibe Brot. »Und trotz all der Schwierigkeiten, in die du uns bringst, habe ich das Gefühl …«

Er hielt kurz inne, weil er nach dem richtigen Ausdruck suchte. »… Das Gefühl, dass du mir guttust. Es tut mir leid, wenn ich dich heute Morgen so blöd angebaggert habe!«

Dann drehte er sich zu Marie, um ihre Hand zu halten. Doch Marie war längst eingeschlafen.

[13]

Die Sonne schien gelassen auf den Frühstückstisch, den Bonkert auf der Terrasse gedeckt hatte. Es gab Latte macchiato für Marie und Ingwertee für die Kinder, die sich verwundert fragten, wie man auf die Idee kommen kann, aus gepfefferter Seife einen Tee zu brühen. Höchst irritiert schauten sie auch auf das Vollkornschrot-Kleie-Müsli, das Bonkert ihnen zubereitet hatte.

»Was ist das?«, fragte Sorina. »Sind wir nicht Esel, die essen Karton von Pappe und Samen für Garten!«

Jordan biss wagemutig auf eine grau-braune Backware, um kurz darauf gequält den Mund zu verziehen.

»Ja, mein Junge, das sind Dinkelplätzchen! Superlecker!«, klärte Marie ihn auf. »Wenn man sie gebissen kriegt! Die Dinger sind so hart, wenn man damals das World Trade Center mit Dinkelplätzchen gebaut hätte, wäre das nie eingestürzt. Wenn ihr mich fragt, sollte die Genfer Konvention außer den ABC-Waffen auch Dinkelplätzchen verbieten lassen. Die Dinger sind saugefährlich. Wenn du da Mandelstifte drauftust, kannst du die nämlich auch prima als Nagelbombe einsetzen.«

Die beiden Kinder verstanden kein Wort von dem, was Marie gerade erzählte. Doch das störte Marie wenig, fing sie doch gerade erst richtig an, sich in Rage zu reden. »Unsere Städte sind voll mit diesen Dinkel-Deppen, Bioknallköppen und Lifestyle-Piefkes. Leuten, die handgemaischten Holunderpunsch oder Chai Latte trinken. Ein Gesöff, das schmeckt und aussieht wie ein gesüßter Aufguss von Taubenkacke. Und die dafür freiwillig drei Euro achtzig bezahlen. Die keine Kartoffeln und keine dicke Bohnen mehr essen, sondern Shiitake-Pilze, Teriyaki-Spieße und Tamarinden-Schoten. Leute, die Sätze sagen wie: ›Ach was, der Aperol Spritz, der war im letzten Jahr in, jetzt trinken's alle Hugo!‹ All diese Bio-Schickimickis, Trendkost-Esser und Bionade-Bohèmians!«

»Was du reden von?«, fragte Jordan. »Ich nicht verstehen!«

»Ja, ich auch nicht. Wie so manches, was ich nicht verstehe! Und euch Nachwuchs-Körnerfressern mache ich erst mal ein leckeres Butterbrot!«

Nachdem die Kinder zu Ende gefrühstückt hatten, wechselte Marie das Thema. »Hört mal, ich habe gestern hinter dem Foto von euch und euren Eltern noch ein Foto entdeckt. Darauf ist ein Mädchen zu sehen. Ist das eure ...«

»Ja«, unterbrach sie Sorina und nickte beklommen. Beide Kinder schwiegen lange.

Sie saßen aufrecht auf ihren Stühlen. Hinter ihnen glänzte der Kölner Dom stolz in der Morgensonne, als wüsste er, dass er mit seinen zwei Türmen vollzählig war und ihm kein dritter Turm verloren gegangen war.

»Auf Foto ist Laila. Unser große Schwester. Hat immer auf uns aufgepasst und ganz alleine Haus geputzt, gewaschen Wäsche und gekocht«, sagte Sorina schließlich. »Weil Laila damals noch sehr klein, unsere Vater Sami ihr extra gemacht kleine Stuhl aus Holz. Damit Laila konnte kommen an Ofen und gucken in Töpfe.«

Irgendwo im Kopf der Kinder schien ein Wecker zu klingeln, der ihre Erinnerungen wachrief.

»Laila immer gut zu uns. Was Laila gesagt, war wie Gesetz. Denn bei uns ist so: Ein Mädchen muss gehorchen große Schwester. Aber ein Schwester muss gehorchen Bruder, auch wenn sie ist älter. Selbst wenn zwei oder drei Jahre älter!«, erzählte Sorina weiter.

Jordan nickte bestätigend und ein wenig enttäuscht. »Aber wenn Schwester sechs oder sieben Jahre älter so wie bei mir und Laila, sie ihm nicht muss gehorchen.«

Dann grinste er schelmisch: »Aber er auch ihr nicht muss gehorchen!«

Und Sorina fügte an: »Mein Schwester konnte lachen wie Regenbogen, bis zu letzte Zahn in Backe! Hat können immer alle dunkle Wolken damit vertreiben. Laila hat auch ganz besondere Augen, wie gibt nur einmal auf der Welt. Eins braun wie Erde und andere grün wie Gras. Und sie uns immer erzählt Geschichten!«

Jordan schauderte ein wenig. »Zum Beispiel Geschichten von Totengeister!«

»Bei uns heißen ›mule‹. Ein mulo kann annehmen Gestalt von Hund oder Katze. Kannst du erkennen, weil immer gehen seitwärts. Kannst du deshalb ihre Gesichter nicht erkennen! Oder kommen ganz ohne Körper. Dann du musst Asche vor Haus streuen und gucken, ob darauf Spuren.«

»Oder musst du am Abend volles Glas Wasser auf Tisch stellen. Wenn am Morgen fehlt Wasser, weißt du, dass mulo war da und hat getrunken.«

»Mulo kommt zu Menschen, wenn er was in Menschenwelt vergessen. Oder wenn er dich will warnen vor große Gefahr. Als unsere Großemutter gestorben, wir einmal haben gesehen Totengeist.«

Sorina schaute sehr nachdenklich zu Marie: »Vielleicht hat sie uns wollen warnen vor große Gefahr, aber wir nicht verstanden. Und deshalb unser Leben jetzt kaputt!«

Marie versuchte, die Kinder zu trösten: »Dann müssen wir eben gucken, ob wir es nicht repariert kriegen!«

In dem Moment kam Bonkert mit einer großen Lupe und den beiden Fotos in der Hand auf die Terrasse gestürmt. »Freunde, ich habe mir erlaubt, die beiden Fotos mal etwas genauer zu betrachten.«

Er hielt das Vergrößerungsglas über eins der beiden Bilder. »Wenn man das Schrottauto vergrößert, erkennt man auf ihm ein Nummernschild mit dem Kennzeichen ›MM-04-DOY‹. Und da vorne liegt eine Plastiktüte, die trägt die Aufschrift ›Haine Fashion Import‹!«

Stolzgeschwellt blickte er in die Runde, stieß aber nur auf wenig Begeisterung.

»Ja, Sherlock Holmes! Super!«, entgegnete Marie. »Jetzt müssen wir nur noch im rumänischen Flensburg beim Verkehrszentralregister anrufen und die nennen uns den Halter der Schrottkiste, der höchstwahrscheinlich der Schwippschwager von Jordans und Sorinas Eltern ist!«

»Na ja, es ist noch nicht der Durchbruch, aber immerhin ein Anfang«, ließ Bonkert sich nicht beirren. »Das ›MM‹ im Kennzeichen steht für den Kreis Maramureş im Norden Rumäniens. Und der ›Haine Fashion Import‹ ist ein Laden in dessen Hauptstadt Baia Mare. Der Ort, wo ihr mit euren Eltern aufgewachsen seid, heißt also aller Voraussicht nach Baia Mare.«

»Stimmt!«, rief Sorina. »Jetzt ich mich erinnern.«

»Wo genau liegt das?«, fragte Marie nach.

»Am Westrand der Ostkarparten«, entgegnete Bonkert, der sich anscheinend gründlich informiert hatte. »Die Stadt hat rund hundertvierzigtausend Einwohner, und dort befinden sich einige Roma-Gettos, die weltweit in die Schlagzeilen gerieten, weil sie von den örtlichen Behörden zwangsgeräumt und zerstört wurden. Baia Mare gilt übrigens als eine der am stärksten umweltbelasteten und verseuchten Städte weltweit. Grund ist ein Unfall in einer Schwermetallfabrik im Jahre zweitausend, bei dem große Mengen hochgiftiges Natriumcyanid freigesetzt wurden.«

»Hört sich nicht gerade nach 'nem Kurort an. Und wie viel Menschen leben da, hast du gesagt? Hundertvierzigtausend? Ich glaube, der berühmte Heuhaufen, in dem man eine Nadel sucht, hat weniger Halme.«

Die Stimmung von Marie und den Kindern pendelte sich irgendwo zwischen Euphorie und Niedergeschlagenheit auf dem emotionalen Level der Ratlosigkeit ein. Sie wussten nicht so recht weiter und wollten auf Tarkan warten, der die Wohnung schon sehr früh am Morgen verlassen hatte, als alle noch schliefen. Es dauerte auch keine fünf Minuten, da klingelte es an der Tür, und einige Augenblicke später stand ihr osmanischer Freund vor ihnen. Oder genauer gesagt stand nicht Tarkan vor ihnen, sondern ein gigantischer sprechender Plüschberg, der nicht nur reden konnte, sondern dies auch noch mit der Stimme Tarkans tat. »Guckt mal, ich habe euch mal ein paar Spielsachen besorgt. Es heißt doch immer, dass Kinder so was brauchen, um sich zu entwickeln, also ihre Persönlichkeit und ihre ... Äh ... Kognitiven Fähigkeiten oder was weiß ich. Das ist auf jeden Fall total wichtig ...«

Der Berg kreiste und gebar einen kitschigen, über einen Meter großen violetten Plüschesel, an dessen Körper zahlreiche herzförmige Pflaster klebten und der, wenn man ihn nach vorn beugte, ein jammervolles »Jah« von sich gab.

»Ja, an diesem Schmusemonster können Kinder jede Menge lernen«, amüsierte sich Marie, »zum Beispiel, dass es nicht nur lila Kühe, sondern auch lila Esel gibt und dass die Krise der Gesundheitspolitik auch vor den Unpaarhufern nicht haltgemacht hat.«

Tarkan ließ sich nicht beirren und wandte sich an Jordan.

»Guck mal, das ist Bruno. Der ist kuschelweich und so richtig zum Liebhaben. Die Verkäuferin hat gesagt, dass jedes Kind den süßen Bruno beschützen will, da der liebe Bruno so viele Pflaster an seinem Körper hat.«

Jordan schaute seinen Gönner ein wenig entgeistert an, doch dann nahm er das Stofftier, das fast so groß war wie er selbst, auf seinen Arm. »Hab ich noch nie gehabt eigene Tier in mein Leben. Nur einmal auf Straße in Bukarest ein Kakerlake in Streichelholzschachtel!«

»Wir immer gesagt, das ist rumänisches Tamagotchi!«, lachte Sorina.

Nun war sie an der Reihe, von Tarkan beschenkt zu werden. Er überreichte ihr fast ein wenig feierlich einen bettkastengroßen Karton. Als Sorina diesen öffnete, schoss ihr ein monströses Gebilde in die Augen. Ein ultimativer Kleinmädchentraum aus hundert Prozent Plaste und Elaste, eine wahre Orgie aus bonbonfarbenem Polyvinylchlorid: Barbies pinkfarbenes Pferdewohnmobil mit beleuchtetem Swimmingpool, Schlaf- und Sonnenliege, herausdrehbarer Nasszelle und auf dem Dach montierter Hängematte. Dazu gehörten ein rosabemähnter Schimmel, ein pinkfelliger Pudel und die bikinibekleidete Barbie, die an der eingebauten Feuerstelle Marshmallows auf Stöcken röstete.

»Meine Güte! Da war der Herr wohl im Konsumflash de Luxe. Du hast ja den halben Toys'R'Us leergekauft!«, rief Marie mit spitzem Begeisterungsschrei. »Was hätte ich als Kind dafür gegeben, einmal nachts in diesem Tempel kindlicher Gelüste eingeschlossen zu werden. Ein Kind allein bei Toys'R'Us, das ist ungefähr so, als wenn du Reiner Calmund beim Metzger mit 'nem Kipplaster Schweinemett einsperrst!«

Sorina dagegen schaute lange auf das rosa Wohnmobil mit dem beleuchteten Swimmingpool und sagte dann: »Was ist? Was du machen damit?«

Nachdem Tarkan ihr erklärt hatte, dass dies ein Spielzeug sei, auf das bei ihnen alle Mädchen total heiß seien, schüttelte sie nur verständnislos den Kopf: »Warum heiß auf Zeug? Sind zu dumm für spielen ohne Zeug? Wenn wir auf Straße gelebt und wollten spielen, dann wir einfach gespielt. Mit Stock von Baum, mit Stein, mit altes Reifen von Fahrrad. Wenn du willst, kannst du aus Matsche Schloss bauen oder aus alte Plastiktüten Fußball oder aus kaputte Dose Hubschraub-Flugzeug, mit dem du kannst wegfliegen aus Armut.«

Sie machte eine kurze Pause und fügte leise an: »Ich brauchen kein große Auto mit blondes Frau, die immer so komisch grinsen. Die sich legen in blaue Kasten, wo nicht mal Wasser drin. Ist mir Puste von Kuchen.«

Als sie allerdings den zutiefst enttäuschten Blick Tarkans bemerkte, nahm sie das Mitbringsel ohne jeden Vorbehalt dennoch entgegen. »Ist aber trotzdem schönes Geschenk, weil kommt von Herz. Danke, starkes Mann!«

Marie konnte dem nur beipflichten und wunderte sich sehr über Tarkan, der bei ihr bisher eher den Eindruck hinterlassen hatte, als würde er sich nicht im Geringsten für Kinder interessieren. In gewisser Weise erinnerte er sie die ganze Zeit selbst an ein Kind. Und zwar an eins, das am Tisch des Lebens immer nur die Nachspeise will.

»Was ist denn mit dir los?«, fragte sie ihn. »Ist etwa aus dem kinderfeindlichen Egoisten Tarkan innerhalb von vierundzwanzig Stunden plötzlich ein verständnisvoller, liebender Onkel geworden, der für ein fehlendes Stofftier wahre Wunder vollbringt? Oder ist es kein Wunder, dass du für zwei fremde Rotzlöffel um sechs Uhr aufstehst und deine gesamten Ersparnisse auf den Kopf haust?«

»Ja, komisch«, erwiderte Tarkan gedankenverloren.

»Weißt du, bis vor Kurzem war mein Leben mal wie ein Werbespot für Bier, Autos oder Aftershaves. Gute Kleidung, tolle Freunde, viele Frauen, cooler Job. Aber jetzt plötzlich ist die Werbepause zu Ende und auf der Mattscheibe scheint der eigentliche Film zu laufen!«

»Verstehe!«, sagte Marie. »Die Reklameblase zerplatzt und du stellst fest, dass in der Werbung immer ein ganzer Liter Ersatzflüssigkeit in eine Damenbinde passt, wohingegen im echten Leben bisher keiner ein Taschentuch erfunden hat, mit dem man eine Kindernase sauber kriegt, bevor es durch ist.«

»Ja, so ähnlich ist das bei mir auch. Mein Leben war auch so was wie Ersatzflüssigkeit ...«

Marie wunderte sich über den eisenpumpenden Muskelberg, der mit seinen schwarzen Kohleaugen nachdenklich in die Ferne blickte. Ohne es zu beabsichtigen, hatte er irgendetwas in ihrem Innersten angestoßen. Wie ein indischer Kuhschubser hatte er sozusagen das schlafende Tier ihrer unberührbaren Seele ins Wanken gebracht.

Sie konnte nicht anders, sie nahm seine Hand in ihre, und Tarkan ließ es geschehen.

Bonkert war es, der nun das Wort ergriff und dadurch Marie ihre Hand wieder wegziehen ließ.

»Ich weiß ja nicht, ob ihr wirklich einen Plan habt, was nun zu tun ist. Ich weiß nur, dass Marie meinen sowohl freundschaftlichen als auch anwaltlichen Rat, sich der Polizei zu stellen, allein aus purem Trotz nicht befolgen wird. Aber wenn ihr weiterhin auf dem breiten Pfad der Illegalität wandelt ...«

»Dann wird uns dieser Pfad hoffentlich zu den Eltern von Sorina und Jordan führen!«, unterbrach ihn Marie.

»Na gut! Aber dann macht euch auf die Hufe und vertändelt eure Zeit nicht mit Plüschtieren und philosophischen Erörterungen.«

[14]

Maries Abstieg aus Bonkerts Wohnung gestaltete sich noch sehr viel schwieriger als der Aufstieg, denn sie musste ihn rückwärts bewerkstelligen. Zum einen, da sich beim Abstieg das Treppengeländer zu ihrer Linken befand und so ihre gesunde rechte Hand, die sie für einen sicheren Halt benötigte, auf der falschen Körperseite lag. Zum andern, weil sie ihr linkes Puddingbein beim Aufstieg zwar von einer Treppenstufe auf die nächsthöhere hochziehen konnte, es beim Abstieg jedoch seinen Dienst verweigerte. Es war zu wacklig, um bei einem Schritt nach unten einen stabilen Stand zu finden. Zwanzig Zentimeter Stufenhöhe wurden so für das Bein zu einem unüberwindbaren Abgrund.

Laut schimpfend arbeitete Marie sich daher im Rückwärtsgang vom vierten Stock abwärts. Verfluchte dabei sowohl die mangelnden Fortschritte der modernen Schlaganfallmedizin als auch Gottes Schöpfung im Allgemeinen und seine Schnapsidee, Krankheiten zu erfinden, im Speziellen. Im zweiten Stock warf sie dem bleiverglasten Fenster mit der leidenden Muttergottes einen verächtlichen Blick zu. »Jetzt guck nicht so elend, Mariechen. Dein Sohn hatte es doch gut. Im Gegensatz zu mir musste er den Weg nach Golgatha nicht wieder zurücklaufen!«

Doch Marie hielt tapfer durch, ihr Stolz gebot es, sich nicht von Tarkan helfen zu lassen. Nach unendlichen einhundert Stufen erreichte Marie mit ihren drei Begleitern das Erdgeschoss. Ermattet und schweißgebadet ließ sie sich im Rollstuhl zum Auto schieben. Sie stiegen alle in den 911er, in dessen Passagierraum ab sofort nicht nur ein vierundzwanzigzölliges Rollstuhlrad, sondern auch ein rosa Pferdewohnmobil samt Swimmingpool und ein riesiger lila Plüschesel mitreisten.

Tarkan hatte sich ans Steuer gesetzt, und Marie sagte, während ihr die Webpelzzotteln des Stofftieres auf ihrem Schoß im Gesicht hingen: »Ich glaube, wenn wir Jordan und Sorina helfen wollen, bleibt uns nichts anderes übrig, als uns auf den Weg nach Rumänien zu machen!«

»Nach Rumänien? Toll! Und wie sollen wir dahin kommen?«, fragte Tarkan nach.

»Werden wir sehen! Ich schlage vor, wir fahren erst mal zu uns nach Hause und packen ein paar Sachen zusammen.«

Mäßig begeistert lenkte Tarkan den Porsche an der Ulrepforte auf den Sachsenring, der ein Teilstück des innersten Straßenrings um das alte linksrheinische Köln bildete. Nach zehn Minuten bog er schließlich in die Straße ein, in der er und Marie wohnten. Sie hatten das Nachbarhaus erreicht, als sie auf dem Gehweg Carsten Rottmann entdeckten. Er war mit einem Mann im Gespräch, der einen grauen Overall mit der Aufschrift »D'r kölsche Schlösseljung – Mer krije alles op« trug. Als Rottmann Marie und Tarkan in ihrem Auto erspähte, winkte er sie aufgeregt zu sich. Hektisch wie ein Frettchen auf Ecstasy fuchtelte er mit den Armen durch die Luft: »Es ist schon wieder bei mir eingebrochen worden. Dabei war ich nur eine Stunde zum Einkaufen weg. Und jetzt sieht meine ganze Wohnung aus wie Bagdad nach einem Bombenangriff der Amerikaner! Alles zerwühlt!«

Marie und vor allem die Kinder erschraken bis ins Mark, denn sie wussten, auf wessen Konto der Einbruch ging.

»Das ist scandaleux, holy shit!«, empörte sich Rottmann, der gerne Sprachen, die nicht zusammengehörten, wahllos zusammenmischte.

»Aber forget it! Ich werd nicht die Cops rufen, denn ich spiele mit dem Gedanken, das ganze Chaos in meiner Wohnung Stück für Stück abzutragen, in Harz zu gießen und daraus eine Installation für die Dokumenta zu machen. Mit dem Titel ›Moloch Mietwohnung – Auf dem Schlachtfeld der Liebe‹.«

»Ha freilich!«, warf der Schlüsseldienst-Monteur ein. »Abr vorhär werd i in ihre Dür oi nois Sicherheidsschloss und oin Querriegl aus Schdahl oibaue.«

Marie konnte sich vor Lachen kaum noch halten. »Du bist der kölsche Schlösseljung und sprichst schwäbisch?«

»Abr sichr! Mir sind oi bundesweide Schlüsseldienschkedde aus Esslinge und gebe uns in jedr Schdadd oin heimadverbundene Namen. In Berlin heiße mir ›Baaliner Schlüsselfritze‹ und in München ›Bajuwarische Schlüsselbuam‹!«

»Superkonzept!«, pfiff Marie durch die Zähne. »Nur gut, dass ihr kein Pizzataxi betreibt, das hieße dann bestimmt ›D'r löstije Spätzletünnes‹!«

Tarkan wurde langsam nervös und brachte das Gespräch wieder auf das eigentliche Thema: »Was ist denn diesmal bei dir gestohlen worden?«

»Nichts! Gar nichts! Das heißt, außer dem ganzen Ärger ist alles kaum der Rede wert! Ich hab nur fürchterliche Kopfschmerzen wegen der Aufregung!«

»Nichts? Keine Wertgegenstände?« Marie bemühte sich, möglichst beiläufig zu klingen. »Oder zum Beispiel Geld?«

»Nein, zum Glück nicht. Ich wäre ja auch ziemlich blöd, wenn ich Bargeld, insbesondere in größeren Summen, bei mir zu Hause aufbewahren würde!«

»Ja, würden Sie nie machen«, erwiderte Marie verwirrt, wünschte ihm noch viel Glück bei der Arbeit an seiner Installation »Moloch Mietwohnung« und gab Tarkan ein Zeichen loszufahren.

Dieser startete den Motor des Porsches und fuhr in die Tiefgarage, die zu Maries Haus gehörte.

»Wieso behauptet Rottmann, dass ihm kein Geld gestohlen wurde? Der kann doch nicht einfach vergessen haben, dass er fünfzigtausend Euro in seinem Schreibtisch rumliegen hat!«, wunderte sich Marie, worauf Tarkan nur müde mit den Schultern zuckte: »Der hat den ersten Einbruch noch nicht mal der Polizei gemeldet. Keine Ahnung, was das zu bedeuten hat.«

Er parkte den Wagen gerade direkt neben Maries hellblauem Kangoo, als sie die nächste unangenehme Überraschung ereilte: Alle vier Reifen von Maries Auto waren zerstochen. Platt wie vier Frikadellen waren sie in sich zusammengesackt, die schlaffen Kautschukmäntel zerliefen auf dem Asphalt wie verbrannter Käse in einem Cheeseburger. Marie überkam ein höchst ungutes Gefühl.

»Los! Lasst uns abhauen!«, schrie sie Tarkan an. Noch bevor dieser reagiert hatte, sprang die Tür zum Treppenhaus auf.

»Acolo! Vampirul e aici!«, kreischte Sorina totenbleich. »Da vorne! Andras in Tür!«

Andras, der kaltherzige Patron der beiden Kinder, hatte sie nun auch erkannt. Seine Goldzähne wie ein tollwütiger Hund fletschend stürmte er auf sie zu, als wollte er direkt durch die Windschutzscheibe des Porsches springen und dessen Insassen zerfleischen. Tarkan rammte seinen Fuß aufs Gaspedal, der 911er sprang mit einem unbeherrschten Satz nach vorn, kreiste einmal um die eigene Achse und flog im Vollgas die Rampe hoch. Einen wutentbrannten Andras an einen Betonpfeiler gepresst hinter sich zurücklassend.

Erst eine halbe Stunde später nahm Tarkan den Fuß wieder vom Gaspedal. Kopflos war er kreuz und quer durch die Stadt gerast und hielt schließlich in der Nähe des Doms hinter einem Baucontainer, der das Fahrzeug verdeckte.

»Ich glaub, jetzt sind wir sicher, dass niemand mehr hinter uns ist!«

Er schnaufte tief durch, und dann legte sich eine bleischwere Stille in das Innere des 911ers. Bis auf ein leichtes Kratzgeräusch, das von Sorinas Fingernägeln herrührte, mit denen sie sich vor lauter Angst den linken Arm blutig gerieben hatte.

»Ich finde, wir sollten uns endlich aus dem Staub machen«, sagte Marie schließlich. »Diese ganzen Zufallsbegegnungen sind nichts für meine Nerven. Ein Schlaganfall reicht mir. Ich will nicht auch noch vor Schreck einen Herzinfarkt kriegen!«

»Also Rumänien?«, entgegnete Tarkan mit einem gequälten Lächeln. Marie und die beiden Kinder nickten stumm.

Sie hielten eine kurze Lagebesprechung ab und kamen zu dem Ergebnis, dass es keinen Sinn machen würde, einen Flug zu buchen, da Jordan und Sorina keine Ausweispapiere besaßen. Eine Zugfahrt kam aus demselben Grund nicht infrage. Ebenso verwarfen sie die Idee, sich einen Mietwagen zu nehmen. »Der Porsche ist bestimmt schon zur Fahndung ausgeschrieben«, wandte Tarkan ein. »Wenn der irgendwo am Straßenrand parkend entdeckt wird, stecke ich so richtig in der Scheiße. Meine Fingerabdrücke sind doch bei meinem Rausschmiss von meinen Exkollegen gespeichert worden.«

»Und was ist mit Sachen von verrücktes Künstler?«, fragte Sorina

»Keine Ahnung, wir können doch nicht zu Rottmann gehen und sagen: ›Hör mal, du Westentaschen-Beuys, wir haben hier zwei Bilder von dir und zwei Kinder, die sie geklaut haben. Und außerdem fuffzig Mille, von denen du gar nicht weißt, dass du sie überhaupt besitzt!«

Sie beschlossen, das Problem vorerst zu vertagen, und begaben sich mit zwei gestohlenen Bildern und einer beträchtlichen Summe entwendeten Bargelds in einem geklauten Sportwagen auf die eintausendfünfhundert Kilometer lange Reise.

[15]

Mit Tempo einhundertachtzig glitt der nachtblaue 911er genüsslich vor sich hin grummelnd über die A3 in Richtung Frankfurt. Das Radio blies ihnen die aktuellen Hits in die Ohren und erfüllte den Wagen mit guter Laune. Auch Barbie, der lila Plüschesel auf Maries Schoß und das Rollstuhlrad in Jordans Armen schienen im Takt mitzuwippen. Nach knapp eineinhalb Stunden hatten sie Frankfurt erreicht und gegen Mittag ließen sie Würzburg hinter sich. An einer Raststätte machten sie kurz Pause und besorgten sich Zahnbürsten und Unterwäsche. Wegen des modisch nicht gerade sehr anspruchsvollen Angebots kaufte Tarkan Boxershorts mit der Aufschrift »Meiner ist achtzehn Meter lang«. Marie entschied sich für einen Slip mit dem Aufdruck »Wem du's heute kannst besorgen, den vernasche nicht erst morgen«. Und sowohl Sorina als auch Jordan, der allerdings protestierte, erhielten quietschgelbe Hello-Kitty-Schlüpfer.

Hinter Nürnberg tauschte Marie mit Tarkan die Plätze, wobei Tarkan den lila Esel nicht auf den Schoß nehmen wollte und ihn stattdessen so sehr im Fußraum einpferchte, dass Marie rief: »Du Tierquäler! Wart's ab, bei unserem nächsten Halt werden radikale Tierschützer den Wagen aufbrechen und den armen Esel befreien!«

»Klar, das sind dieselben Tierschützer, die auch fordern: Freiheit für alle Schokohasen!«

»Und sich mit Mozartkugeln den Weg zu den Fabriken freischießen, um dort die eine oder andere Kalorienbombe hochgehen zu lassen!«

Marie am Steuer genoss es, den Porsche mal wieder so richtig in die Pflicht nehmen zu können und raste mit zweihundertvierzig Sachen über die A9. Kurz vor Ingolstadt wurde sie von einem litauischen Viehtransporter böse ausgebremst und konnte einen Zusammenprall nur mit einem beherzten Schlenker nach rechts verhindern.

»Hey! Bist du wahnsinnig!«, schrie Tarkan, der wie immer, wenn Marie fuhr, seine Fingernägel tief in die Ledersitze gekrallt hatte. »Das war reines Glück, dass du nicht auf den draufgeknallt bist!«

Marie schaltete herunter und fuhr nun deutlich langsamer auf der rechten Spur.

»Das war kein Glück, das war Können!«, fauchte sie ihn an. Sie scherte wieder auf die linke Spur aus und fügte nachdenklich hinzu: »Das ist schon seltsam. Können kann ich. Nur Glück kann ich nicht. Ich krieg im Restaurant immer das kleinste Schnitzel. Und dann ist es auch noch zäh.«

»Na, wenn das Schnitzel zäh ist, dann hast du doch Glück, dass es so klein ist! Alles eine Frage der Einstellung!«, lachte Tarkan sie an.

»Aha! Tarzan weiß, was Glück ist. Obwohl Tarzan gerade seinen Job verloren hat!«, schoss Marie zurück. »Schau den Tatsachen doch mal ins Gesicht: Du bist genauso wenig ein Glückspilz wie ich oder wie Jordan und Sorina. Wie wir alle stehst du vor einem Scherbenhaufen, hast aber von der göttlichen Vorsehung kein Kehrblech zur Hand bekommen.«

»Unsinn, ich hatte in meinem Leben auch oft Glück!«,

protestierte er. Nach einer nachdenklichen Pause hellte sich sein Gesicht schelmisch auf. »Ich hatte zum Beispiel mal eine Freundin, und als wir frisch zusammen waren, da flüsterte mir deren Freundin eines Tages zu, dass sie mich total heiß findet und sich nichts anderes wünscht, als mit mir zu schlafen. Auf der Stelle! Dann ging die Freundin meiner Freundin mit den Hüften wackelnd zum Schlafzimmer und sagte: ›Aber wenn du gehen willst, du weißt ja, wo die Haustür ist.‹ Ich war so perplex, dass ich wie festgenagelt stehen blieb. Aber dann war mir klar, was ich zu tun hätte. Ich rannte aus dem Haus zu meinem Auto. Dort sprang meine Freundin, also meine richtige Freundin, auf mich zu, guckte sehr verliebt und lachte mich an: ›Das war nur ein Test, ob du mir treu bist. Glückwunsch, Tarkan, du hast bestanden!‹«

»Hübsche Geschichte, die dich ehrt«, erwiderte Marie. »Und was war daran jetzt Glück?«

»Dass ich die Kondome im Auto hatte und nicht in der Hosentasche!«, entgegnete Tarkan breit grinsend.

Marie lachte zurück. »Da hattest du Schwein! Unverdient noch dazu! Aber das Glück ist eben ein Rindvieh, das sich oft die Falschen aussucht. Kinder wie Jordan und Sorina haben noch nie Glück in ihrem Leben gehabt. Das ist ungerecht, denn auf der anderen Seite gibt es echte Glückspilze, die einfach immer auf der Sonnenseite stehen!«

»Ja, davon gibt's 'ne Menge. Zum Beispiel all die Leute, die dem Tod von der Schippe gesprungen sind.«

»Stimmt!«, sagte Marie leise. »So wie ich. Aber der Preis war ziemlich hoch. Hab mir beim Sprung von der Schippe ein paar böse Schrammen geholt. Bei mir war die Kante etwas scharf.«

Auch Tarkan wurde jetzt ernster. »Kennst du die Geschichte des Trainers von Hertha BSC?«

Marie schüttelte den Kopf.

»Der heißt Jos Luhukay und spielte in seiner aktiven Zeit in den Niederlanden. 1989 wurde Luhukay, dessen Vater auf den Molukken geboren wurde, für die ›Kleurrijk Elftal‹ nominiert, was übersetzt die ›Farbenprächtige Mannschaft‹ heißt. Eine Mannschaft, die aus holländischen Fußballprofis mit surinamischen Wurzeln bestand. Doch im letzten Moment, kurz vor dem Abflug zu den Spielen in Surinam, musste Luhukay absagen, weil er zum Zeitpunkt des Spieltermins mit seinem Verein VVV Venlo in der Relegation antreten musste.«

Marie schaute ihn fragend an. »Verstehe ich nicht, das war doch kein Glück, sondern Pech für ihn!«

»Ganz im Gegenteil! Denn das Flugzeug, in das er steigen sollte, stürzte ab und der Großteil der Elf kam dabei ums Leben!«

»Stimmt, das war Glück! Da hat Fortuna sich mal gnädig gezeigt. Aber was ist Glück eigentlich?«

Tarkan schaute zu ihr herüber: »Glück ist, wenn das Pech die anderen trifft. Ein anderer Spieler, Winnie Haatrecht vom SC Heerenveen, musste die Reise ebenfalls absagen, da sein Verein in die Abstiegs-Playoffs musste. Da auch viele andere Stars wie Ruud Gullit oder Frank Rijkaard keine Freigaben von ihren Vereinen erhalten hatten, schlug Winnie Haatrecht dem Trainer der ›Kleurrijk Elftal‹ vor, seinen kleinen Bruder Jerry nachzunominieren. Dieser war zwar sehr talentiert, allerdings nur Amateurspieler und musste daher extra ein Probetraining bei der Nationalmannschaft absolvieren. Dort spielte er so gut, dass er ins Aufgebot aufgenommen wurde. Jerry Haatrecht strahlte vor Freude. Seinen großen Lebenstraum, die Niederlande international vertreten zu dürfen, hatte er eigentlich schon aufgegeben, doch nun im Sommer 1989 schien dieser Traum Wirklichkeit zu werden. Jerry und auch sein Bruder Winnie staunten über so viel Glück, denn es war schon der zweite Glücksmoment des Jahres, nachdem ihre Mutter erst kurz vorher den Krebs besiegt hatte.«

»O nein, wie schrecklich«, entwich es Marie entsetzt. »Jerry stieg in den Flieger und überlebte den Absturz nicht?«

»Moment, warte doch!«, unterbrach Tarkan sie streng. »Als die Douglas DC-8 der Surinamesischen Luftfahrtgesellschaft den Flughafen in Amsterdam verlässt, sitzt Jerry an einem Fensterplatz. Nach ein paar Stunden wird ihm der Blick auf den unendlichen Ozean zu langweilig und er wechselt den Platz mit Edu Nandlal, einem Spieler von Vitesse Arnheim. Beim Anflug auf Surinam wechselt das Wetter von klarem Sonnenschein, der während des gesamten Fluges geherrscht hatte, zu dichtem Nebel. Flugkapitän Rogers sieht so wenig, dass er mehrere Landeversuche unternimmt und wieder abbricht. Der vierte Landeversuch sollte sich dann als fatal herausstellen. Rogers fliegt viel zu tief. In fünfundzwanzig Meter Höhe streift die DC-8 einen Baum, und die Piloten verlieren die Kontrolle über den Flieger. Die Maschine bohrt sich mit voller Geschwindigkeit kopfüber in den Dschungel. Fast alle Passagiere sind auf der Stelle tot. Es gibt nur ganz wenige Überlebende, wie zum Beispiel Edu Nandlal, mit dem Jerry erst kurz vorher den Platz getauscht hatte!«

»Nein!«, rief Marie. »Und deshalb starb Jerry? Nur weil er zufällig kurz vorher mit diesem Edu den Platz getauscht hatte? Das Schicksal ist ein ganz mieses Arschloch!«

»Nein, auch Jerry lebte noch!«

»Na gut! Schicksal, ich muss mich bei dir entschuldigen!«

Tarkan wurde ein wenig ungeduldig. »Lass mich doch erst mal zu Ende erzählen! Es geht noch weiter! Jerry überlebt den Absturz schwerverletzt. Da es vor Ort aber zu wenige Hilfskräfte gibt, kümmern sich diese zuerst um den besser erreichbaren Edu Nandlal und lassen den um Hilfe schreienden Jerry einstweilen zurück. Nachdem sie Edu Nandlal versorgt haben, eilen sie aber augenblicklich zu Jerry. Doch mittlerweile ist es zu spät für ihn. Jerry Haartrecht ist tot!«

Tarkan hielt kurz inne, und sogar Marie schwieg. Dann erzählte er weiter. »An einem Junitag im Jahre 1989, um kurz vor fünf, sterben im Dschungel von Surinam, einen Steinwurf vom Flughafen entfernt, nicht nur Jerry Haatrecht und mit ihm hundertfünfundsiebzig andere Menschen, darunter vierzehn holländische Fußballprofis, sondern auch die ›Kleurrijk Elftal‹. Sie trug danach kein einziges Spiel mehr aus.«

»Ja, und was war mit Jerrys Familie?«

»Winnie Haatrecht war von der Nachricht über den Tod seines Bruders Jerry vollkommen geschockt, zumal dieser ja erst auf seine Empfehlung hin in die ›Kleurrijk Elftal‹ aufgenommen worden war. Winnie flüchtete aus Holland in die Schweiz und spielte dort mäßig erfolgreich bei einem mittelmäßigen Zweitligaverein. Die Mutter der beiden Brüder war so untröstlich, dass bei ihr kurz nach dem Unglück die Krebserkrankung wieder ausbrach. Sie hatte keine Kraft mehr für eine erneute Chemotherapie und starb zwei Jahre später.«

Beide schauten gedankenverloren aus dem Fenster auf die Fahrbahn.

»Was für eine Geschichte«, seufzte Marie nach einer langen Pause. Dann wurde ihre Stimme hart: »Ich sag dir: Das Leben ist wie ein Stück Seife auf dem Boden einer Knastdusche. Es sorgt dafür, dass du gefickt wirst!«

»Ja!«, pflichtete Tarkan ihr bei. »Manche Leute haben eben Pech. Denen wird einfach so der Stiel aus der Birne gezogen, ohne dass sie was dafürkönnen.«

»Aber wenn sie nichts dafürkönnen, muss doch jemand anders daran schuld sein, oder? Guck dir Jordan und Sorina an. Das ist doch nicht deren Schuld, dass sie noch nie Glück erleben durften. Genauso wenig wie die Müllkinder in Südamerika, die Kinder in den Textilfabriken in Bangladesch oder all die anderen Kinder, die am Tellerrand der Gesellschaft kratzen und deren Suppenlöffel immer schmutzig ist.«

»Klar, fast immer ist jemand schuld am Unglück. Auch in meiner Geschichte haben einige Personen eine Menge davon auf sich geladen: Flugkapitän Will Rogers hatte beim Landeanflug auf Surinam versucht, mithilfe des automatischen Instrumentenlandesystems zu landen, obwohl dies bei solch schlechten Sichtbedingungen strengstens verboten war. Außerdem hatte er die automatischen Warnungen des Bodennähe-Warnsystems einfach skrupellos ignoriert. Hinzu kam, dass er bei seiner Altersangabe gelogen hatte, er war schon sechsundsechzig und somit zu alt, um zu fliegen. Und als wenn das nicht schon genug wäre, verfügte er auch gar nicht über eine gültige Lizenz für das Fliegen einer DC-8. Sein Kopilot war nicht viel besser, denn der flog unter falschem Namen und mit gefälschten Papieren. Er besaß überhaupt keine Fluglizenz, weder für eine DC-8 noch für jedes andere Passagierflugzeug.«

»Und bei diesem Jerry Haatrecht kann man schon nicht mehr von Ironie des Schicksals sprechen, den hat das Schicksal doch regelrecht verhöhnt! Ich sage dir: Manchmal ist das Schicksal ein fieser Verräter, eine ganz linke Bazille. Erst verspricht es dir den Himmel auf Erden, und dann schlägt es bei der erstbesten Gelegenheit so richtig zu!«, empörte sich Marie.

»Ich verstehe das auch nicht«, entgegnete Tarkan. »Aber vielleicht ist es im Leben wie im Fußball – wenn einer partout nicht stirbt, dann nominiert der liebe Gott einfach jemand anderen nach. Wenn er feststellt, dass einer dem Tod einfach von der Schippe gesprungen ist, haut er beim Nächsten mit der Schippe so richtig drauf.«

»Am besten ist, man macht nix!«, sagte Marie und ihre dunklen Gedankenwolken hellten wieder auf. »Ich kann ja nur vom Auto überfahren werden, wenn ich auf die Straße gehe. Am besten ist, man schließt sich in der Wohnung ein, setzt sich lecker aufs Sofa und frisst sich dick und rund. Dann kann einem auch nichts mehr passieren.«

»Da wär ich mir nicht so sicher«, gab Tarkan zurück. »Das Unglück ist nämlich so ähnlich wie die Mafia. Wenn es dich finden will, dann findet es dich auch. Es gab mal einen Briten namens William Shortis, der entging im Jahre 1903 nur knapp dem Tod. Denn er lag mehr als drei Tage unter der Leiche seiner zweihundertvierundzwanzig Pfund schweren Frau Emily, die auf der Treppe ausgerutscht und auf ihn gefallen war.«

»Wenn man mit einer zu fetten Frau verheiratet ist!«, kicherte Marie. »Mit Kate Moss wär ihm das nicht passiert. Die ist so dünn, wenn die Himbeersaft trinkt, sieht die aus wie ein Fieberthermometer.«

»Und wenn Kate Moss auf der Treppe ausrutscht und einen Gipsfuß kriegt, kann man sie immerhin noch als Golfschläger benutzen!«, griente Tarkan zurück.

Marie schaute ihn lange an, und ihr Herz meldete sich trommelnd zu Wort. Sie musste wieder daran denken, dass der türkische Adonis Tarkan in Wirklichkeit ein indischer Kuhschubser war, der ihre Seele angestoßen hatte.

Als hätte sie Maries Gedanken gelesen, rief Sorina mit einem unverfrorenen Grinsen von hinten aus dem Fond: »Sagst du mir, Marie, warum du haben eigentlich keine Mann? Oder bist du zusammen mit Mann, der so stark ist und so ähnlich heißen wie Affenmann aus Dschungel?«

Marie schüttelte den Kopf: »Quatsch, bin ich nicht!«

Aber das Mädchen ließ nicht locker: »Doch! Bist du zusammen! Denn bei uns man gelten als Mann und Frau, wenn man in Nacht zusammen durchebrennt! Und ihr doch durchegebrannt!«

»Ja, dann kannst du uns ja die original Zigeunerhochzeitsurkunde unterschreiben!«

»Aber zum Glück kannst du gar nicht schreiben!«, fügte Tarkan feixend hinzu. Sorina nickte traurig, und in ihrem Mund machte sich ein leicht rostiger Geschmack breit. Sie musste schlucken. »Ja, ich nicht kann schreiben. Ist sich großes Glück!«

Nachdem sie Regensburg hinter sich gelassen hatten, erreichten sie am frühen Abend Passau und überquerten kurz darauf problemlos die Grenze nach Österreich, ohne angehalten und kontrolliert zu werden. Ordnungsgemäß kauften sie eine Vignette, ein »Pickerl«, das sie hinter die Windschutzscheibe klebten und das ihnen die unbehelligte Weiterfahrt über die Autobahnen Österreichs ermöglichte. Marie und Tarkan hatten beim letzten Tankstopp wieder die Plätze getauscht. Tarkan fuhr, anders als Marie, äußerst bedächtig und hielt sich an alle Geschwindigkeitsvorschriften. Im Radio verkündete der krachlederne Alpen-Elvis Andreas Gabalier schmalztriefend: »I sing a Liad für di.« Dann sang er: »So liab hob i di.« Als Nächstes: »I steh auf di.« Und schließlich: »Mei Herz schlogt nur für di.« Den Grund für so viel Zuneigung lieferte er auch, denn er bekannte lauthals knödelnd: »Du bist Licht in meinem Leben.«

»Und du selbst bist kein Licht, sondern eine arme Leuchte!«, dachte Marie genervt und schaltete das Radio aus. Sie hatte sich an den lila Plüschesel gekuschelt und blickte nach hinten auf den Rücksitz des 911ers. Jordan und Sorina waren Kopf an Kopf eingeschlafen und hielten sich im Schlaf fest an den Händen.

Drei Stunden später hatte der Porsche Österreich durchquert. Es war halb neun Uhr abends, die Sonne buddelte sich müde in die Felder am Rande der Autobahn. Die vier Weggefährten erreichten Nickelsdorf, den Grenzübergang nach Ungarn, den sie ohne Probleme passierten. Da noch mehr als fünfhundert Kilometer vor ihnen lagen, die sie an dem schon weit fortgeschrittenen Tag nicht mehr bewältigen würden, beschlossen sie, sich ein Quartier für die Nacht zu suchen. Tarkan verließ mit dem 911er die Autobahn an der Abfahrt zum ungarischen Grenzstädtchen Hegyeshalom.

»Guckt mal, Kinder! Da bleiben wir, denn die Stadt heißt uns willkommen! Die sagt ›Guten Tag‹.«

»Wie du kommen darauf?«, fragte Jordan neugierig.

»Siehst du nicht das ›Shalom‹ in Hegyeshalom?«

Jordan schaute verwirrt, denn er verstand Tarkans kalauerhafte Anspielung nicht im Geringsten. Wie auch, war doch alles Jüdische in Rumänien während des Faschismus noch gründlicher ausgemerzt worden als die Minderheit der Roma.

Tarkan ließ sich aber in seiner aufgeräumten Stimmung nicht beirren.

»Shalömchen, Bonbönchen! Wir komm'n, Hegyeshalom«, dichtete er unbeholfen, aber gut gelaunt.

»Und deine Kalauer machen viel Aua«, reimte Marie ein wenig genervt zurück.

Sie fuhren durch das verschlafene Grenzstädtchen, das neben einer Dorfkirche hauptsächlich aus Wechselstuben, Transithotels, Tabakläden und Zahnarztpraxen bestand. »Dentalkliniken«, die sich die kostengünstige Sanierung österreichischer Gebisse zur Aufgabe gemacht hatten und ihrer kariesgeplagten, zahlungskräftigen Klientel sogar ein eigenes »Zahntaxi« bereitstellten, um sie vom Bahnhof abzuholen.

Es war dann Jordan, der entschied, welches das passende Nachtlager für sie sein sollte. Sie fuhren über die schmale Hauptstraße, an der hässliche, eingeschossige Häuser sich hinter knorrigen Kugelahornen wegduckten, als wollten sie sich voller Scham vor den Touristen verstecken. Dort entdeckte der Junge ein blassgelbes Hotelgebäude, direkt neben dem »Klub Neon«, einem Striplokal, das seinem Namen so gar keine Ehre machte, da es sehr düster wirkte.

»Stopp! Wir hier anhalten! Hier ich will schlafen! Guckt ihr Schild!«

Auf einem Schild über dem Eingang stand »Pension Popey«, und aus dem zweiten »P« lehnte die berühmte Comicfigur mit den kräftigen Unterarmen, der weißen Kapitänsmütze und der im Mundwinkel eingequetschten Pfeife heraus. Es schien den Spinatmatrosen nicht weiter zu stören, dass sein Name falsch geschrieben worden war.

»Da ich will schlafen«, rief Jordan, »denn Popeye starkes Mann. Kann uns beschützen in Nacht, wenn nötig!«

Nachdem sie den Porsche auf dem bewachten Parkplatz der »Pension Popey« abgestellt hatten, gingen sie in das kleine Hotel, das aus elf Gästezimmern bestand, und buchten ein Mehrbettzimmer für fünfzig Euro die Nacht. Dieses verfügte über vier Einzelbetten, die in Reih und Glied wie Gräber auf einem Militärfriedhof angeordnet waren. Der Raum versprühte den dezenten Charme längst verblichenen Ostblockchics: Die Betten in ehemals volkseigenen Betrieben in künstlichem Mahagoni furniert, die Böden mit schlammfarbenem Resopal ausgelegt, die Nasszelle in Bahamabeige gekachelt und mit lindgrünen Duschvorhängen aus den Siebzigern ausgestattet. Man spürte quasi den innenarchitektonischen Geist sozialistischer Spießigkeit. Erich Honecker hätte sich hier sehr wohlgefühlt.

Nachdem Marie, Tarkan und die beiden Kinder sich ein wenig frisch gemacht hatten, aßen sie im hoteleigenen Restaurant. Die Erwachsenen Paprikagulasch, das hier auf Ungarisch »Rindspörkölt« hieß. Die Kinder »Schnitzel Pinocino«, was wohl »Pinocchio« bedeuten sollte, da die Fleischstücke mit einer langen Nase aus Pommes frites dekoriert waren. Oben wuchsen den Schnitzeln Haare aus Spinat aus dem panierten Kopf.

»Popeye ist gutes Mann!«, rief Jordan begeistert an den grünen Haaren Pinocchios kauend. »Ist stark wegen Spinat. In Spinat Eisen, deshalb macht Muskeln aus Eisen!«

»Das Problem ist nur«, versuchte Tarkan den Jungen zu belehren, »dass zwar ein Wissenschaftler mal hohe Mengen an Eisen in Spinat nachgewiesen hat, dies sich aber auf getrockneten Spinat bezog. Da frischer Spinat jedoch zu neunzig Prozent aus Wasser besteht, enthält der auch nur ein Zehntel so viel an Eisen.«

»Egal, ich will auch Muskeln aus Eisen! Ich dann eben jede Tag essen hundert Dosen Spinat!«

»Super Plan!«, amüsierte sich Marie. »Aber ich muss es trotzdem sagen, Jordan: Dass man durch Spinat stark wird, ist genauso bescheuert, wie dass Fruchtzwerge so wertvoll wie ein kleines Steak sind. Oder dass Cornflakes gesund sind. Denn da enthalten die Pappkartons mehr Nährstoffe als die Cornflakes selbst.«

»Dann ich eben essen tausend Pappekarton! Denn ich will sein kein Fruchtzwerg, ich will sein Superheld!«

Sorina schaltete sich nun ins Gespräch ein: »Jordan schon immer will sein Superheld.«

»Weil liebe Gott uns nicht hilft. Hat uns gesehen in Dreck und nicht geholfen!«

Marie lachte bitter. »Das habe ich auch immer gedacht, als ich klein war. Ich fand das so schlimm, dass dir der liebe Gott nie wirklich geholfen hat. Im Gegenteil, wenn du etwas nicht richtig gemacht hast, dann hieß es immer: Der liebe Gott wird dich dafür bestrafen.«

»Liebe Gott uns viel bestraft! Ich Angst vor komische alte Mann!«

»Ich habe aber noch mehr Angst vor eurem Allah!«, wandte sich Marie an Tarkan, und es war nicht ganz klar, ob sie es ernst meinte oder nur die Stimmung auflockern wollte. »Weil der so riesige Füße hat!«

Tarkan schaute irritiert.

»Es heißt doch immer: Allah ist groß, Allah ist mächtig, Allah hat Schuhgröße von drei Meter sechzig!«

Jetzt mussten sowohl die beiden Kinder als auch Tarkan lachen. »Und ich als Moslem fand euer Weihnachten blöd, weil es bei uns zu Hause keine Geschenke gab. Die deutschen Kinder haben gesagt, das liegt daran, dass ich nicht getauft bin. Dann hab ich gesagt: ›Na und, ich bin zwar nicht getauft, dafür aber geimpft!‹«

»Und ich hab immer gedacht, die Bibel der Moslems hieße Kodak. In einem Schulaufsatz hab ich auch mal geschrieben: ›Bei den Moslems dürfen die Männer mehrere Frauen heiraten, das nennt man Polygamie. Bei uns dürfen Männer nur eine Frau heiraten. Das nennt man Monotonie.‹«

Marie und Tarkan hatten sichtlich großen Spaß daran, Kindheitserinnerungen auszutauschen.

»Ich hab bei euch Christen auch so vieles nicht verstanden. Zum Beispiel den Jesus! Ich dachte immer, der arme Kerl kann ja gar keine Smarties essen! Weil die dem ja immer durch die Hand fallen. Oder dass Jesus einer von euch ist und angeblich aus Palästina stammt, hat mir auch nicht eingeleuchtet: Der Typ hatte doch das Geschäft seines Vaters übernommen. Der lebte zu Hause, bis er dreiunddreißig war. Glaubte, dass seine Mutter Jungfrau war. Und seine Mutter hielt ihn für Gott. Für mich war ganz klar, der Typ war Türke!«

Marie gluckste ausgelassen vor sich hin, dann wurden ihre Gesichtszüge plötzlich ernster: »Ich hab damals zwar nicht an den lieben Gott geglaubt. Aber trotzdem gab es so vieles, woran ich fest geglaubt hab: an den Osterhasen! Dass Pippi Langstrumpf Pferde hochheben kann! Dass mein Papa der stärkste Mann der Welt ist! Dass der Kölner Dom verheiratet ist und seine Frau ›Die Kölner Domina‹ heißt! Dass die Hölle gar nicht so schlimm ist, weil dort Bibi Blocksberg das Sagen hat! Dass Barbie wirklich keine Geschlechtsteile hat und Ken nicht schwul ist. Ich hab an so vieles geglaubt, nur nicht daran, dass Gott die Welt retten würde. Aber das war nicht schlimm. Denn ich wusste, dass – wenn nötig – die Rote Zora, Wonder Woman, Barbarella, Nscho-tschi, Spidergirl, Cat Woman, Poison Ivy und Ronja Räubertochter dies tun würden!«

»Was das sein?«, fragte Jordan nach. »Auch alles Superhelden?«

»Ja, von Geburt an! Ganz ohne Spinat! Denn man ist ja immer nur das, was man von Geburt an ist. Deshalb sei immer du selbst. Es sei denn, du kannst Batman sein. Dann sei immer Batman.«

Sie schaute auf Tarkan. »Wisst ihr eigentlich, dass Tarkan Batman ist?«

Und auf das ungläubige Staunen der Kinder hin holte dieser seinen Ausweis heraus, auf dem stand schwarz auf weiß in der Zeile für den Namen: »Tarkan Batman«. Da die Kinder nicht lesen konnten, glaubten sie ihm nicht, und so holte auch Marie ihren Ausweis hervor und sagte zu Jordan: »Und auch wenn du nicht Popeye bist, so bin ich Olivia, die dich vor dem bulligen Riesen Bonzo und dem verfressenen Wimpy beschützen wird! Guck, hier steht nämlich bei ›Name‹: Marie Olivia Sander!«

Jordan warf einen langen Blick auf Maries Ausweis, sah, dass da nur zwei Wörter standen, die er aber nicht entziffern konnte. Dann nickte er grinsend: »Stimmt! Ich lesen, da stehen ›Olivia‹!«

Als sie später im Bett lagen – Sorina und Jordan bestanden darauf, gemeinsam in einem zu schlafen – baten sie Marie, noch ein Lied für sie zu singen, am besten ein Superheldenlied, wie Jordan anfügte.

»Ja, klar! Wisst ihr eigentlich, dass ich auch Rapperin bin?«, log Marie grinsend. Aus dem Stegreif textete sie den Song »Millionen Legionen« der Fantastischen Vier um und sang den beiden ihr ganz persönliches Superheldenlied:

»Wo ich bin, sind sie
und wo ich steh, stehen sie.
Immer sind sie um uns,
doch die wenigsten sehen sie.
Wachen in der Nacht, helfen in der Not.
Hauen auch die Monster unter meinem Bett mal tot.
Mit ihnen kannst du nur gewinnen,
sie verjagen alle Spinnen.
Hab'n Raketen, sind Athleten,
Propheten, zu denen wir beten,
und den Proleten dieses Planeten
ganz konkret entgegentreten.
Und so ruf ich Pippi Langstrumpf, Superman
und Gustav Gans.
Rufe Buddha, rufe Yoda,
Spider-Girl, den glücksverwöhnten Hans
Alle Heiligen und Superheroes
kommt zu mir ins Hier
Ich hab Millionen Helden
in und hinter mir.«

[16]

Am nächsten Morgen, gleich nach dem Frühstück, machten sich Marie, Tarkan und die beiden Kinder zeitig auf den Weg. Sie fuhren aus der Hofeinfahrt der »Pension Popey« links auf die Hauptstraße, durchquerten Hegyeshalom und erreichten an dessen südlichem Ende die Auffahrt zur Autobahn.

»Guckt mal!«, rief Tarkan. »Die Stadt hat uns nicht nur mit einem Shalom begrüßt.« Er zeigte auf drei große Windräder, die neben der Fahrbahn standen: »Jetzt winkt sie uns zum Abschied auch noch zu!«

Marie verzog nur das Gesicht: »Lass die Scherze! Das ist nicht dein Metier, du bist ungefähr so witzig wie ein Feuerschlucker mit entzündeten Mandeln.«

Beleidigt schnappte Tarkans gut gelaunte Miene wie eine Tür ins Schloss ein: »Deine große Klappe sollte neben Viehpest, Hagel und Heuschrecken in die Liste der biblischen Plagen aufgenommen werden.«

»Unsinn, ich hab keine große Klappe!«, protestierte Marie vergnügt. »Es liegt eher an meiner Zunge, die ein bisschen spitz geraten ist.«

»Dafür fehlt dir vollkommen das Talent, nicht immer das letzte Wort haben zu wollen.«

»Eigentlich nicht. Sofortige Zustimmung ist mir das liebste Ende eines jeden Gesprächs.«

»Merkst du das nicht?«, raunzte Tarkan gereizt zurück. »Du willst schon wieder das letzte Wort haben!«

Marie holte Luft, um zu kontern, doch dann biss sie sich auf die Lippen und sagte nichts. Was ihr sehr schwerfiel, denn es tat ihr regelrecht physisch weh, den Mund zu halten. Aber sie wollte Tarkan nicht noch weiter provozieren.

»Siehst du! Ist doch nett von mir, dass ich dem Alphatierchen den Sieg im Wortgefecht überlassen hab!«, rutschte es ihr dann doch heraus, worauf sie einen tödlichen Blick von Tarkan erntete.

»Was ist das toll, wenn man eine charmante, sympathische und liebenswerte Frau als Beifahrerin hat. Aber ich hab ja nur dich!«, fauchte er mehr zu sich selbst als zu Marie.

»Weißt du, wenn der liebe Gott gewollt hätte, dass mich jeder mag, wär ich aus Schokolade«, lachte sie ihm ins Gesicht, doch Tarkan zeigte keine Reaktion. Schweigend lenkte er den Porsche auf die M1 in Richtung Budapest. Nach gut einer Stunde erreichten sie die Hauptstadt, ließen diese links liegen und fuhren weiter durch die ungarische Tiefebene. Die Landschaft bestand nun aus flacher, baumarmer Steppe mit spärlicher Vegetation auf sandigen Böden, aus denen einsam die typisch ungarischen Ziehbrunnen ragten.

»Wir sind ja hier mitten in der Pampa!«, entfuhr es dem nach wie vor übellaunigen Tarkan geographisch nicht ganz korrekt. Denn was für Argentinien die Pampa, ist für Ungarn die Puszta. Eine durch Rodung der Waldbestände von Menschen geschaffene Steppenlandschaft, die früher nur für die Viehzucht geeignet war und inzwischen in weiten Teilen kultiviert worden ist. Was man an weiträumigen Mais- und Sonnenblumenfeldern erkennen konnte.

»Ja gut«, sagte Marie, »ist vielleicht was öde. Fast so öde

wie Mecklenburg-Vorpommern. Aber romantisch. Ich hab immer den Eindruck, dass gleich Marika Rökk als Csardasfürstin um die Ecke springt. Oder Liselotte Pulver mit buntem Jungfernhäubchen als Piroschka!«

Maries Gesicht fing an zu leuchten. »Den Film hab ich als Kind oft gesehen. Ich weiß auch noch, wie der Ort hieß, in dem Piroschka wohnte: Hódmezővásárhelykutasipuszta. Was für ein Wort!«

Sorina, die lange Zeit dösend aus dem Fenster geschaut hatte, schaltete sich nun ins Gespräch ein: »Wir bei uns sagen: Ungarnsprache entstanden, weil liebe Gott aus Versehen hat ausgeschüttet Buchstabensuppe über Ungarn!«

»Genau! Elendig lange Wörter in vollkommen willkürlicher Zusammensetzung«, pflichtete Marie ihr bei.

»Da müsst ihr Deutschen den Ball aber mal ganz flach halten!«, grummelte Tarkan. »Was ist das für eine Sprache, die Wörter wie Krankheitskostenvollversicherungsschutz hervorbringt?«

»Das ist die Sprache, die die Welt auch mit so verbalen Kleinoden wie Rindfleischetikettierungsüberwachungsaufgabenübertragungsgesetz bereichert!«, ereiferte sich Marie. »Das ist Bürokratensprache, die haben wir Deutschen erfunden. Denn bei uns muss alles seine Ordnung haben, auch wenn sie keiner versteht. Dass zum Beispiel einen Bauantrag durchzukriegen, doppelt so lange dauert wie die Zeit, die ein Kinderschänder hinter Gittern verbringen muss. Oder dass die Zehn Gebote weniger als dreihundert Wörter enthalten, der Paragraf zweiundsiebzig der deutschen Straßenverkehrs-Zulassungs-Ordnung dagegen über fünfzehntausend!«

»Und damit länger ist als sämtliche hundertvierundvierzig Suren des Koran!«, lachte Tarkan, der seine schlechte Laune einfach begraben hatte. Denn er wusste, dass jede seiner schlechten Launen über kurz oder lang ja doch von Maries überbordenden Redeflüssen hinweggespült werden würde. Und genau das mochte er an ihr.

Nach gut vierhundertachtzig Kilometern, die Tarkan am Steuer des Porsches in gut sechs Stunden zurückgelegt hatte, näherten sich die vier Weggefährten dem Grenzübergang Csengersima. Dort staute sich der Verkehr aufgrund von Sturmschäden der letzten Nacht auf mehrere Kilometer Länge. Wie eine bunte, grobschlächtige Perlenkette reihte sich Lkw an Lkw, der nachtblaue 911er als kümmerlicher Aquamarin dazwischengeklemmt. Zwei Stunden später passierten sie schließlich die ungarische Grenzseite. Ohne Probleme wurden sie durchgewunken und rollten im Schritttempo auf den rumänischen Kontrollpunkt zu. Maries und Tarkans Herzen schlugen höher, wussten sie doch, dass sie sich nun sozusagen an der Außengrenze der Festung Europa befanden. Hier versuchte der Westen, seine Fleischtöpfe vor unerwünschten Gästen abzuschotten, und obwohl Rumänien Mitglied der Europäischen Union ist, hatte die uneingeschränkte Reisefreiheit für EU-Bürger hier ein Ende.

Doch Marie und Tarkan hofften, dass aus der Festung herauszukommen, nicht so schwer sein würde wie hereinzukommen. Die Festung bestand auch nicht aus meterdicken Burgmauern, Wehrtürmen und Schießscharten, sondern aus uringelben Zollhäuschen, die ein wenig das Ambiente alter DDR-Grenzübergänge verbreiteten. Darin saßen mürrische Grenzbeamte, die sich mit ernsten Gesichtern ihrem Dienst widmeten. Doch diesen schienen sie heute wegen des starken Verkehrs nur sehr oberflächlich zu verrichten. Sie winkten ein Fahrzeug nach dem anderen durch, nachdem sie nur ausgesprochen flüchtige Blicke auf die Papiere der Autoinsassen geworfen hatten.

»Los, duckt euch! Runter!«, rief Marie den beiden Kindern auf den Notsitzen zu.

Jordan und Sorina taten wie befohlen, und Marie begrub die beiden Kinder unter dem lila Plüschesel, dem Barbiewohnmobil und den beiden Bildern aus Rottmanns Wohnung. Nichts war mehr von ihnen zu sehen, als sie das Fenster des Zollhäuschens erreicht hatten.

»Passport!«, grunzte ihnen ein dickbäuchiger, schlecht rasierter Beamter entgegen.

Tarkan gab ihm seine Papiere, zum Glück hatte er einen deutschen Ausweis, was sicherlich die ganze Prozedur vereinfachen würde. Der Zöllner betrachtete den Ausweis ausgiebig, dann gab er ein undefinierbares Geräusch von sich: »Batman? You Batman?«

Tarkan nickte devot.

»You Batman and I am Joker!«, knurrte er aus den Tiefen seiner Kehle. Was wohl als Scherz gemeint, aber als solcher nicht zu erkennen war, denn er schaute dabei wie ein Pitbull, dem man den Schwanz in der Autotür eingeklemmt hat.

»Joker is Batmans arch enemy, but I am not yours!«, sprach er grimmig und gab Tarkan seinen Ausweis zurück.

Nun war Marie an der Reihe, und auch an ihrem erst vor drei Wochen erneuerten Reisepass hatte er nichts auszusetzen.

»Thank you very much!«, sagte Tarkan betont freundlich und legte hastig den ersten Gang ein, um loszufahren. Vielleicht ein wenig zu hastig, um nicht auffällig zu wirken.

»Stop!«, brüllte der unrasierte Pitbull wutschnaubend.

»I say when you can leave!«

Er machte eine dramatische Pause. »Vehicle registration!«

»Was?«, entfuhr es Tarkan entsetzt.

»Your car license!«

Marie fuhr der Schreck in die Glieder, ihr Atem setzte kurz

aus. Was waren sie nur für Idioten, in einem gestohlenen Auto mit gestohlenen fünfzigtausend Euro und zwei Kindern ohne Papiere an Bord über die Grenze zu fahren. Sie würden alle in irgendeinem dreckigen rumänischen Gefängnis landen. Aufgeregt wühlte sie in ihrer Handtasche, um ein wenig Zeit zu gewinnen.

»Just a moment please. I have to search them!«, flötete sie nicht charmant, sondern eher gequält. Sie wühlte weiter und versuchte, ihr liebenswürdigstes Lächeln aufzusetzen: »I think, I can't find them, Mister, äh, Joker! Sorry!«

»Then you have a problem! A big problem! Drive to the right. And wait for the police. They will check you and your car!«

Tarkan legte niedergeschmettert den ersten Gang ein, doch da brüllte Marie immer noch in ihrer Tasche wühlend: »Officer! Sorry, I am so sorry. So very, very sorry. But I found the car licence. Look, here it is!«

Sie reichte dem Zöllner einen KFZ-Schein, worauf Tarkan sie nur fassungslos anschaute.

»Sind die Papiere von meinem Renault«, flüsterte sie ihm zu.

Tarkan glaubte nicht im Geringsten, dass der missmutige Pitbull sich durch solch einen billigen Trick täuschen lassen würde. Im Gegenteil, wahrscheinlich würde ihn der Täuschungsversuch erst recht erzürnen. Verzweifelt blickte er auf die fürchterlich behaarten Hände des Mannes.

Doch dann sah er, dass aus dem KFZ-Schein das blasse Violett eines Fünfhundert-Euro-Scheins herauslugte. Der rumänische Zöllner ließ diesen blitzschnell in seiner Hosentasche verschwinden und widmete sich dann dem KFZ-Schein.

»Here we go! The vehicle registration! I see, everything is fine!«

Dann schaute er von den Papieren auf und betrachtete das Auto vor ihm. »Very nice car. A Kangoo? I did not know, that Porsche also builds Kangoos!«

Er reichte Tarkan den KFZ-Schein. Und bevor dieser losfahren konnte, fügte der Zöllner knurrend mit einem Blick auf den lila Plüschesel auf der Rückbank des Wagens hinzu: »And by the way, you must go to the doctor with your donkey. He is breathing very heavy!«

Tarkan und Marie bissen sich heftig auf die Lippen, um nicht laut loszuprusten. Tarkan fuhr an, im Rückspiegel sah er den homöopathischen Hauch eines Lächelns auf den Mundwinkeln des rumänischen Zöllners. Ob aus Freude über das Geld oder seinen gelungenen Scherz, ließ sich nicht erkennen.

»Das gibt's doch wohl nicht!«, echauffierte sich Marie, als Tarkan den 911er dreißig Meter weiter an einer Wechselstube wieder anhielt. »So ein korruptes Arschloch! Kein Wunder, dass Rumänien nicht auf die Beine kommt! So ein korruptes, mieses Arschloch! So ein korruptes, mieses, skrupelloses Arschloch!«

Sie machte eine kurze Pause. »Aber ich liebe korrupte, miese, skrupellose Arschlöcher, wenn sie mir den Arsch retten!«

Sie tauschten an einer Wechselstube ein paar hundert Euro in rumänische Lei um und tankten anschließend. Dann ging Tarkan in einen roten Glasbau, um sich für die Benutzung der Autobahnen und Nationalstraßen eine elektronische Vignette, eine sogenannte Rovinieta zu besorgen. Nach ein paar Minuten kam er mit einem Zettel in der Hand zurück. »Ha! Der Trick hat schon wieder funktioniert«, rief er gut gelaunt. »Die wollten für die Vignette meinen Fahrzeugschein sehen. Da hab ich die Papiere deines Kangoos vorgelegt und sie anstandslos gekriegt. Drei Euro für sieben Tage, das ist doch geschenkt!«

Dass auf dem DIN-A4-Blatt, mit dem er durch die Luft wedelte, ein anderes Kennzeichen als das des Porsches eingetragen war, tat seiner guten Laune keinen Abbruch.

In bester Stimmung machten sich die vier auf die letzten achtzig Kilometer bis nach Baia Mare.

»Ich komm immer noch nicht über dieses coole Zöllner-Sackgesicht hinweg! ›I did not know, that Porsche also builds Kangoos!‹«, äffte sie ihn aufgekratzt nach, um dann zu jauchzen: »Natürlich werden die von Porsche gebaut! Kangoo, das ist schwäbische Wertarbeit aus Zuffenhausen. Das weiß doch jeder!«

Und ausgelassen fing sie an, aus voller Kehle ihre Version des alten Janis-Joplin-Hits zu singen:

»O Lord, won't you buy me a Porsche Kangoo.
My friends all drive Renaults, how can they do?
I hate Mitsubishi, I hate Smart for two.
So Lord, won't you buy me a Porsche Kangoo.«

Und alle stiegen überdreht und ausgelassen in den Gesang mit ein. Jordan und Sorina in einem lautmalerischen pseudoenglischen Jibberish und Tarkan, indem er dabei mit dem Porsche wilde Schlangenlinien im Takt der Musik fuhr.

Und weil die Sonne ihr grad so warm ins Gesicht schien, sang Marie Janis Joplins »Summertime« noch hinterher. Tarkan und die beiden Kinder verstummten augenblicklich. Denn Marie sang sich die Seele aus dem Leib. So voller Inbrunst, mit so mächtiger Stimme ihre Stimmbänder über sämtliche Reibeisen dieser Erde ziehend, dass man hätte meinen können, die legendäre Hippiequeen wäre gerade von den Toten erwacht. Und hätte Woodstock vom US-amerikanischen Bundesstaat New York in das Innere eines Porsche 911 verlegt.

»Wow, Marie, was für eine Stimme!«, schnalzte Tarkan anerkennend, als sie geendet hatte.

»Habe gekriegt Haut wie Ente!«, rief Jordan beeindruckt.

»Gans!«, korrigierte ihn Tarkan.

»Ja! Gans schön war deine Singen. Macht Haut wie Ente! Stehen dir Haare auf Hügel!«

Tarkan unterließ es, ihn noch mal zu verbessern und wandte sich an Marie: »Warum gehst du eigentlich nicht mehr auf die Bühne? So eine Röhre darf doch nicht unbenutzt in der Ecke liegen, die ist dafür geschaffen, auf der Bühne die Leute wegzublasen. Guck, mir stehen auch Haare auf Hügel!«

Nachdenklich, fast geistesabwesend schaute Marie auf den lila Plüschesel, den sie wieder auf ihren Schoß genommen hatte.

»Du hast recht, ich habe immer gerne auf der Bühne gestanden. Nicht wegen des Ruhms. Ruhm ist wie ein müder Hund, der seinem Frauchen nur einmal zuwedelt. Sondern weil es mich jedes Mal überwältigt hat, wie inständig ... Wie intensiv ... Wie eindringlich die Leute mir zugehört haben und an meinen Lippen hingen. Da blieb mir jedes Mal die Luft weg, da dachte ich immer: Am schönsten ist das Leben nicht, wenn man atmet, sondern wenn es einem den Atem raubt!«

Sie beugte den Esel nach vorne, der dabei ein klägliches Jah von sich gab, als wollte er ihr beipflichten. »Früher bin ich in das Leben gesprungen wie ein Turmspringer vom Zehnmeterbrett ins Schwimmbecken, aber heute springe ich gar nicht mehr. Wie denn auch, mit einem Rollstuhl unterm Hintern?«

»Hey!«, unterbrach Tarkan sie barsch. »Hat man dich nicht früher immer ›Die Chefin‹ genannt?«

»Ja, aber die Chefin hat gekündigt und sich in Rente begeben.«

»So ein vollkommener Quatsch! Kennst du diese alte Fernsehserie ›Der Chef‹? Mit dem legendären Chief Ironside? Der saß auch im Rollstuhl. Dieses Handicap hat ihn allerdings nicht im Geringsten davon abgehalten, weiterhin auf Verbrecherjagd zu gehen. Da wirst du doch wohl im Rollstuhl noch ein bisschen singen können!«

Marie verzog grinsend den Mund, und Tarkan fuhr laut schimpfend fort: »Hör auf zu jammern! Du trittst doch auf dein Unglück, weil du denkst, dadurch höher zu stehen. Dabei ist dein Leben doch immer gleich lang, egal ob du es lachend oder weinend verbringst. Also, krieg deinen Arsch hoch und bewege ihn dahin, wo er hingehört: auf eine Bühne!«

Lange sagte Marie nichts. Schwieg mit dem Esel um die Wette. Dann nickte sie und erhob lachend ihre Stimme: »Versprochen! Sollten wir hier jemals wieder heil rauskommen und wider Erwarten nicht in irgendeinem Karpatenknast verrotten, werde ich wieder öffentlich vor Publikum singen! Natürlich nur gegen Geld! Ich stimme dir zu, Schluss mit dem ewigen Pessimismus!«

Sie konnte es allerdings nicht unterlassen, ihrem feierlichen Versprechen noch ein wenig von seinem Pathos zu nehmen: »Obwohl ich finde, dass man es mit dem Optimismus aber auch nicht übertreiben sollte. Ich kenne einen unverbesserlichen Optimisten, der ist aus Hannover weggezogen, weil dort zu wenig los ist. Weißt du, wo der hingezogen ist? Nach Bielefeld. Das ist ja so, als wenn du das Programm der ARD zu langweilig findest und deshalb aufs ZDF umschaltest!«

Vor ihnen erschien ein Straßenschild »Baia Mare 8 km«, und zehn Minuten später fuhren sie über den Bulevardul Independenței in die Stadt hinein.

[17]

Sie hielten am Fuße des spätgotischen Stefanturms mitten im Zentrum, einem Glockenturm aus dem 15. Jahrhundert mit quadratischer Grundfläche und einem spitzen Dach in Form einer Pyramide. Diese Pyramide zeigte wie eine Kompassnadel im Norden auf die dichtbewaldeten, bis zu tausendvierhundert Meter hohen Berge des Igniş- und Gutâi-Gebirges, einem Ausläufer der Karpaten. Dieses Gebirge umschließt die Stadt wie eine schützende Hand und sorgt für ein mildes Klima im Frühjahr und im Sommer. Im Winter dagegen lässt es die Temperaturen mitunter auf bis zu minus zwanzig Grad Celsius fallen.

Marie, Tarkan und die beiden Kinder stiegen aus, um ihre müden Glieder zu strecken und sich ein wenig umzuschauen. Die Sonne legte ihren Glanz über die durchaus pittoreske Altstadt.

»Ist doch gar nicht so schlimm hier, wie ich befürchtet hatte!«, sagte Marie beschwingt. »Außen herum sieht's vielleicht ein bisschen aus wie Gelsenkirchen, aber hier drinnen doch eher wie Rothenburg ob der Tauber.«

Doch was Marie nicht erkennen konnte: Die malerischen Häuser vor ihr waren nur das grelle Make-up der ehemals sozialistischen und nun kapitalistischen Industriehure Baia

Mare. Die Währung, mit der sich die Hure seit Jahrzehnten dafür bezahlen ließ, dass sie ihren Leib und ihre Seele verkaufte, waren Kupfer, Blei, Zink, Silber und Gold aus den zahlreichen Bergbauminen rundherum. Und ebenso wie eine alternde Nutte war auch Baia Mare hinter ihrer touristischen Schminke aschfahl, verbraucht und ausgemergelt. Vor allem das Gold hatte ihr wie eine tödliche Droge sehr zugesetzt. Aus riesigen Abraumhalden rund um die Stadt hatte man versucht, die letzten Reste an Reingold rauszuspülen. Zu einem hohen Preis. Denn für die Gewinnung jeden Zentner Golds waren hundertzwanzig Tonnen Zyanide notwendig. Viel Gift für ein klein wenig Gold. Kein Drogendealer dieser Welt käme auf die Idee, sein Heroin mit dem Hundertzwanzigfachen an Blausäure zu strecken. Und so war geschehen, was irgendwann einmal geschehen musste: Im Jahr 2000 brach nach schweren Regenfällen der Damm einer Golderz-Aufbereitungsanlage. Eine Million Kubikmeter Zyanidlauge gelangten in den Boden und über die angrenzenden Flüsse bis in die Donau. Eine Giftmenge, die gereicht hätte, um eine Milliarde Menschen zu töten, und Osteuropa die größte Umweltkatastrophe seit dem Reaktorunfall 1986 in Tschernobyl bescherte. Seitdem hat Baia Mare sich im Guinnessbuch der Rekorde einen Spitzenplatz als eine der am stärksten verseuchten Städte weltweit erobert.

Bevor Baia Mare auf den Industriestrich gegangen war, hatten hier einmal Esskastanienwälder gestanden, wegen des milden Klimas die nördlichsten Europas. Die Wiesen waren sattgrün und saftig und die Böden fruchtbar gewesen, die Landschaft weit und der Himmel hoch. Heute war davon nichts mehr übrig, auch wenn es nicht mehr ganz so schlimm war wie zu den Zeiten, als die Arbeiterinnen in den Schwefelsäurewerken keine Nylonstrümpfe tragen konnten, weil die sich an ihren Beinen einfach auflösten.

Marie, Tarkan und die beiden Kinder genossen einstweilen den schönen Ausblick auf die Altstadt und machten sich dann auf den Weg, eine Schlafgelegenheit für die Nacht zu suchen. Sie stiegen wieder in den Porsche, und keine dreihundert Meter weiter fanden sie ein Hotel, das ihnen gefiel. Es befand sich in einem historischen, frisch renovierten Gebäude an der Piața Libertății, dem Platz der Freiheit. Nachdem sie eingecheckt und sich auf ihr Zimmer begeben hatten, fiel ihnen auf, dass man hier den gewagten Versuch unternommen hatte, die geschichtsträchtige Architektur des Hotels mit dem Komfort und der Ästhetik des 21. Jahrhunderts zu kombinieren. Heraus gekommen war dabei jedoch nur der aparte Chic von Poco Domäne und deren Chefdesignerin Daniela Katzenberger: lila Wände, apfelgrüne Stühle in Lederoptik aus hundert Prozent Polyvinylchlorid, Polsterbetten aus orangenem Kunstleder und ein weißer Tisch aus hochglanzlackierten MDF-Platten. Dazu ein Bad in Anthrazit mit brombeerfarbenen Badmöbeln.

Unsere vier Weggefährten störte dies nicht im Geringsten, sie setzten sich alle aufs Bett und hielten eine Lagebesprechung ab.

»Jetzt sind wir tausendfünfhundert Kilometer gefahren und haben immer noch keinen Plan, wie wir hier euer Zuhause finden und etwas über den Verbleib eurer Eltern herauskriegen können«, sagte Marie ratlos.

»Vielleicht kann man uns an der Rezeption weiterhelfen?«, schlug Tarkan vor.

»Super Idee. Da wird uns der Portier bestimmt sagen: Klar, die kenne ich, das sind Stammgäste von uns. Die übernachten hier regelmäßig!«

»Telefonbuch ist auch Quatsch, die Hütte der Eltern sah nicht so aus, als wenn sie einen Telefonanschluss gehabt hätte. Einwohnermeldeamt?«

»Vergiss es, die meisten Roma sind hier nicht offiziell gemeldet, hab ich mir von Bonkert sagen lassen!«

»Wir einfach müssen durch ganze Stadt gehen. So lange, bis finden!«, rief Sorina energisch, und Jordan fügte hinzu: »Egal, auch wenn dauert ein ganze Tag oder ein ganze Woche oder ein ganze Jahr!«

»Hört sich an wie ein fieses Gewinnspiel: erster Preis ein Tag Braunschweig, zweiter Preis ein Jahr Braunschweig. Aber uns bleibt wohl nichts anderes übrig!«, sagte Marie, ohne dabei viel Hoffnung in ihre Stimme legen zu können. »Lasst uns morgen mit dem Suchen anfangen und uns heute ein wenig in der Stadt umschauen. Ich könnt mir eh mal die ... Wie sagt man da jetzt in meinem Fall? Beine vertreten passt ja nicht. Ich könnt mir eh mal wieder die Räder verrollen.«

Die anderen stimmten Maries Vorschlag zu, und so schlenderten die vier ziellos durch die Altstadt Baia Mares.

Eine halbe Stunde später verließen sie das historische Zentrum, gelangten in Straßen, in denen die Häuser eindeutig einfacher und schmuckloser waren, und kamen schließlich zur Strada Electrolizei.

»Hey, wenn mich mein Rumänisch nicht täuscht, dann ist das die Straße der Elektrolyse!«, rief Tarkan. »Was die hier für bescheuerte Straßennamen haben!«

»Wieso bescheuert?«, nahm Marie ihn auf den Arm. »Ich find das toll, wenn Straßen nicht immer nur nach Dichtern, sondern auch mal nach Wissenschaftsgebieten benannt würden. Eine ›Straße der Hämorrhoiden-Forschung‹ oder eine ›Straße der eitrigen Nagelbettentzündung‹, das wär doch klasse!«

Die beiden Kinder konnten dem Gespräch nicht so recht folgen, doch da Tarkan daran seinen Spaß zu haben schien, machte Marie weiter.

»Bei uns in Berlin könnte man ›Die Straße des 17. Juni‹ nach dem Titel von Angela Merkels Doktorarbeit umbenennen. Die hieße dann ›Straße des Mechanismus von Zerfallsreaktionen mit einfachem Bindungsbruch und Berechnung ihrer Geschwindigkeitskonstanten auf der Grundlage quantenchemischer und statistischer Methoden‹!«, kicherte sie.

»Wie zum Teufel kannst du dir so einen Titel merken?«, fragte Tarkan lachend.

»Der Titel kam in einem Song vor, den ich mal geschrieben habe: ›Mutti is my physical Comedy-Queen‹.«

Sie waren gut gelaunt, als sie plötzlich vor drei vollkommen heruntergekommenen Wohnblocks standen. Zwischen einem böse vor sich hin brummenden Umspannwerk auf der einen und einem totenstillen Friedhof auf der anderen Seite standen drei fünfstöckige Betonkästen. Bleiern, modrig und altersschwach waren sie pure in Zement gegossene Tristesse. Der Feuerteufel hatte hier mehrere wilde Hochzeiten gefeiert und streckte nun aus allen Fenstern hämisch seine erkaltete rußige Zunge heraus. Die Gebäuderuinen wirkten, als hätte man sie aus dem kriegszerstörten Kabul abtransportiert und hier wiederaufgebaut. Und man hatte sie nicht nur wiederaufgebaut, sondern auch Menschen darin einquartiert. Um die drei Wohnblocks verlief eine etwa eins achtzig Meter hohe Mauer, die diese wie eine Barrikade vom Rest der Stadt abtrennte und nur zwei schmale Durchgänge zur Straße hin besaß.

Marie schaute auf das trostlose Bild, das sich ihren Augen bot, und wusste sofort: Das musste eins der berüchtigten Roma-Gettos sein, von denen Bonkert ihnen erzählt hatte.

Und dieses war so sehr verrufen, dass es weltweit in die Schlagzeilen geraten war. 2011 hatte der Bürgermeister der Stadt die Mauer um die ausschließlich von Roma bewohnten Blocks errichten lassen. Angeblich weil es mehrere Autounfälle mit Romakindern gegeben hatte und weil diese Steine auf vorbeifahrende Fahrzeuge geworfen hatten. Eine sehr zweifelhafte Begründung, da er auf der einen Seite behauptete, Kinder mit dieser steinernen Wand beschützen zu wollen, es auf der anderen Seite aber zuließ, dass Hunderte von Kindern innerhalb des Walls ohne Stromversorgung lebten. Seine Maßnahme erwies sich allerdings als geschickter politischer Schachzug, da sie von der einheimischen Bevölkerung fast einhellig begrüßt wurde, die das »Zigeunergesindel« abschotten und am liebsten ganz loswerden wollte. Der Bürgermeister gewann die kurz danach anstehenden Wahlen haushoch. Die internationale Presse, Amnesty International und die Bukarester Anti-Diskriminierungsbehörde hielten den Mauerbau jedoch für menschenverachtend, rassistisch und zutiefst diskriminierend. Die *New York Times* verglich die Situation der Roma in Baia Mare sogar mit dem Holocaust.

»Kommt euch hier irgendetwas bekannt vor?«, fragte Marie die beiden Kinder. »Weckt das irgendwelche Erinnerungen, wenn ihr das hier seht?«

Jordan und Sorina schüttelten nur ausdruckslos ihre Köpfe.

»Unser Zuhause ganz anders ausgesehen!«, sagte das Mädchen schließlich und holte wie zum Beweis das Foto von sich und ihrer Familie hervor.

»Guck! Auf Foto nur Hütte aus Holz. Aber hier keine Hütte, hier nur große Kasten aus Stein. Wir nicht gelebt in Häuser, die aussehen wie verbrannte Bauklotze von einem Riesen!«

Sie überlegten kurz, ob sie im Inneren des Gettos weitere Nachforschungen anstellen sollten, doch Marie fühlte sich nach der langen Reise zu müde, um in ihrem Rollstuhl über den matschigen, zugemüllten und mit tiefen Schlaglöchern versehenen Lehmboden vor den drei Wohnblocks zu rollen.

Und so beschlossen sie, zum Hotel zurückzukehren. Sie ließen die verkommenen Betonkästen hinter sich und gingen die Strada Horea herunter. Die Dämmerung breitete ihre Flügel aus, und an der nächsten Kreuzung hielten sie einen alten Mann an, um ihn nach dem Weg zurück in die Altstadt zu fragen. Sorina ließ sich diesen von ihm erklären, und Tarkan nutzte die Gelegenheit, um einen Einheimischen nach Romasiedlungen zu befragen.

»Wo findet man hier Țigani?«, fragte er in seinem gebrochenen Rumänisch.

»Im Müll!«, war die Antwort, die er erhielt. »Weil Țigani Müll sind. Man sollte überall, wo diese Raben hausen, eine Mauer drum herum bauen. Aber vier Meter hoch und abgesichert mit Stacheldraht, der unter Strom steht!«

Geschockt von so viel Hass gingen die vier weiter.

»Warum wir Müll?«, fragte Jordan. »Warum wir für andere Menschen nur Ratten, die man am liebsten will schlagen tot? Warum wir in Bukarest wie Ratten in Kanalisation haben müssen leben? Sind wir schlechtes Menschen?«

Marie strich dem trübsinnigen Jungen sanft über den Kopf. »Nein, ihr seid nicht schlecht, ihr seid nur arm und die Menschen wollen keine Armut sehen. Deshalb bauen sie Mauern um euch herum. Das ist so, als wenn ich mir die Hand vor die Augen lege. Dann sehe ich dich nicht. Du bist aber trotzdem noch da. Genau wie die Armut, die ist hinter den Mauern auch noch da!«

Als sie die Altstadt erreichten, war es mittlerweile dunkel geworden, und sie begaben sich in ihr Hotel. An der Rezeption sah Marie ein Schild, das auf den sechshundert Jahre alten Weinkeller des Hotels hinwies. Ein uriges Kellergewölbe mit unverputzten Wänden und Speisen, die am offenen Holzkohlengrill zubereitet wurden.

»Kinder, was haltet ihr davon, wenn wir dort essen gehen? Wir spielen Ritter. Jordan ist König Artus, ich bin Ritter Einfuß der Verbogene, Tarkan ist Sultan Osram, der Herrscher über Aliberts Wunderlampe, und Sorina das Burgfräulein, das uns an ihre Tafelrunde geladen hat!«

Sie gingen die Treppe hinunter, doch die beiden Kinder warfen nur einen kurzen Blick in den Raum und drehten dann augenblicklich wieder um.

»Hier ist wie in Kanalisation!«, rief Sorina und kratzte sich nervös über den Arm. »Ich nie wieder will sein unter Erde. Unter Erde ist wie in Grab. Wir schon zu lange gelebt wie in Grab!«

Marie bereute ihren wohlgemeinten Vorschlag, und so setzten sie sich stattdessen auf die Terrasse des Hotels. Den weiten Abendhimmel über ihnen, umwehte sie ein lauer Sommerwind, und die beiden Kinder fühlten sich an der freien Luft augenblicklich wohler. Für sie war freie Luft die Luft von Freiheit.

Tarkan blickte auf den malerischen Platz mit den mittelalterlichen Häusern vor ihnen und auf eine schmale, düstere Gasse, an dessen Eingang an einer Fassade eine Stuckfigur in Gestalt eines Dämons hing.

»Schaut mal!«, versuchte er, gute Laune zu verbreiten. »Da hängt ein Teufel. Fehlt nur noch, dass gleich ein Vampir um die Ecke kommt!«

Jordan erschrak augenblicklich.

»Wo Vampir?«, rief er. »Andras, der Vampir, sein hier?«

»Nein!«, entschuldigte sich Tarkan. »Ich meinte doch nur, dass wir hier in Rumänien sind, und das ist doch das Land der Vampire! Hier sollen doch die Menschen heute noch an so etwas glauben.«

»Stimmt!«, warf Marie ein. »Die glauben nicht nur an Untote, sondern betreiben immer noch ihre grausamen Kulte.

Habt ihr das nicht gelesen? Vor ein paar Jahren haben die Männer eines abgelegenen Dorfes irgendwo in der Walachei einen frisch Verstorbenen aus seinem Grab ausgebuddelt. Weil er nachts spuken würde und seine Verwandten krank gemacht hätte. Sie haben der Leiche das Herz rausgerissen, dieses verbrannt und die Asche in Wasser aufgelöst. Die Kranken des Dorfes haben davon getrunken und sind angeblich augenblicklich wieder gesund geworden!«

»Was für ein ekelhafter Hokuspokus!«, ereiferte sich Tarkan. »Alles nur Aberglaube! Untote, die tagsüber im Sarg liegen, sich in Tiere verwandeln, auf den Strahlen des Mondlichtes reisen, keinen Schatten haben und denen man einen Holzpflock ins Herz rammen muss, um sie bewegungsunfähig zu machen!«

»Woher willst du wissen, ob es so Sachen vielleicht nicht doch gibt?«, entgegnete Marie. »Ich hatte mal einen jungen Kerl als Nachbarn. Der wohnte ganz unten in einem Souterrain-Zimmer, schlief immer bis sieben Uhr abends und war dann die ganze Nacht unterwegs. Der war bleich wie ein Kalkeimer und roch immer total muffig. Für mich war das ein ganz klarer Fall: entweder ein Vampir – oder ein Student!«

Und glucksend fügte sie hinzu: »Außerdem kenne ich auch noch einen veganen Vampir. Der isst nur Blutorangen.«

Tarkan grinste vergnügt in Maries Richtung, doch Sorina funkelte sie mit bösem Blick an: »Ist keine Aberglaube! Gibt sich wirklich Vampire! Sind arme Menschen, die kein Frieden in Grab finden, weil falsch gestorben sind. Durch Mord, durch Selbermord und Unfall. Oder ohne Ehre, zum Beispiel, wenn du nicht gekämpft bis letzte Atemzug, so wie ich immer gekämpft für meine kleine Bruder, sondern bist wie Feigling gestorben Strohtod in eigenes Bett. Denn jede Leben muss richtig zu Ende gelebt werden!«

»Jedes Leben muss aber vor allem auch zu Lebzeiten richtig gelebt werden«, entgegnete Marie und dachte mit einem sanftmütigen Blick auf Sorina: »Wobei manche Menschen nie den Hauch einer Chance kriegen, ihr Leben richtig zu leben.«

Vielleicht war es ja wirklich kein Zufall, dass gerade in Rumänien der Vampirismus so populär ist. In einem Land, dem man schon immer das Blut ausgesaugt hat. Bis heute. Übrig geblieben ist eine blutleere, ausgelutschte Hülle, am Tropf der EU hängend, die das Land weder sterben noch gesund werden lässt. Früher waren es grausame Despoten, allen voran das berühmte Vorbild für die Figur des blutsaugenden Grafen Dracula: Vlad III. Drăculea, Herrscher des Fürstentums Walachei im 15. Jahrhundert. Gegen ihn war der Graf Dracula, den wir aus Büchern und Filmen kennen, ein regelrechter Chorknabe. Er ließ Besuchern und Gesandten die Hüte am Kopf festnageln, sein Beiname war »Tepes, der Pfähler«, denn er ließ Tausende von Menschen pfählen. Dies aber nur auf die besonders grausame, weil besonders langsame Weise: mit eingefettetem, abgerundetem Pfahl im After. Er beseitigte die Armut, indem er die Armen verbrannte, trank das Blut seiner Opfer und machte die Roma seines Landes zu seinen Soldaten. Und zwar indem er sie vor die Wahl stellte, gegen die Türken zu kämpfen oder ihre eigenen Kinder zu verspeisen. Einmal ließ er mehrere hundert Roma verhaften, um drei von ihnen am Spieß zu braten, die die anderen dann essen mussten.

Vlad Drăculea war als Fürst der Finsternis ein echter Profi, denn nur Amateurvampire durchstreifen planlos die Welt und beißen ab und zu mal einem jungen Mädchen in den Hals. Ein echter Profivampir dagegen saugt ein ganzes Land aus. Vielleicht ist es daher auch kein Zufall, dass in der Ceauşescu-Ära die offizielle rumänische Geschichtsschreibung Vlad Drăculea als großen Staatsmann feierte. Ebenso wenig wie die Tatsache, dass die Leben beider Despoten ziemlich unrühmlich endeten. Vlad wurde 1476 von den Türken im Kampf hinterrücks ermordet, sein Kopf in Honig konserviert. Und als kandierter Liebesapfel, oder besser als kandierter Hassapfel, an den Sultan nach Konstantinopel gesandt.

Marie schaute immer noch auf Sorina und hing ihren Gedanken nach: »Vielleicht gibt es doch Blutsauger und vielleicht gibt es Menschen so wie Jordan und Sorina, die werden schon blutleer geboren. Und trotzdem gibt es immer wieder andere, die auch noch den allerletzten Tropfen Blut aus diesen Menschen herauspressen wollen. So wie dieser Andras, den die beiden den Vampir nennen.«

Die Nacht legte sich schwer über den Marktplatz und es kam Wind auf. Er schlich urplötzlich um die Ecke, als würde er unter Schlaflosigkeit leiden. Und er schleppte wie eine Bettdecke ein paar Wolken hinter sich her. Es fing kräftig an zu regnen. Marie, Tarkan und die beiden Kinder flüchteten von der Terrasse ins Hotel und begaben sich auf ihr Zimmer. Morgen würden sie ihre Suche fortsetzen.

Seite an Seite schliefen Jordan und Sorina in dem einen, Tarkan und Marie in dem anderen Doppelbett ein. Die beiden Kinder sich die Hände haltend, Tarkan und Marie ohne sich auch nur zu berühren. Dennoch erschien es Marie, als jagten Stromstöße durch die Luft zwischen ihnen, die glutheiße Spuren auf ihrer Haut zurückließen. Erst als es draußen schon wieder hell wurde, schlief Marie endlich ein.

[18]

Am nächsten Morgen nahmen die vier als Erstes ein deftiges rumänisches Frühstück zu sich: Speck, Eier und scharfe Würste, dazu sauer eingelegte Gurken, Maisbrei und Buttermilch. Als Sorina quer über den Tisch nach dem Brot greifen wollte, entblößte sie ihren rechten Arm, und Marie sah, dass dieser mit Narben, Schorf und Wunden übersät war. Das Mädchen bemerkte Maries Blick und zog seinen Arm schnell zurück, doch Marie hielt es am Handgelenk fest und schaute ihm ernst in die Augen: »Andras?«, fragte sie leise, doch Sorina schüttelte nur den Kopf und schob den Ärmel ihres T-Shirts wieder nach unten. Sie setzte eine undurchdringliche Miene auf und widmete sich aufs Neue ihrem Frühstück, während Marie mit ihrem Blick nicht von ihr wich. Langsam kaute das Mädchen an seinem Brot, bis es schließlich mit klangloser Stimme sagte: »Hab ich so lange auf Straße und in Keller gelebt und aufgepasst auf Jordan wie Mutter, obwohl selber noch Kind, dass irgendwann nichts mehr gefühlt. Alle Gefühlen aus mir rausgelaufen wie Wasser aus Eimer mit Loch. Ich sein wie Wohnung, die leer, weil keiner drin wohnt. Deshalb ich mich kratzen mit Nagel von Finger oder mit Gabel oder mit Messer, damit überhaupt was fühle. Damit weiß, dass noch nicht tot.«

Marie musterte das Mädchen ausgiebig, ohne etwas zu sagen. Nur zu gut kannte sie selbst seit ihrem Schlaganfall das taube und pelzige Gefühl innerer Abgestorbenheit. Dann nahm sie schließlich zwei Chilischoten von ihrem Teller, steckte eine sich und die andere Sorina in den Mund und fing an zu kauen. Das Mädchen tat es ihr gleich, und als beiden wegen der Schärfe die Tränen herunterliefen, rief Marie schniefend: »Merkst du, was für einen Unsinn du erzählst? Zum Beispiel können wir beide noch prima weinen!«

Und Sorina antwortete nach Luft japsend: »Ja, unser Seele vielleicht doch noch nicht tot!«

Dann mussten beide laut lachen und wischten sich den Rotz mit den Hemdsärmeln weg.

Die vier beendeten ihr Frühstück und machten sich auf den Weg, um irgendetwas über den Verbleib von Jordans und Sorinas Eltern herauszubekommen. Tarkan ging zum Portier an die Rezeption und fragte diesen nach Romasiedlungen in Baia Mare. Aber auch von ihm erhielt er nur wütende Beschimpfungen über das »Zigeunergesindel« an sich und den dringenden Rat, sich von diesem fernzuhalten. Und damit auch Marie seine Mahnung verstand, übersetzte er diese für sie ins Englische: »You can't go there with your kids! Gypsies are very bad people. They steal children to sell them or to transplant their organs!«

Marie hatte keine Lust, sich mit dem Concierge anzulegen, obwohl es ihr auf der Zunge lag zu sagen, dass man sein Herz bestimmt nicht an die Zigeuner verkaufen könnte, da er anscheinend keines besaß. Außerdem fiel ihr die Plastiktüte auf dem Foto von Jordans und Sorinas Eltern wieder ein, und so fragte sie den blaulivrierten Mann hinter der Empfangstheke: »Do you know a ›Haine Fashion Import‹ here in Baia Mare?«

Der Portier verneinte, schaute aber sofort äußerst dienstbeflissen im Telefonbuch nach und gab Marie kurz darauf eine Adresse, unter der sie die Firma würden finden können.

Sie begaben sich zum Porsche auf dem bewachten Hotelparkplatz, stiegen ein und fuhren in Richtung Süden. Nach ungefähr drei Kilometern standen sie in einer Seitenstraße des Bulevardul București vor einer tristen Lagerhalle, die sich zwischen Fabrikgebäuden mit zersplitterten Glaswänden und ausgeweideten Industriebetrieben zu verstecken schien. Ein schmuckloses Schild verkündete »Haine Fashion Import«. Ein wenig unentschlossen betraten sie die Halle durch ein breites, offen stehendes Tor. Große Ballen an Altkleidern türmten sich in dem großen Raum bis zur Decke, daneben lagen unzählige mannsschwere, zugeschnürte Plastikkugeln, in denen sich mal T-Shirts, mal Hosen, mal Kleider oder auch nur BHs befanden. Ein zahnlückiger Mann in einer blauen Latzhose sortierte in einer Ecke alte Schuhe.

Obwohl er sich beim besten Willen nicht vorstellen konnte, hier etwas in Erfahrung bringen zu können, was ihnen weiterhalf, sprach Tarkan den Mann an. Er erkundigte sich, was für ein Geschäft der »Haine Fashion Import« betreibe, ob dieser vielleicht Roma beschäftige und ob ihm der Name von Jordans und Sorinas Eltern bekannt vorkomme. Der Mann verneinte Letzteres und wies die Idee, Roma zu beschäftigen, weit von sich, da Țigani grundsätzlich zu faul zum Arbeiten seien. Sie würden bestimmt auch keine Kleider bei ihm kaufen, da sie diese entweder klauen oder sich vom Staat, also von seinen Steuergeldern schenken ließen. Der »Haine Fashion Import« sei nämlich ein Altkleiderimport, der seine Ware hauptsächlich aus Deutschland beziehe und in Rumänien an Leute verkaufe, die zu arm sind, um sich neue Kleidung leisten zu können. Das Geschäft laufe blendend, da in Deutschland alljährlich eine Million Tonnen Altkleider weggeworfen würden. Er selbst arbeite dort mit einem der vielen gewerblichen Altkleidersammler zusammen.

Er meinte damit jene dubiosen Händler, die regelmäßig buntbedruckte leere Plastiksäcke in deutsche Briefkästen werfen. Auf den beiliegenden Zetteln steht dann »Hilfe für Flutopfer« oder es ist das Gesicht eines traurigen afrikanischen Kindes abgebildet. Darunter prangt in roten Buchstaben »Ihre Ware kommt nicht in den Reißwolf«, gefolgt von der Aufforderung, Altkleider, alte Schuhe und Spielzeug in die Plastiksäcke zu packen.

Der Mann erklärte, dass er bis zu neun Tonnen Altkleider in der Woche erhalten würde und kein Mensch in Deutschland den schwunghaften Handel, den er betreibe, unterbinden könne. Zum Schluss seines Vortrages dämpfte er die Hoffnung seiner Besucher, die Eltern der beiden Kinder ausfindig machen zu können, und formulierte dies in einer schon öfters gehörten Hasstirade: »Hier in Baia Mare leben Tausende von diesem Ţigani-Pack. Leben wie die Schmeißfliegen auf Scheiße und lassen ihre neugeborene Brut Aas fressen.«

Verdrossen machten sich die vier auf den Weg zurück ins Zentrum. Am Bahnhof machten sie halt und holten sich an einer Bude in der Schalterhalle etwas zu trinken. Sie setzten sich draußen vor dem Bahnhof auf eine Bank und schlürften schweigend an ihren Getränken.

Alte Frauen in Kopftüchern und voll beladen mit Bastkörben, Jutesäcken und Pennymarkttüten schlurften schweren Schrittes über den Vorplatz, ein Trupp grölender Fußballfans zog an ihnen vorbei, und eine Gruppe Obdachloser tanzte mit Zigaretten in den Mundwinkeln und Schnapsflaschen in der Hand zum Klang einer Fidel. Torkelnd hüpften die zerlumpten Gestalten zu schnellen Balkanrhythmen. Ihre schwerfälligen Bewegungen und die melancholischen Gesänge, die sie dabei anstimmten, beraubten ihr Treiben jedoch jeglicher Fröhlichkeit.

Vielmehr strahlten sie Schwermut und Verzweiflung aus, und dies passte exakt zur Gemütslage, in der sich auch Marie, Tarkan und die beiden Kinder befanden.

Sorina holte die beiden Fotos von sich und ihren Eltern aus der Tasche und betrachtete sie eingehend.

»Warum ihr uns nicht helfen?«, sagte sie und rief wütend hinterher: »Idioti! Seid ihr Idioti! Müsst ihr uns geben Zeichen!«

Marie schlug vor, es erneut in dem ummauerten Roma-Getto in der Strada Horea zu versuchen. Auch wenn sie wusste, dass dies vergeblich sein würde. Denn entgegen unserer vorurteilsbehafteten Vorstellung sind nicht alle Roma miteinander verwandt oder kennen sich untereinander. Warum also sollte man gerade dort etwas von den Eltern der Kinder gehört haben?

»Müsst ihr uns geben Zeichen«, wiederholte Sorina matt. Und als würde sie dieses Zeichen suchen, betrachtete sie ihre Eltern. Sie sah, wie ihre Mutter ihren Bruder im Arm und sie selbst an der Hand hielt, sie sah ihre Schwester, die armselige Holzhütte mit dem abgebrannten Dachstuhl, den Müll, der überall herumlag, die streunenden Hunde, das Autowrack und die schwarze Rauchwolke im Hintergrund. Lange fuhren ihre Augen über das Bild. Dann sagte sie tonlos: »Eltern geben kein Zeichen. Sind stumm wie Maden in Grab.«

Auch die vier wurden stumm. Im Hintergrund lief ein Zug rumpelnd wie eine Waschmaschine im Schleudergang in den Bahnhof ein, es war eine altersschwach schnaufende Diesellok, die mit jeder Umdrehung ihrer Räder ein monotones, ohrenbetäubendes Klonk-Klonk auf die Schienen hämmerte.

»Kenn ich!«, sagte Sorina geistesabwesend. »Ist sich altes russisches Diesellokomotive.«

Sie schaute zu den Bahngleisen herüber, auf denen ein Güterzug aus der Ukraine kommend in den Bahnhof einrollte. Ausdruckslos blickte sie auf die schwarzen Abgaswolken, die die stinkende Taigatrommel wie ein stählerner Wal in den Himmel blies.

Sie verharrte für einen kurzen Moment in absoluter Bewegungslosigkeit, um dann plötzlich wie von der Tarantel gestochen aufzuspringen: »Da! Gucken! Rauch! Das ist Rauch von Foto! Ist sich Rauch von Lokomotive!«

Die anderen schauten sie entgeistert an, da sie gleichzeitig einen tollwutartigen Veitstanz aufführte. Doch Sorina hörte nicht auf, in abgehackten Wortfetzen zu reden: »Ich erinnern! Rauch! Wir gelebt an Schiene. Lokomotive direkt vor Hütte gefahren. Ganz nah!«

Sie streckte ihre Arme in die Luft und zeigte mit den Händen einen Abstand von einem halben Meter. »So nah! Wenn Zug kommen, ganzes Hütte gewackelt wie Laub an Baum!«

Jetzt war auch bei den anderen der Groschen gefallen.

»Das kenne ich«, rief Marie. »Ich hab nämlich mal in einer Einflugschneise gewohnt. Da flogen die Maschinen so niedrig über den Garten, dass ich fünfunddreißig Flugzeugtypen nur am Profil der Reifen erkennen konnte!«

Freudig versetzte sie Sorina mit der Faust einen sanften Stoß in die Seite. »Jetzt haben wir endlich einen konkreten Ansatz, wo wir suchen müssen!«

»Genau!«, jubelte Tarkan und klatschte dabei tatkräftig in die Hände. »Ich schlage vor, wir fahren einfach mit dem Zug alle Bahnlinien ab und kommen dann zwangsläufig irgendwann an eurer Hütte vorbei!«

Mit einem Blick auf den kleinen Provinzbahnhof hinter ihm fügte er hinzu: »So viele verschiedene Strecken kann es hier ja nicht geben.«

Begeistert und voller neu erwachtem Optimismus sprangen Tarkan und die beiden Kinder auf und schoben Marie in ihrem Rollstuhl in den Bahnhof. Sie hatten Glück, denn schon fünf Minuten später sollte ein Regionalzug nach Seini abfahren, einer im Nordwesten gelegenen Kleinstadt. Nachdem sie Fahrkarten gelöst hatten, stiegen sie kurz darauf in den einlaufenden Zug. Marie und Sorina setzten sich mit dem einen der beiden Fotos links an ein Fenster, Tarkan und Jordan mit dem anderen rechts. Rumpelnd setzte sich die Diesellok in Bewegung, und hochkonzentriert suchten die beiden Frauen auf der einen und die beiden Jungs auf der anderen Seite das Gelände neben den Schienen ab.

Sie kamen an Industrieanlagen, Einkaufszentren, Brachland, wilden Müllkippen und Gewerbebetrieben vorbei. Jordan gab vor lauter Anspannung undefinierbare Brummgeräusche von sich und schob seine Zunge zwischen die Lippen, sodass diese ein paar Millimeter aus dem Mund schaute. Er ließ sie dabei von einem Mundwinkel zum andern schwingen wie die Schwanzspitze einer lauernden Katze, die auch in steter Bewegung ist.

Nach rund zwanzig Minuten überquerten sie einen kleinen Fluss und kamen dann in offenes Gelände, das hauptsächlich aus Ackerflächen bestand. Nach knapp einer halben Stunde hatten sie zwanzig Kilometer zurückgelegt, und der Zug lief in Seini, seiner Endstation ein, ohne dass sie irgendetwas, was im Entferntesten an eine Romasiedlung erinnert hätte, entdeckt hatten.

Nicht mehr ganz so enthusiastisch, aber noch immer nicht entmutigt nahmen sie den nächsten Zug zurück nach Baia Mare. Dort am Bahnhof versuchten sie erneut ihr Glück und nahmen einen Regionalexpress in südwestliche Richtung. Wieder setzten sie sich mit den beiden Fotos in der Hand an die Fenster, doch auch auf dieser Bahnstrecke wurden sie nicht fündig. Nach knapp zwanzig Kilometern brachen sie die Suche ab, und eine Stunde später waren sie wieder zurück an ihrem Ausgangsort.

Frustriert und niedergeschlagen standen sie am Bahnsteig und schauten auf die Fahrpläne. Es gab offensichtlich keinen Zug, der Baia Mare über eine andere, dritte Streckenverbindung verließ.

»Wir nie werden finden«, sagte Jordan und blickte traurig auf die Schienen.

Tarkan folgte mit den Augen seinem Blick und bemerkte dabei, dass vor ihnen noch ein Gleis lag, das in südöstliche Richtung lief und das sie noch nicht befahren hatten. Er wandte sich an einen Schaffner und erhielt die Auskunft, dass auf diesem Gleis keine Personenzüge verkehrten. Vielmehr handle es sich dabei um eine Güterzugstrecke, die in ein stillgelegtes Kupferwerk führe. Dieses trage den Beinamen »Todesfabrik«, weil das gesamte Gelände dort mit Chemieabfällen verseucht sei.

Betreten standen Tarkan und die beiden Kinder auf dem Bahnsteig und starrten in den Himmel. Diese Strecke konnten sie also nicht abfahren.

Es war Marie, die als Erste ihren Mut wiederfand. »Jetzt steht hier nicht starr in der Gegend rum wie drei Erdmännchen auf Valium! Ihr wollt doch nicht etwa aufgeben? Das Segel streicheln? Den Korn in die Flinte kippen? Ich sag euch: Unter den Blinden ist der Einbeinige König. Und in unserem Fall bin ich der König, denn ich bin einbeinig und kann nicht laufen. Vor allem nicht über Schienen. Aber ihr! Ihr lauft jetzt das Gleis ab, während ich mich lecker mit meinen Heckwangen in den Porsche setze und euch folge!«

Die drei schauten nicht sehr überzeugt, doch Marie trieb sie an mit den Worten: »Oder muss ich euch erst eine Draisine besorgen, weil ihr zu faul zum Laufen seid?«

[19]

Tarkan und die beiden Kinder brachten Marie zurück zum 911er, verstauten den Rollstuhl und machten sich auf den Weg. Links vom Bahnhofsgebäude bestiegen sie über eine kleine Böschung das Gleis. Nicht gerade frohgemut, aber dennoch entschlossen marschierten sie über den Schotter zwischen den Schienen. Schritt für Schritt stiegen sie über die Schwellen, der kleine Jordan musste mit seinen kurzen Beinen jedes Mal zwei Zwischenschritte machen und wirkte dadurch wie ein hoppelndes Zwergkaninchen, das zwei erwachsenen Menschen hinterherlief.

Indes versuchte Marie, im Porsche den Gleisen zu folgen, was aber nicht so einfach war: Sie fuhr in mehrere Straßen, die sie in Sackgassen führten, und kam an einem Lidl, einem Aldi und einem Kaufland vorbei.

»Vielleicht«, dachte sie für sich, »stecken da ja moderne teutonische Allmachtspläne hinter: Am deutschen Discounterwesen soll die Welt genesen!«

Schließlich bog sie in die Păltinişului Straße ein, die parallel zu dem Eisenbahngleis verlief.

Tarkan, Jordan und Sorina waren mittlerweile rund zwei Kilometer weit gelaufen und hatten das Stadtviertel mit dem Namen Craica erreicht. Vor ihnen erstreckten sich die Eisenbahnschienen wie rostige Spinnweben über die Erde. Neben den Schienen verlief ein Bach, fast vollständig vertrocknet, das Wasser stand nur noch eine Handbreit tief. Unglaubliche Mengen an verrotteten Plastiktüten, Säcken, Eimern und Blechdosen türmten sich in dem dürren Bett des Baches und quollen über die Ufer. Ein Schwall an buntem Müll, der aussah wie ein riesiger Fischschwarm, der an Land verendet war. Rechts und links der Schienen tauchten jetzt einige Bretterhütten auf. Dann immer mehr. Buden aus Holz, Baracken aus Wellblech und anderen aus Abfällen verarbeiteten Materialien standen auf dem mit Exkrementen und verbrannten Müllresten übersäten Terrain. Beißender Kloakengestank trat ihnen entgegen. Menschen mit bleiernen Gesichtern tauchten auf, ein abgemagertes Pferd wurde von einem kleinen Jungen über die Gleise geführt, ein Mann rasierte sich in dem verdreckten Bach, und ein Lösungsmittel schnüffelndes Kind taumelte an ihnen vorbei.

»Das muss sein! Haben wir gefunden, was wir suchen!«, rief Sorina aufgewühlt.

Tarkan nahm ihre Hand, die vor Aufregung zitterte. Mit der anderen Hand hielt er Jordan fest, der direkt loslaufen wollte: »Jetzt wir finden Hütte von Eltern!«

Die Romasiedlung, die sich vor ihren Augen erstreckte, war der berüchtigte Craica-Slum. Eine informelle, also nicht genehmigte Siedlung, in der seit zwanzig Jahren bis zu zweitausend Ţigani lebten und sich ihren Lebensunterhalt mit dem Sammeln von Metallabfällen auf der benachbarten Müllkippe zu sichern versuchten. Die Bewohner des Slums vegetierten in einer unwirklichen, apokalyptischen Hügellandschaft. Mit Hügeln aus schwarzem Morast, verrottetem Kunststoff, kaputtem Glas, zerfressenen Blechfässern, Gummischläuchen, Schrottresten, Lumpen, Asche, Dreck, Müll. Über deren Gipfel wehte der schwarze Rauch brennender

Autoreifen und Plastikflaschen. Der endgültige Verfall – alles unter strahlend blauem Himmel.

Hier wurden die Kinder müde geboren. Hier waren die Tage leer und die Blicke der Menschen noch leerer. Hier bissen einem die Ratten nachts ins Ohr. Die Frauen und jungen Mädchen trugen bunte Gypsyröcke, die auf der Kö in Düsseldorf als schicke Hippiemode gegolten hätten, hier wirkten sie wie Brandmale, so stigmatisierend wie Judensterne.

Voller Anspannung bewegten sich Jordan und Sorina Schritt für Schritt vorwärts, durchkämmten mit ihren Blicken das Gelände, scannten jede einzelne Hütte und verglichen sie mit der Hütte auf ihren Fotos.

Sie hatten gerade mal fünfzig Meter zurückgelegt, da änderte sich das Bild, das sich ihnen darbot, radikal. Plötzlich lagen keine zusammengezimmerten Schuppen und Verschläge mehr vor dem Radarschirm ihrer Augen, sondern nur noch riesige Türme aus zersplitterten Holzbrettern, Berge von zerbrochenen Balken und Haufen aus zerborstenen Wellblechplatten. So als hätte der verheerende Hurrikan Katrina von New Orleans aus einen Ausflug nach Rumänien gemacht und eine breite Schneise der Verwüstung hinterlassen.

»Was hier los?«, rief Jordan. »Warum alles kaputt?«

Er kletterte auf einen der Holzberge und schaute über das Gelände. Ringsherum suchten die Menschen in den Bretterhaufen nach Gegenständen, so gründlich und vorsichtig wie Rettungshelfer, die eine Lawine nach Überlebenden durchforsten.

Tarkan ging zu einem etwa fünfzigjährigen, graumelierten Mann in einer roten Turnhose und einem sauberen, blütenweißen Oberhemd. Dieser stand rauchend ein wenig abseits und verfolgte das Geschehen mit versteinerter Miene. Die Goldkette um seinen Hals und zwei schwere Siegelringe an seinen Händen zeugten davon, dass er wohlhabender als die anderen sein musste. Tarkan fragte ihn auf Rumänisch nach der Ursache der Zerstörung. Er hatte seine Frage noch nicht ganz zu Ende gestellt, da explodierte der Mann, der sich als das Oberhaupt einer großen Romasippe herausstellte, auch schon zornrot: »Das hier sind die Trümmer unserer Existenz. Alles haben sie zerstört! Hinterrücks, mutwillig und bösartig! Aber was außer Böswilligkeit kann man von den Gadže« – so der Romaausdruck für Nicht-Roma – »schon erwarten? Und der böswilligste von allen ist der Bürgermeister dieser Stadt!«

Er spuckte verächtlich auf den Boden.

»Verspritzen soll sein Hirn und ich sammle es in meinem Taschentuch! Möge die rumänische Armee in seinem Arschloch ein Manöver veranstalten! Scheiße soll sein Glück erschlagen!«

Er schoss ein wahres Trommelfeuer an obszönen Beleidigungen gegen das Stadtoberhaupt ab. Dabei spuckte er wie ein Lama in regelmäßigen Abständen vor sich auf den Boden, sodass Tarkan jedes Mal den galliggelben Geifergeschossen nur mit einem beherzten Sprung zur Seite entgehen konnte.

Die Wut des Mannes richtete sich gegen die von der Stadt verfügte Zwangsräumung der Siedlung. Er erzählte, dass mehrmals im Morgengrauen Polizisten und maskierte Gendarmen mit Bauarbeitern auf Bulldozern angerückt waren. Sie hätten den Großteil der hier lebenden Bevölkerung mit Gewalt aus ihren Hütten getrieben und ihre Behausungen dem Erdboden gleichgemacht. Ihre Begründung sei gewesen, dass die Baracken des Slums ohne städtische Baugenehmigungen errichtet worden waren und die hygienischen Verhältnisse gesundheitsgefährdend seien, zumal es keinerlei Wasserversorgung gebe. Die Familien, deren Hütten abgerissen worden waren, seien in das stillgelegte Kupferwerk von

Cuprom abgeführt worden. Dort habe man in einem ehemaligen Labor- und Bürogebäude Ersatzwohnräume für sie geschaffen.

Der Fall habe sogar international für Aufsehen gesorgt, da der Europäische Gerichtshof in einem Grundsatzurteil die Vertreibung von Romagemeinschaften von Ländereien, die sie informell besiedeln, für rechtswidrig erklärt hatte.

Amnesty International habe sich eingeschaltet und beklagt, dass das Bürogebäude in der Todesfabrik nicht sicher sei, weil dort noch Behälter mit Schwefelsäure und anderen giftigen Stoffen lagerten. Bereits in der ersten Nacht hätten ein Dutzend Kinder wegen Übelkeit, Erbrechen und Kopfschmerzen ins örtliche Krankenhaus gebracht werden müssen.

Die Stadtverwaltung entgegnete, dass die Roma die Vergiftungen selbst inszeniert hätten, indem sie den Kindern Pfefferspray in die Gesichter gesprüht hätten. Der Bürgermeister schleuderte den unerwünschten und von ihm ungeliebten Zigeunern entgegen: »Die Sauberkeit hat euch vergiftet.« Auf deren Protestschreiben reagierte er mit der knappen Antwort: »Ich pisse auf diese Papiere.«

»Dieser Hund einer Hündin«, schloss der Mann in der roten Turnhose seine Erzählung, »kocht auf den brennenden Herzen meines Volkes nur sein eigenes Süppchen. Denn er hat große Ambitionen auf das Amt des rumänischen Präsidenten. Der Hund soll die Knochen meiner Toten essen und das Fleisch soll von ihm herunterfaulen!«

Tarkan zeigte dem Mann das Foto von Jordans und Sorinas Hütte. Dieser warf nur einen kurzen, flüchtigen Blick darauf und sagte: »Hier ist so viel kaputt. Ob es die Hütte noch gibt? Ob es sie jemals gegeben hat? Wer weiß?«

Er zuckte nur teilnahmslos mit den Schultern und schob sich mit seiner goldringbestückten Hand die Zigarette in den Mundwinkel. Dann drehte er sich grußlos weg und ging zu einem Jungen, dem er erst eine Ohrfeige und dann ein paar rüde Anweisungen gab.

»Wer weiß«, dachte Tarkan, »ob du nicht genauso auf den brennenden Herzen deines Volkes nur dein eigenes Süppchen kochst? Irgendwo müssen die Menschen ja herkommen, die die Kinder ihres eigenen Volkes nach Westeuropa zum Klauen oder in die Prostitution schicken.«

Er nahm Jordan und Sorina an die Hand und ging mit ihnen zurück auf den Bahndamm. Mutlos schritten sie über die Schienen, ein Junge kam ihnen Fußball spielend entgegen, dann zwei Leimschnüffler mit verklebten Gehirnen, für die die Realität nur noch eine dicke Nebelwand aus Kleister war, hockten regungslos auf dem Gleis. Tarkan und die Kinder schauten über das Trümmerfeld rechts und links von ihnen. Über den Bergen des nahen Ignişgebirges hingen Reste des morgendlichen Regens, schwarzer Rauch brennenden Plastiks stieg aus dem Craicabach und vermischte seinen beißenden Gestank mit dem süßlichen Geruch des in der Luft liegenden Bleistaubs aus der naheliegenden Bleihütte.

»Das Ende der Welt liegt mitten in der Welt«, dachte Tarkan verbittert.

Schon bald hatten sie die Ausläufer der Siedlung erreicht. Es standen noch vereinzelte Baracken und Bretterverschläge herum, die wirkten, als hätte irgendjemand sie dort aus Versehen vergessen. Aber es war keine dabei, die dem Elternhaus der beiden Kinder ähnelte.

Ein letzter armseliger Holzschuppen, dessen Dach aus mit Steinen beschwerten Plastikplanen bestand und vor dem ein wackliger Tisch mit nur drei Beinen stand, tauchte vor ihnen auf. Tarkan und die beiden Kinder schauten sich schweigend an, vor lauter Niedergeschlagenheit brachten sie kein Wort heraus. Sie stiegen den Bahndamm herunter, und Tarkan deutete auf eine Straße, die dreißig Meter entfernt in dem trostlosen Niemandsland endete.

»Tut mir leid, Kinder. Wieder kein Glück!«, sagte er schließlich und ging in Richtung Straße. Er war kaum losgelaufen, da riss ihn Sorina so brutal am Ärmel, dass er fast umfiel.

»Stopp! Da ist! Da ist! Wir gefunden!«, schrie sie und wedelte mit den Armen in Richtung der letzten Hütte. »Müsst ihr gucken! Ist anders, aber ist!«

Sie hielt das Foto hoch und schrie aufgeregt weiter. »Angebranntes Stuhl von Dach ist weg, deshalb sieht anders aus. Auch andere Bretter vor Fenster und andere Tür. Aber ist!«

Tarkan und Jordan verglichen die Bretterbude auf dem Foto mit der Hütte vor ihren Augen. Und dann fielen sich alle drei in die Arme und fingen wild an zu tanzen.

»Wir gefunden! Wir gefunden!«, grölten sie immer wieder.

Nachdem sie sich ein wenig beruhigt hatten, gingen sie langsam, fast ehrfurchtsvoll auf den Verschlag zu. Jordan lief eine Träne über die Backe, eine zweite versuchte er zu unterdrücken. »Ich nicht kann erinnern. War zu klein als weg!«

Wütend trat er gegen einen Stein, denn er erkannte schmerzlich, dass er nichts besaß. Nicht mal Erinnerungen.

Sie standen vor der Eingangstür, warfen einen kurzen Blick durch das Fenster. Aber an das, was sie im Inneren des zusammengezimmerten Schuppens sahen, konnte auch Sorina sich nicht erinnern. Tarkan klopfte an der verschlossenen Tür, doch es war niemand zu Hause. In dem Moment drang der Lärm einer dröhnenden Zweiklangfanfare in einem infernalischen Stakkato über das Gelände. Die drei fuhren vor Schreck zusammen, drehten sich um und sahen Marie in dem Porsche am Ende der Straße. Besser gesagt sahen sie Marie nicht wirklich, sondern nur eine Traube von Kindern, die johlend um den Sportwagen lief. Drei von ihnen hatten sich vorne auf die Kofferraumhaube gesetzt, zwei waren sogar auf das Autodach geklettert. Wutentbrannt ließ Marie die Hupe blöken, während sie selbst aus dem Fenster keifte: »Ihr verdammten Gören, geht sofort da runter! Das Auto gehört mir nicht, das hab ich mir nur ausgeliehen! Wenn da auch nur ein Kratzer drankommt, zieh ich euch die Hammelbeine, die Ohren und die Körperteile, die nur Jungs besitzen, lang!«

Sie gab Gas, bremste, gab Gas, bremste, hupte, gab Gas, bremste, aber die Kinderschar ließ sich nicht abschütteln. Vielmehr hatten sie sogar ausgesprochenen Spaß an der Aktion, die für sie so eine Art Rodeoritt war. Der 911er rollte jetzt auf das unbefestigte Gelände, und Marie konnte nicht weiterfahren, da sie sonst festgesteckt hätte.

Tarkan und die beiden Kinder eilten ihr zu Hilfe. Der durchtrainierte Bodybuilder baute sich in seiner vollen Größe vor dem Wagen auf, verscheuchte die Kinder, und Jordan und Sorina halfen Marie aus dem Fahrersitz hoch.

»Hör mal, du Nachwuchskomiker!«, fluchte Marie und packte einen Sechsjährigen, der vom Dach runtergesprungen kam, am Schlafittchen seines zerschlissenen Hemdes.

»Noch so'n Gag, Zähne weg! Verstehen wir uns?«

Da der Junge sie natürlich nicht verstand, wandte sie sich lauthals lamentierend an ihre drei Weggenossen: »Ich mein, ich kann mir nicht vorstellen, dass die Rotzlöffel haftpflichtversichert sind. Das wird doch teuer, wenn die die Neulackierung aus eigener Tasche zahlen müssen!«

Tarkan war in der Zwischenzeit auf zwei halbwüchsige Burschen zugelaufen, hatte diesen je zwanzig Euro in die Hand gedrückt und ihnen weitere fünfzig Euro versprochen, wenn sie eine Viertelstunde auf den Porsche aufpassen würden. Sicherheitshalber hatte er die beiden auch eindringlich gewarnt: »Sollte das schiefgehen, ihr euch verkrümeln und irgendetwas an den 911er kommen, dann kriegt ihr mächtig Ärger mit mir. Haben wir uns verstanden?«.

Er stützte Marie unter ihrem rechten Arm, und gemeinsam gingen sie langsam die dreißig Meter zurück zum ehemaligen Zuhause von Jordan und Sorina.

Sie ließen die zwei jungen Kerle zurück, die sich mit verschränkten Armen und grimmigem Blick so energisch rechts und links neben das Auto postierten, als müssten sie die Kronjuwelen der englischen Königin verteidigen.

Wobei der nachtblaue, in der Abendsonne glänzende Sportwagen in dieser unwirklichen, apokalyptischen Gegend so fehl am Platze wirkte wie Hannibal Lecter auf einem Vegetariertreffen.

Die beiden Kinder zeigten Marie ihr Elternhaus, das sie so lange gesucht hatten und für das sie tausendfünfhundert Kilometer weit gefahren waren.

»Haus!«, sagte Jordan traurig. »Musst du uns erzählen, wo Eltern sind!«

Doch das Haus blieb stumm. Und wenn es hätte reden können, hätte es nicht viel Schönes erzählen können. Keine Geschichten von Hochzeitsfeiern und Geburtstagsfesten, von Bratapfelduft, geschmückten Weihnachtsbäumen und gemütlichen Winterabenden auf dem Sofa, sondern nur von Armut und dem alltäglichen Kampf ums nackte Überleben. Enttäuscht drehte Jordan seinem ehemaligen Zuhause den Rücken zu.

Da kam eine alte Frau mit einem blauen Kopftuch und einem zerschlissenen Wollpullover, in dem ihre riesigen Brüste genauso gramgebeugt wie ihre Schultern zu hängen schienen, schlurfend auf die Hütte zu. Sie zog eine überdimensionale Plastikplane, die sie zu einem Sack verschnürt hatte, mit einer Hand mühsam durch den Morast hinter sich her. In der anderen Hand trug sie einen großen Plastikeimer, während sie mit einem Fuß nach zwei aufdringlichen Straßenhunden trat. An dem Bretterverschlag angekommen ließ sie den schweren Sack und den Eimer, in denen sie Altmetall auf der nahegelegenen Müllkippe gesammelt hatte, auf den Boden fallen. Anschließend sich selbst auf einen Stuhl neben dem dreibeinigen Holztisch.

Tarkan stellte ihr die beiden Kinder und deren Anliegen vor und fragte sie, ob sie vielleicht mit ihnen und ihren Eltern verwandt sei.

Doch die Alte winkte nur ab: »Nein, alle aus eurer Familie sind weg. Und auch meine Familie ist weg. All unsere Hütten sind zerstört, und jetzt sind alle aus meiner Sippe überall in der Welt zerstreut. Einige sind nach Bukarest, einige nach Frankreich, einige nach Italien! Nur ich nicht. Ich bin hier eingezogen, weil es leer stand. Ich bin zu müde, um hier noch einmal wegzugehen. Ich bleibe hier und warte darauf, dass ich endlich meine kranke Hülle verlassen darf!«

Tarkan übersetzte das, was die Frau auf Rumänisch erzählte, für Marie.

»Die kranke Hülle verlassen, das kenn ich! Bloß dass ich nicht komplett die Hülle verlassen habe, sondern nur Teile von mir«, rief sie lachend und hob mit ihrem gesunden rechten Arm den schlackernden linken in die Höhe.

»Ich hoffe, die Teile sind bloß in Urlaub gefahren und auf der Rückreise im Stau stecken geblieben! Kann aber auch sein, dass dieser faule Sack von Arm sich in so einer Art Dauerwinterschlaf befindet und eines Tages ganz von allein wieder aufwacht.«

Tarkan staunte mal wieder, mit wie viel Witz Marie ihr Schicksal anging, und übersetzte mithilfe der beiden Kinder.

Die alte Frau nickte: »Und ich hoffe nur noch, dass ich endlich aus dem Fiebertraum, den alle das Leben nennen, aufwache!«

Dabei lächelte sie mild und in keinster Weise verbittert. »Wisst ihr, ich schaue schon durchs Schlüsselloch auf die andere Seite. Auf die bessere Seite, denn es ist die, wo es Licht ohne Schatten gibt.«

Ihr Gebiss schien sie schon auf diese andere Seite gebracht zu haben, denn sie war bis auf einen Stumpf zahnlos. Ihr knittriges Gesicht hellte sich auf und ließ die Abendsonne die tiefen Furchen ihrer Haut durchpflügen, die so grau, ledern und runzlig wie die eines Elefanten war. Zwei kleine, dunkle Augen schauten wach hinter dem faltigen Vorhang ihrer tief hängenden Augenlider hervor.

Marie musste daran denken, dass sie, als sie nach ihrem Schlaganfall im Koma gelegen hatte, tatsächlich schon einmal auf dieser anderen Seite gewesen war. Sie hatte damals ihre sterbliche Hülle bereits verlassen und war auf dem Weg ins Nirwana. Dort hatte aber ihre längst verstorbene Oma sie kommen sehen und sie lauthals schimpfend, dass sie hier noch nichts zu suchen hätte, wieder zurück ins Leben geschickt. Auch wenn viele dies für esoterischen Unsinn halten, so hatte sie am eigenen Leib erfahren, dass man sich ins Jenseits begeben und von dort aus wieder zurückkehren kann. Sie erzählte diese Geschichte der alten Frau und schloss mit den Worten: »Ich kann dir die andere Seite nur empfehlen! Ist gar nicht schlimm und das mit dem Licht stimmt. Es ist hell und gemütlich, allerdings auch ein wenig dunstig!«

Marie musste grinsen: »Ist ein bisschen so wie 'ne Flasche Küstennebel von innen. Leicht unscharf, aber geil!«

Auch die alte Frau lachte zahnlos über beide Backen: »Ja, das wird mir gefallen. Aber noch bin ich ja hier und kann euch nicht viel weiterhelfen. Ich weiß nur, dass eure Eltern weggegangen sind. Nach Deutschland habe ich gehört. Die Stadt fällt mir nicht mehr ein, da muss ich erst nachdenken!«

Sie erhob sich, ging in ihre Hütte und kam mit einer schäbigen Plastikflasche zurück. Diese stellte sie vorsichtig wie etwas sehr Wertvolles auf den wackligen Holztisch und holte drei Gläser hervor. In der Flasche schwamm eine ausgewachsene Birne in einer klaren Flüssigkeit.

»Hey, wie hast du die Birne in die Flasche gekriegt? Bist du eine Zauberin? Eine Magierin? Eine Superheldin?«, fragte Jordan neugierig.

»Nein«, lächelte sie nachsichtig, »die Flasche wird am Birnbaum über die Frucht gestülpt, wenn sie noch so klein ist, dass sie durch die Öffnung passt, und wächst dann in der Flasche weiter. Nach der Ernte wird sie dann mit selbstgebranntem Schnaps aufgefüllt.«

Sie schüttete sich und den Erwachsenen zwei Finger breit davon in die Gläser.

»Aber warum kennst du denn niemanden von unserer Familie, der uns weiterhelfen kann? Sind wir nicht alle Ţigani?«, fragte Sorina ungeduldig.

»Ja, aber ich bin eine Kalderaš und du und dein Bruder, ihr seid Lovara!«

Tarkan und auch Marie schauten sie verständnislos an.

»Kalderaš, das waren früher die Kupferschmiede, deshalb heißen wir so. Lovara, das waren die Pferdehändler, genauso wie es den Stamm der Kesselflicker, Scherenschleifer oder Löffelschnitzer gab. Die Lovara zogen früher im Sommer von einem Pferdemarkt zum anderen und hinterließen an Wegkreuzungen Zeichen, die für Außenstehende unsichtbar waren, zum Beispiel mit Pferdehaar umwickelte Steine, um den Nachzüglern den Weg zu weisen. Sie hatten beachtliche medizinische Kenntnisse und wussten, wann ein Pferd zur

Ader gelassen werden musste und welche Kräuter für welche Wunden am geeignetsten waren!«

Marie nippte an dem Obstbrand und musste kräftig husten. »Wow! Der kann was! Der hat ja bestimmt fünfzig Prozent!«

»Sechzig!«, korrigierte sie die alte Frau grinsend und fuhr fort: »Und obwohl es die Lovara, die Kalderaš oder bei euch die Sinti gibt, sind wir alle Roma. Wir sind eine Nation, wir haben ein Brauchtum. Unsere Stämme haben keinen gemeinsamen Anführer und keine gemeinsamen Gesetze und setzen sich aus verschiedenen Sippen zusammen, die auf einen gemeinsamen Vorfahren zurückgehen. Dort hilft man sich gegenseitig, schlichtet Streitfälle, hält Gericht ab und heiratet möglichst untereinander. Manchmal zählt so eine Vica, wie wir das nennen, nur ein paar Dutzend, manchmal ein paar Hundert Personen. Ich selbst gehöre zu den Búculeśti, benannt nach meinem Stammvater, der Búculo Džugi hieß. Verstehst du das, mein schöner, junger Mann? Wie heißt du?«

Tarkan nannte ihr seinen Vor- und Zunamen, und die alte Frau erklärte: »Wenn du einmal stirbst, dann sind deine Kinder, Enkelkinder und Schwiegertöchter Tarkaneśti, so einfach ist das.«

Sie stieß verschmitzt, fast ein wenig flirtend mit Tarkan an, der sich an dem scharfen Brandwein schmerzhaft die Mundhöhle verbrannte.

»Du bist ein sehr armer Mann, denn du hast nur einen Namen. Ich dagegen bin eine Roma und habe deshalb zwei Namen. Draga ist mein offizieller Gadže-Name, der in meinem Pass steht. Den kannte ich als Kind überhaupt nicht, denn wir Roma haben uns immer nur mit unserem Rufnamen angesprochen. Ich hieß ›kleiner Floh‹, weil ich ja nicht die Größte bin. Und dann haben wir oft auch noch einen

›anderen Namen‹, der uns vor Krankheit und unreinen Kräften beschützt. Zum Beispiel heißt ein Mädchen Pupi, seine Mutter hält den Namen aber geheim und nennt es nur Duda. Wenn dann eine schlimme Krankheit von dem Kind Besitz ergreifen möchte, sucht die Krankheit nach einem Kind namens Duda, dem Namen, mit dem es von allen gerufen wird. Aber es gibt ja gar keine Duda, und die Krankheit, die nicht weiß, dass der eigentliche Name des Mädchens Pupi lautet, kann es nicht finden und ihm nichts anhaben!«

»Das ist toll! Warum haben ich und Sorina nicht auch einen Geheimnamen? Dann kann Andras, der Vampir, uns auch nicht finden!«, rief Jordan begeistert.

»Weil das unsere alten Sitten sind, die immer mehr in Vergessenheit geraten und sich immer mehr in Luft auflösen!«, entgegnete die alte Frau. »Deine Schwester hat schon keinen traditionellen Namen mehr, sondern einen rumänischen. Ich selbst bin noch in einem Planwagen geboren. Früher zogen unsere Urgroßväter über Land oder lebten in Dörfern. Von den Dörfern flüchteten sie alle in die Stadt. Und hier leben wir wie ...«

Sie machte eine Pause und zeigte auf ein Rudel wilder Hunde. »Wie die da! Wie die Straßenköter!«

Marie schaute auf die schäbige Plastikflasche mit der Birne, die in ihr gefangen war.

»So ähnlich ist auch das Leben der Țigani heute«, dachte sie. »Von Geburt an von einer unsichtbaren Mauer umgeben, von der Welt getrennt und von dem Stamm, an dem sie gewachsen sind. Jenem Baum an Traditionen, der sie nährt und an den sie gehören.«

Die alte Frau erhob ihr Glas, ebenso wie Tarkan und Marie, die auf Deutsch laut »Prost« rief, worauf sie einen entsetzten Blick des alten Mütterchens erntete.

»Du nicht dürfen ›Prost‹ sagen!«, zischte Sorina ihr auf

Deutsch zu. »Das in rumänisch Sprache bedeuten Dummkopf. Musst du sagen ›Noroc‹. Heißt Glück!«

Sie stießen sich Glück wünschend an, was ihnen auch zuteilwurde, denn der alten Frau fiel plötzlich wieder ein, wohin Jordans und Sorinas Eltern ausgewandert waren: »Euer Vater ist mit eurer Mutter und eurer Schwester nach Köln gegangen! Mehr weiß ich aber nicht.«

Marie musste lachen: »Da fahren wir Tausende von Kilometern, um zu erfahren, dass wir die Stadt gar nicht hätten verlassen müssen? So blöd können auch nur wir sein!«

Schnell verabschiedeten sie sich, die alte Frau ließ Jordan und Sorina jedoch nicht gehen, bevor sie sie ausgiebig umarmt und auf die Stirn geküsst hatte – was Jordan nur höchst widerwillig und Sorina stoisch über sich ergehen ließ. Sie wirkte, wie bei jeder körperlichen Berührung, als wäre sie gar nicht anwesend. Dann machten sie sich auf den Weg zurück zu ihrem Wagen.

Die beiden Burschen hatten sich mittlerweile mit zwei Holzpfosten bewaffnet, die sie wie Gewehre geschultert hatten. Tarkan gab ihnen das versprochene Geld, Marie legte für jeden noch einmal hundert Euro drauf, während Tarkan sich ans Steuer setzte.

Er hatte den Wagen gerade zurückgesetzt und gewendet, als die alte Frau schleppend angerannt kam und ihnen hinterherrief: »Ich habe vergessen zu sagen: Eure Eltern sind nach Köln. Aber nicht ins alte, sondern ins neue Köln!«

»Welches neue Köln?«, fragte Tarkan irritiert, schaltete den Motor wieder ab und stieg aus dem Wagen. Doch noch bevor die alte Frau darauf eine Antwort geben konnte, wurden sie von einem gellenden Pfiff unterbrochen. Der Verursacher dieses Geräusches war der Mann mit der roten Turnhose und dem blütenweißen Hemd, dem sie vor einer halben Stunde schon einmal begegnet waren. Lässig kam er auf ihr Auto zugeschlendert, die beiden Romajungs, die sich mit der Bewachung des Porsches Geld verdient hatten, im Schlepptau. Etwa zwanzig Meter vor ihrem Auto blieb er stehen, schnippte die Zigarette, die er in der goldringbestückten Hand hielt, in aller Seelenruhe weg und versetzte mit dieser den beiden zwei schallende Backpfeifen. Obwohl die beiden Jugendlichen gut einen Kopf größer waren als er, wehrten sie sich nicht, sondern zogen unterwürfig ihre Köpfe ein. Sie griffen in ihre Hosentaschen, überreichten dem Mann ein paar Geldscheine, die dieser zu einem Fächer ausbreitete, mit dem er in der Luft hin- und herwedelte.

»Wer ist das?«, fragte Tarkan die alte Frau.

»Das ist Sandokan, ›der Tiger‹. Hütet euch vor ihm, denn er ist kein guter Mensch!«

Dann bekreuzigte sie sich dreimal und rannte, ohne sich zu verabschieden, ängstlich zurück zu ihrer Hütte.

»Der Kerl hat den zwei Burschen das Geld abgenommen, das wir ihnen gegeben haben!«, rief Marie wütend vom Beifahrersitz aus. »Freundchen, komm du mal her, dir werd ich den Marsch blasen!«

»Besser nicht«, zischte Tarkan ihr zu und übersetzte, was die alte Frau gesagt hatte.

Sandokan, der Tiger in der roten Turnhose, hatte sie nun erreicht und wedelte immer noch mit den Geldscheinen in der Luft.

»Wer hier Geld bezahlt bekommt, das bestimmt nicht ihr, sondern das bestimmt nur einer hier: nämlich ich!«, fauchte er gereizt und stieß dabei mit einem drohendem Geräusch den Atem aus. Dann steckte er sich die Scheine in die rechte Hosentasche. Mittlerweile hatte sich wieder eine größere Traube an Kindern und Jugendlichen gebildet, die sich neugierig um den Mann scharte.

Tarkan versuchte, die Situation zu entschärfen, indem er sich bei dem Tiger entschuldigte und wortreich erklärte, dass es nicht ihre Absicht war, die Gepflogenheiten und Traditionen der hier lebenden Roma zu verletzen. Sollte er irgendwelche Hierarchien missachtet haben, so täte ihm das leid. Es würde bestimmt nicht noch einmal vorkommen, vor allem, da sie sowieso gerade im Begriff seien, Craica zu verlassen. Er hielt dem Mann seine ausgestreckte Hand zum Abschied entgegen, doch dieser ergriff sie nicht, sondern flanierte stattdessen gemächlich um den Porsche herum. Voller Anerkennung und Respekt schien er den Wagen zu begutachten, strich dabei hier und da mit seinen Fingerkuppen sanft über den nachtblauen Lack.

»Mit so einem Auto nach Craica zu kommen, ist sehr gefährlich«, fauchte der Tiger beiläufig. »Reiche Pfeffersäcke aus Deutschland wie ihr sollten so etwas nicht tun. Die Kinder hier könnten zum Beispiel Spaß daran finden, den Wagen kurz und klein zu schlagen. Und es gibt nur einen, der das verhindern könnte. Ratet mal, wer?«

Tarkan schaute ihm direkt in die kalten und ausdrucksleeren Augen.

»Du wahrscheinlich«, antwortete er matt.

»Ja! Aber warum sollte ich das tun?«, erwiderte der Mann und spielte dabei lächelnd an seiner Goldkette, die er um den Hals trug. »Was habe ich davon?«

Sorina und Jordan hatten sich auf dem Rücksitz des Porsches ganz klein gemacht, so sehr fühlten sie sich von dem Mann eingeschüchtert. Marie dagegen ballte vor Wut die Faust in ihrem Schoß, vor allem, als Tarkan durch das offene Fenster nach ihrer Tasche griff und daraus zwei Hunderteuroscheine herausholte.

»Ich würde deine Hilfe dafür, dass uns aus unserem kleinen Ausflug kein Schaden erwächst, sehr zu schätzen wissen«, sagte Tarkan unterwürfig und wunderte sich gleichzeitig darüber, welch geschliffene rumänische Sätze er aus der Not heraus bilden konnte. Dann überreichte er Sandokan, dem selbst ernannten Tiger, der sich eher als Aasgeier herausgestellt hatte, die zweihundert Euro. Dieser steckte das Schutzgeld kommentarlos zu den anderen Scheinen in die Hosentasche, machte mit der rechten Hand eine bedrohliche Geste in Richtung der Kinderschar um ihn herum, die daraufhin augenblicklich wild davonrennend verschwand. Dann zündete er sich ohne Hast eine Zigarette an, bot Tarkan auch eine an, was dieser nicht wagte abzulehnen, obwohl er Nichtraucher war.

»Was ist das für ein Auto?«, fragte er im entspannten Plauderton. »Sieht aus wie ein Ei auf Rädern und ist so klein, dass man mit dem Kopf vors Dach stößt.«

Tarkan erklärte ihm freundlich, dass das ein Sportwagen sei, doch der Mann unterbrach ihn und machte nur eine abfällige Geste. »Gefällt mir nicht. Ein Auto muss ein Palast sein, kein Gefängnis. Das schönste Auto ist für mich ein BMW. Ein Freund von mir hat einen. Der ist schwarz wie die Haare der Ţigani und prunkvoll wie das Haus eines reichen Bulibaschas. Wenn er hier ist, nimmt er mich immer darin mit.«

Tarkan und die beiden Kinder stutzten, dass der Mann ausgerechnet von einem schwarzen BMW schwärmte. Bevor sie jedoch das seltsame Autofachgespräch weiterführen konnten, strich Sandokan sein blütenweißes Hemd glatt und verabschiedete sich mit den Worten: »Ich muss euch leider verlassen, denn ich erwarte Besuch. Wichtigen Geschäftsbesuch! Aber wenn ihr wieder mal Hilfe braucht, wendet euch ruhig an mich, meine Freunde!«

Tarkan warf schnell seine ungerauchte Zigarette weg. Unter den lautstarken Flüchen von Marie, die sich fürchterlich über die verlorenen fünfhundert Euro plus einer verschwendeten Zigarette aufregte, stieg Tarkan in den Porsche und fuhr langsam los.

Sie rollten von dem unbefestigten Gelände auf einen asphaltieren Weg, der zur Păltinişului Straße führte, in die Tarkan rechts einbiegen wollte.

»Dieser Drecksack, Scheißkerl, diese Arschgeburt!«, schimpfte Marie unermüdlich weiter. »Der zockt nicht nur uns ab, sondern auch seine eigenen Leute!«

Sie hatte den Satz kaum zu Ende gesprochen, da trat Tarkan mit brachialer Wucht auf die Bremse, sodass alle Insassen des Porsches mit den Köpfen brutal nach vorne knallten. Dann prügelte er so vehement den Rückwärtsgang rein, dass die Zahnräder des Getriebes vor Schmerzen aufschrien. Er beschleunigte rückwärts auf fünfzig km/h, schoss dann mit wild quietschenden Reifen rechts um eine Garage und trat wieder voll in die Eisen, bis er in den Stand kam.

»Maşallah!«, schrie Tarkan. »Das war knapp!«

»Ja! Verdammt knapp«, schrie Marie zurück. »So knapp, dass mein Kopf beinahe wie eine Gewehrkugel durch die Scheibe geballert wäre! Was sollte der Scheiß?«

Tarkan erklärte ihr, dass er genau in dem Moment, als er in die Păltinişului Straße einbiegen wollte, einen schwarzen BMW M6 auf sie zukommen gesehen hatte.

»Das ist Auto von Andras!«, rief Sorina panisch. »Andras uns gefunden! Vampir uns suchen und finden überall auf ganze Welt!«

Das Mädchen war kreidebleich und krallte ihre Finger so sehr in den Plüschesel neben sich, dass es ein Loch in dessen lila Fell bohrte.

»Langsam, langsam«, versuchte Tarkan Sorina zu beruhigen. »Es war Andras, den ich am Steuer gesehen habe, aber ich habe auch gesehen, dass er sein Handy am Ohr hatte, in das er höchst intensiv reingesprochen und -gestikuliert hat.

Also habe zwar ich ihn, er aber hat garantiert nicht uns gesehen. Und dass er uns hier sucht, halte ich für ausgeschlossen. Woher sollte er wissen, dass wir hier sind?«

»Aber er vielleicht bald wissen!«, ließ Jordan sich nicht beschwichtigen.

»Keine Ahnung«, sagte Tarkan. »Ich habe allerdings eine Idee, wie wir das rausfinden können. Bin in fünf Minuten wieder da!«

Er sprang aus dem Wagen und rannte zurück zu der Hütte der alten Frau. Kurz erzählte er ihr von dem schwarzen BMW und fragte sie, ob sie jemanden kenne, der ein solches Auto fahre.

»Ja!«, antwortete sie. »Der Vampir! Ein Freund von Sandokan und genauso böse. Er heißt Andras wie der Dämon aus der Bibel, der auf einem schwarzen Wolf reitet und seine Anhänger das Töten lehren soll. Er ist kein Rumäne, sondern Ungar und kommt alle paar Wochen, um mit Sandokan Geschäfte zu machen. Sie handeln mit Menschen, verdienen am Elend meines Volkes. Organisieren Fahrer, die die Ärmsten meines Volkes in den Westen fahren. Für dreihundert Euro, die sie nicht haben und für die sie beim Vampir Schulden zu Wucherzinsen machen. Sandokan, der Tiger, ist in diesem Geschäft aber nur ein kleines Kätzchen. Es gibt richtige Raubtiere, Könige, die unermesslich reich geworden sind. Denn sie kassieren mit, wenn Kinder meines Volkes in Frankreich Touristen ausrauben, in Frankreich in Häuser einbrechen oder sich in Deutschland prostituieren.«

Sie griff nach Tarkans Hand und küsste diese. »Bitte bleibt nicht hier. Dies ist kein guter Ort für euch!«

Und als Tarkan sich schon von ihr abgewandt hatte und zum Auto zurücklief, rief sie ihm noch hinterher: »Und sucht die Eltern der Kinder. Aber nicht im alten Köln, sondern im neuen!«

Jordan und Sorina schrien laut auf, als sie die Geschichte hörten, und wollten auf der Stelle die Stadt verlassen.

»Wird uns finden!«, rief Jordan voller Angst. »Ist Vampir. Vampire haben Radar, mit das sie alles finden, was sie suchen!«

Doch die beiden Erwachsenen entschieden, dass es besser sei, nach dem langen Tag nicht auch noch die Nacht durchzufahren. Wenn sie bis zum morgigen Tag ihr Hotel nicht mehr verließen, würde Andras sie so schnell nicht aufspüren können.

Sie fuhren in die Innenstadt, während Marie sich den Kopf darüber zerbrach, was die alte Frau mit dem neuen Köln wohl gemeint haben könnte.

»Ich kenne kein neues Köln! Meint sie Neuss, weil das in der Nähe liegt?«, sagte sie und schaute auf das große Werbeplakat eines Reiseveranstalters, auf dem in großen Buchstaben »Vizite Bavaria. Vizite Castelul Neuschwanstein« stand.

»Ich hab's!«, rief sie. »Schwanstein und Neuschwanstein! Köln und Neukölln! Wir fahren leider doch noch nicht nach Hause. Wir müssen nach Berlin!«

[20]

Die vier Weggenossen hatten eine weitere Nacht in ihrem Hotel in der Altstadt verbracht. Jordan und Sorina hatten kaum geschlafen, denn abwechselnd hatten sie von ihrem Fenster aus den Parkplatz des Hauses bewacht, auf dem Tarkan sicherheitshalber den Porsche in der hintersten Ecke versteckt hinter einem Kleinlaster abgestellt hatte. Auch hatte er dem Nachtportier etwas Geld zugesteckt, damit dieser eventuellem Besuch nicht erzählen würde, dass ein Bodybuilder, eine fußlahme Frau und zwei Kinder in dem Hotel übernachteten.

Am frühen Morgen verluden sie den Rollstuhl, die beiden Bilder aus Rottmanns Wohnung, den lila Plüschesel, das Barbiewohnmobil und den Umschlag mit dem geklauten Geld in den Porsche und machten sich auf den Weg zurück nach Deutschland. Mit pochenden Herzen und höchst aufmerksam um sich schauend verließen sie Baia Mare. Doch kein Andras begegnete ihnen.

Als sie die Stadtgrenze erreicht hatten, entspannten sie sichtlich und atmeten tief durch. Sie hielten an einer Tankstelle, um zu tanken und sich Proviant für die Reise zu besorgen. Als sie wieder losfahren wollten, entdeckte Tarkan auf der anderen Straßenseite einen »Outlet Sport Shop«.

»Hey«, rief er Jordan vergnügt zu. »Was hältst du davon, wenn wir dir eine neue Steaua-Bukarest-Tasche und dazu ein passendes Trikot besorgen?«

Jordan ließ sich nicht zweimal bitten und sprang sofort aus dem Wagen: »Aber du dann auch Tricou von Steaua kaufen!«

Tarkan verzog den Mund, aber dann willigte er kapitulierend ein: »Na gut, einverstanden! Immer noch besser als ein Bayern-München-Trikot!«

»Genau meine Meinung!«, pflichtete Marie ihm bei. »Ich sag immer: lieber 'ne Schwester im Puff als 'nen Bruder bei Bayern München!«

Sie war von Tarkans Idee, einkaufen zu gehen, sofort angetan. Denn seit nunmehr vier Tagen liefen sie in denselben Klamotten herum, und in dem engen Porsche fing es schon an, ein wenig streng zu riechen.

Trotz heftigen Bettelns von Jordan weigerte Marie sich allerdings, sich ebenfalls ein Fußballtrikot zu kaufen. Genauso wie Sorina. Und so suchte sie sich stattdessen ein kurzes Kleid mit schwarzer Rückenpartie und gelb gemusterter Vorderseite aus. Sorina entschied sich für eine rosa Jogginghose und ein schwarzes T-Shirt mit einem pinken Puma, der durch einen funkelnden Glitzernebel sprang.

Nachdem Tarkan zwei kurze, weiße Trainingshosen für sich und den Jungen gefunden hatte, entdeckte er eine himmelblaue Steaua-Bukarest-Sporttasche für Jordan. Zusätzlich packte er noch einen zweihundert Euro teuren Fußball ein, einen goldenen Finaleball der letzten WM. Stolz ging er damit zu dem Jungen, der an einem Drehständer mit den Fußballtrikots seines Lieblingsvereins stand. Doch Jordan war höchst unzufrieden. Er hielt eins der rot-blauen Jerseys in der Hand und hing es direkt wieder zurück: »Will ich nur haben Tricou von Gheorghe Hagi. Aber haben nicht. Warum? Ist doch bestes rumänische Spieler von alle Zeiten. Und auch Ţigan wie ich!«

Der Junge ließ sich nicht von seinem Unmut abbringen, ein anderes Trikot käme für ihn nicht infrage. Also packte Marie zwei einfache, neutrale T-Shirts für ihn ein und ging damit zur Kasse. Kurz bevor sie bezahlt hatte, kam Jordan freudig angerannt: »Hab ich gefunden, was auch gut!«

Feierlich hielt er zwei hellblaue T-Shirts in die Höhe, ein kleines für sich und ein großes für Tarkan. Auf der Vorderseite war das Porträt eines bärtigen Fußballspielers abgebildet.

»Das Éric Cantona. Ist auch Ţigan!«

Womit er recht hatte, denn der französische Nationalspieler Éric Cantona hatte nie einen Hehl daraus gemacht, ein Manouche, also ein französischer Roma, zu sein. Das Fußballgenie Cantona war lange Jahre bei Manchester United unter Vertrag und wurde dort zum Liebling der Massen, man nannte ihn ehrfurchtsvoll den »König von England«. Bis er sich mit einem brutalen Kung-Fu-Tritt gegen einen gegnerischen Fan, von dem er sich beleidigt fühlte, selbst ins Karriere-Aus bugsierte.

Wenig begeistert betrachtete Tarkan die beiden T-Shirts, doch er brachte es nicht übers Herz, dem Jungen seinen Wunsch abzuschlagen.

Marie bezahlte die Einkäufe, sie zogen diese noch in dem Laden an und ließen sich ihre alten Sachen in Jordans neue Sporttasche einpacken.

Hand in Hand verließen Tarkan und Jordan das Geschäft und sahen dabei aus wie ein Spieler und sein Einlaufkind auf dem Weg zum Spielfeld. Es gab nur eine Kleinigkeit, die das schöne Bild ein wenig trübte. Unter dem Konterfei Cantonas befand sich ein Zitat des Spielers, das aus einer Fernsehsendung stammte, in der er einem Journalisten, der ihn kritisiert hatte, entgegengerufen hatte: »Je te pisse au cul«.

Wobei das letzte Wort die derbe Bezeichnung für das ist, was wir im Deutschen liebevoll »Popo« nennen.

Tarkan vermied es, diesen Satz für Jordan zu übersetzen, er wollte dessen Freude nicht trüben und ärgerte sich gleichzeitig, dass er die nächsten Tage mit einem ausgesprochen obszönen Zitat auf der Brust durch die Gegend laufen musste.

Leise grummelnd rollte der 911er über die zweispurige Nationalstraße, vorbei an Bauernweilern, Dörfern und verschlafenen Kleinstädten. Grassteppen wechselten sich ab mit Kartoffeläckern, Mais- und Getreidefeldern.

Marie blickte auf Tarkans neues T-Shirt und sagte schelmisch: »Ich wusste ja, dass du Moslem bist, aber dass du auch ein radikaler Islamist bist, ist mir neu!«

Sie erntete ein fassungsloses Staunen: »Wie kommst du denn auf die Idee?«

»Weil Éric Cantona diesen Spruch nicht nur in Bezug auf einen Journalisten gemacht hat. Vorher hatte er noch gesagt: ›Den Katholiken, die beten und dem Papst, der mit einer Rolex rumläuft – je lui pisse au cul!‹«

Jordan verstand nur »Is' so kühl« und rief: »Stimmt, Cantona ist total kühl. Ist kühlste Spieler von allen!«

Tarkan blickte lachend in den Rückspiegel und sagte zu Marie: »Wenn ich einen kleinen Jungen glücklich gemacht habe, dann ist es auch egal, dass ich nicht nur wegen des Diebstahls von fünfzigtausend Euro, eines Porsches und zweier Bilder, sondern obendrein auch noch als potenzieller Islamist Ärger mit dem Verfassungsschutz kriege.«

Für diesen Satz erntete er von Marie einen rosaroten Blick, und ihr Herz fühlte sich dabei an wie ein Beutel warmer Mücken.

»Du weißt echt, wie man Frauen beeindruckt. Noch drei so Sätze und ich würd zwanzig Kilometer laufen, nur um in deinem Müll stehen zu dürfen.«

Tarkan erwiderte nichts, schaute nur geradeaus auf die Straße und grinste dabei so breit wie ein Scheunentor, durch das ein Mähdrescher gepasst hätte.

Er überholte einen Lkw, der mit vierzig km/h vor ihm herschlich, fädelte sich kurz wieder ein und gab daraufhin richtig Gas, um drei Kleinlaster zu überholen. Er flog an einer Verkaufsbude vorbei, an der Schwimmreifen und Badetücher feilgeboten wurden und vor der eine Armee von rund fünfzig Gartenzwergen stand. Kurz darauf scherte er wieder ein und passierte, bevor er seine Geschwindigkeit wieder gedrosselt hatte, einen am Straßenrand parkenden Fiat Doblò, vor dem auf einem Stativ zwei Kameras montiert waren.

»Warst du zu schnell?«, fragte Marie, doch Tarkan schüttelte nur entschieden den Kopf: »Im Gegensatz zu dir halte ich mich an die Verkehrsregeln!«

Keine fünf Minuten später wurden sie von einem weißen Dacia mit Blaulicht und der Aufschrift »Politia« überholt und auf einen Parkplatz herausgewunken.

Tarkan schaltete den Motor aus, und zwei schnurrbärtige Polizisten kamen auf sie zu, der eine gerade mal eins sechzig und dickbäuchig, der andere hager und über eins neunzig. Sie sahen aus wie die uniformierte Karpatenausgabe von Ernie und Bert und hatten auch ähnliche Gesichtsfarben: der kleine rosig, der große gelblich blass. Sie machten aber sofort klar, dass sie keine harmlosen Sesamstraßenfiguren waren, sondern ausgesprochen engstirnige Paragrafenhengste.

Während der kleine Polizist mit gereizter Stimme in sein Funkgerät brüllte, klopfte der andere mit der Faust auf das Autodach und befahl in rüdem Tonfall: »Open the window!«

Nachdem Tarkan dies getan hatte, deutete er auf das Lenkrad und bellte grimmig: »Now put your hands on the steering wheel!«

Tarkan befolgte seinen Befehl und versuchte bei ihm zu punkten, indem er ihn auf Rumänisch ansprach. Ehrfurchtsvoll und betont freundlich fragte er ihn, was denn das Problem sei, ob er vielleicht zu schnell gefahren sei? Das könne aber nicht sein, da er sich genau an die vorgeschriebenen hundert Stundenkilometer gehalten habe.

Der Polizist ignorierte seine rumänischen Sprachversuche und sprach weiter Englisch mit ihm. »No! That is not the Problem! Give me your document for the toll charge!«

Giftig knurrend ergänzte er: »Document for the Rovinieta! For the electronic Vignette!«

Erleichtert, dass er keinen Strafzettel für zu schnelles Fahren bekam und dazu die nicht vorhandenen Fahrzeugpapiere hätte vorlegen müssen, winkte Tarkan in Richtung Marie. Die öffnete das Handschuhfach im Fußraum ihres Beifahrersitzes und wühlte hektisch nach dem DIN-A4-Blatt, das Tarkan vorgestern an der Grenze beim Kauf der Vignette erhalten hatte.

»Just a second, Mr. Schutzmann!«, rief sie fröhlich. »Ich bin von Natur aus unordentlich. Ich räume auch zu Hause erst auf, wenn das WLAN nicht mehr durchkommt!«

Triumphierend hielt sie schließlich den gesuchten Zettel hoch und reichte ihn dem Polizisten. Der begutachtete ihn ausführlich, ging einmal um das Auto herum und warf ihn dann verächtlich durchs Fahrerfenster: »You make me fool?«, blökte er. »This is document for K-AY-35, but your car has SU-QG-221!«

Tarkan zuckte erschrocken zusammen und fluchte innerlich, dass der Trick, eine Vignette mit dem Fahrzeugschein von Maries Auto zu kaufen, nicht funktioniert hatte. Nun würde herauskommen, dass sie in einem gestohlenen Fahrzeug mit zwei Kindern ohne gültige Ausweispapiere saßen.

Mittlerweile war auch der kleine dicke Polizist ans Fenster getreten und schaute Tarkan fest in die Augen: »So you don't have a valid rovinieta! Penalty is hundred-twenty Euro!«

Schnell griff Marie in ihre Tasche, um nach dem Geld zu suchen, doch der rumänische Schutzmann stoppte sie: »No! You can not pay cash! Is against the law! We need your vehicle registration and we will send you the ticket!«

Jetzt erschrak auch Marie bis auf die Knochen. Angstvoll blickte sie zu dem Mann, der in seine Brusttasche griff, um sein elektronisches Strafzettelgerät herauszuholen.

Dann hielt er aber mitten in der Bewegung inne, machte eine Pause und sagte honigsüß: »It is hundred-twenty Euro! Or we make it the romanian way: fifty Euro cash! And no Quittung!«

Marie hatte nicht mal die Zeit, den Stein, der ihr vom Herzen fiel, zu registrieren, in solch einer Geschwindigkeit fischte sie fünfzig Euro aus ihrer Tasche und drückte sie dem Polizisten in die Hand. Der trat zufrieden lächelnd zurück, und sein langer Kollege beugte sich nun durchs Fenster: »Thank you very much! Have a nice travel home!«

Er schaute auf die Rückbank zu Sorina, die ihr rosa Barbiewohnmobil auf dem Schoß geparkt hatte, und fügte hinzu: »Very nice toy! I have a daughter, she likes Barbies very much!«

Mit einem Betongrinsen im Gesicht fror er daraufhin ein und bewegte sich nicht von der Stelle. Es dauerte eine Ewigkeit, bis Marie kapierte, dass seine Bemerkung keine Plauderei, sondern eine Aufforderung war. Sie riss Sorina die Barbiepuppe samt Entourage vom Schoß und drückte alles dem Polizisten in den Arm. Hastig verabschiedeten sie sich und fuhren davon.

Ernie und Bert in ihren blauen Polizeiuniformen sahen ihnen hinterher, die rechte Hand zum Gruß an die Schläfe erhoben. Bert strahlte mit seiner Barbiepuppe auf dem Arm wie ein Castortransport und wirkte so glücklich, dass man meinte, er würde gleich das Quietscheentchenlied anstimmen.

Als sie die beiden endlich ein ganzes Stück hinter sich gelassen hatten, wischte sich die totenbleiche Marie den kalten Schweiß von der Stirn.

»Puh, das war verdammt knapp!«

Sie öffnete das Beifahrerfenster und steckte sich eine Zigarette an. Nach drei Zügen warf sie diese wieder fort. »Über die Grenze zu kommen, dürfte kein Problem sein. Da mache ich mir keine Sorgen, aber danach müssen wir dringend den geklauten 911er loswerden!«

Sie schlug vor, zu versuchen, mit dem Auto bis nach Deutschland zu kommen und dann mit dem Zug weiterzufahren. Tarkan hielt das für keine gute Idee: »Und was willst du dann mit dem Auto machen? In der Donau versenken? Da sind doch überall meine Fingerabdrücke und meine DNA drauf. Und die sind bei der Polizei registriert!«

Da ihnen keine Lösung für ihr Problem einfiel, vertagten sie es erst einmal wieder. Stattdessen erkundigte sich Tarkan in ungewohnt väterlichem Tonfall bei Sorina, ob sie traurig über den Verlust des Barbiewohnmobils sei.

Doch das Mädchen winkte nur ab: »Nein! Ich nicht traurig. Brauch ich keine Spielezeug.«

Ein wenig vorlaut erklärte Jordan: »Sorina nämlich schon zu alt dafür.«

Und ausdruckslos fügte das Mädchen hinzu: »Ja, zu alt. Schon seit meine vierte Geburtstag ich zu alt, um zu spielen.«

Keine zwanzig Minuten später rollten sie auf den Grenzübergang Petea zu. Die Kinder versteckten sich wieder auf der

Rückbank unter dem Plüschesel, den Bildern und allem, was sie sonst noch finden konnten. Marie überlegte, ob sie direkt noch einmal fünfhundert Euro in ihren Ausweis stecken sollte, ließ es dann aber lieber sein. Langsam näherten sie sich dem uringelben Zöllnerhäuschen. Darin saß ein dickbäuchiger, schlecht rasierter Beamter und grunzte »Passport!«, genauso wie dort vorgestern ein anderer dickbäuchiger, schlecht rasierter Beamter gesessen und ebenfalls »Passport!« gegrunzt hatte.

»Vielleicht ist das sein Zwillingsbruder?«, fragte sich Marie. »Aber vielleicht wurden ja auch damals unter Ceauceşcu in irgendwelchen Geheimlabors jede Menge adipöse Zöllnerklone produziert, die man nun nicht mehr loswird?«

Der geklonte Fleischklops hatte Tarkans Ausweis begutachtet, drückte ihm diesen wieder in die Hand und ließ sich nun Maries nigelnagelneuen Reisepass geben. Anscheinend kam ihm dieser zu neu vor, denn er erschlug mit ihm erst mal drei Fliegen in seinem Zöllnerhäuschen. Ohne einen Blick hineingeworfen zu haben, reichte er ihr den verschmutzten Pass angewidert wieder zurück.

»Hey, was fällt dir ...«, rutschte es Marie beinahe heraus, doch schon nickte der Beamte schweigend und sie durften weiterfahren.

»Für wen hält der sich?«, zischte Marie außer Hörweite. »Für das tapfere Zöllnerlein, das sieben auf einen Streich erschlagen kann?«

Sie kamen auf die ungarische Seite der Grenze, die sie problemlos passierten, da sie einfach durchgewunken wurden.

Rund fünfzig Kilometer Landstraße lagen noch vor ihnen, Marie hatte sich mittlerweile wieder ans Steuer gesetzt. Sie kamen durch Straßendörfer mit schmucklosen Häusern, bröckelnde Kronjuwelen der Bedeutungslosigkeit, die auch in Brandenburg hätten liegen können, wo es Dörfer gibt, die so ereignislos sind, dass dort Gedenktafeln zu finden sind, auf denen steht: »Dieser Stein erinnert an den 14.02.1842. Hier geschah um 10.57 Uhr NICHTS«.

Pfeilschnell lenkte Marie den Porsche über den Asphalt, ließ den 911er an zahlreichen Pkws, Lkws und sogar einigen Pferdefuhrwerken vorbeigaloppieren.

»Herrlich, diese geraden Straßen, wo man am Ende immer den Horizont sieht!«, strahlte sie.

Sie ließen den Frühsommer über ihren Köpfen hinwegtreiben. Der flirrende Glanz, den das Sonnenlicht über Erde und Himmel goss, legte sich wie ein nasser Film auf ihre Gesichter. Staubkörner tanzten durch die Luft. Marie dachte, dass das Leben schön ist in solchen Momenten, in denen das Licht schön ist. Sie schaute in den Rückspiegel und sah Jordan, der sich in seinen Plüschesel vergraben hatte, als wollte er in ihm verschwinden oder sich in ihm auflösen.

»Was ist, Sportsfreund?«, fragte sie ihn. »Krise?«

Der Junge bewegte seine Hände vor dem Bauch des lila Esels und sprach in den Hinterkopf des Tieres: »Kann Haus von Eltern nicht mehr erinnern! Ist weg aus mein Kopf!«

Mit tonloser Stimme fügte er hinzu: »Hab Angst, auch mein Eltern bald nicht mehr in mein Kopf. Mein Schwester schon ausgezogen aus Kopf!«

Der sprechende Plüschesel machte eine kurze Atempause und dann sagte er matt: »Mein Kopf immer gewesen mein einzig Zuhause. Vielleicht bald ganz leer. Nur schwarzes Loch. Dann überhaupt kein Zuhause mehr!«

Eine Wolke schob sich vor die Sonne und beraubte sie ihres Glanzes, so als wollte sie Einsteins Theorie bestätigen, dass die Anziehungskraft schwarzer Löcher so groß ist, dass sie das Licht einsaugen.

Marie musste schlucken, ließ sich aber nicht beirren und rief aufmunternd: »Hey, Kamerad Plüschesel, was hältst du davon, wenn wir eine Pause einlegen und schwimmen gehen?«

In einem Dorf mit dem schönen Namen Ököritófülpös bog sie von der Hauptstraße ab.

»Maşallah!«, lachte Tarkan. »Da sage noch mal einer, bei uns im Türkischen gäbe es zu viele Umlaute!«

»Muss es, denn die, die ihr übrig habt, baut ihr einfach in unsere deutsche Sprache ein und sagt dann statt ›Frühstück‹ ›Fürühschütück‹!«

Sie hielt an einer Brücke über einem toten Arm des Flusses Szamos und hieß ihre Mitreisenden, aus dem Auto auszusteigen. An den üppig bewachsenen Ufern des Gewässers wuchsen Silberweiden und Weißpappeln, in seinem leicht trüben Wasser schwammen Karpfen, Zander und Welse. Ein Graureiher stakste langbeinig durch den Ufermorast. Tarkan half Marie, sich auf die Brücke zu setzen, wo sie ihre Füße ins Wasser baumeln ließ. Jordan hatte sich sofort seiner Kleider entledigt und war in seinem auf der deutschen Raststätte gekauften Hello-Kitty-Schlüpfer ins Wasser gesprungen. Ebenso wie Tarkan, der in seinen Boxershorts mit der Aufschrift »Meiner ist achtzehn Meter lang« auch nicht gerade ein modisch-elegantes Bild abgab. Nur Sorina war zu schamhaft, um sich auszuziehen, und stapfte mit hochgezogener Hose barfuß durch das Wasser. Nach zehn Minuten kam Jordan zu Marie auf die Brücke und führte ihr ein paar gekonnte Kopfsprünge, Backflips und Vorwärtssaltos vor. Nach einem besonders gelungenen Hechtsprung rief sie: »Unser Sportsfreund ist ja ein echter Kunstspringer. Alle Achtung!«

»Das noch gar nichts! In Bukarest, als auf Straße gelebt, wir im Sommer immer von hohes Plakatwand in Dâmbovița-Fluss gesprungen. War ich Beste, konnte machen Bombe mit Arsch, das Wasser spritzt bis Bulgarien!«

Und ausgelassen gluckste er: »Warum du nicht auch in Wasser kommen?«

Marie antwortete mit unbewegtem Gesicht: »Was ist gelb, hat nur einen Arm und kann nicht schwimmen?«

Der Junge schaute ernst, doch Marie lachte: »Ein Bagger! Aber ich kann's auch nicht viel besser. Bevor ich hier durch den Fluss kraule, wird Reiner Calmund auf einem Seepferdchen Olympiasieger im Dressurreiten!«

Jordan kam auf die Brücke geklettert und setzte sich neben Marie. »Warum ich jammern? Du auch nicht einfach!«

»Schätze mal, wir könnten beide Gott verklagen wegen zugefügtem Leid.«

»Nein, nicht schuld. Wir einfach kein Glück gehabt.«

Dass der kleine Junge sein Schicksal so klaglos hinnahm, wunderte sie. Wusste sie doch, dass Glück und Unglück auf dieser Welt immer davon abhängen, aus welcher Perspektive man schaut. Wer das nicht glaubt, soll mal Gänse und Truthähne nach ihrer Meinung zu Weihnachten fragen.

Kalt lächelnd erwiderte sie daher: »Genau, so ist es. Das Pech hat uns beiden ein Haus gebaut und wir dürfen mietfrei drin wohnen!«

»Dann wir einfach ziehen aus Haus aus!«

Marie rührte seine ungebrochene Zuversicht. Sie nahm den Jungen liebevoll in den Arm, der zum ersten Mal, seit sie ihn kannte, dabei nicht zusammenzuckte.

»Der Jammerlappen von uns beiden bin ja wohl ich«, dachte sie. »Jesus kann vielleicht über Wasser laufen, aber der kleine starke Mann neben mir kann an Land schwimmen.«

Mittlerweile waren die beiden anderen zur Brücke zurückgekehrt. Tarkan stand ein wenig unschlüssig herum, da er nicht so recht wusste, womit er sich abtrocknen sollte. Grinsend holte Marie zwei Handtücher mit dem Aufdruck »Hotel Baia Mare« aus ihrer Tasche. »Da kann ich nichts für, das liegt bei uns in der Familie. Ich dachte jahrelang wegen der Frotteetücher bei uns zu Hause, meine Mutter wäre eine geborene Kempinski!«

Sie machten sich wieder auf den Weg und hielten vor der Weiterfahrt in einer Csárda, einer ungarischen Dorfschenke. Dort aßen sie eine Fischsuppe namens Halászlé, die so feurig war, dass man damit einen Waldbrand hätte entfachen können.

Am frühen Nachmittag waren sie schließlich auf der Autobahn Richtung Budapest. Sie fuhren durch die endlose Steppenlandschaft der ungarischen Tiefebene, eine Gegend so flach wie eine Crêpepfanne. Riesige, lang gestreckte Ackerflächen wechselten sich mit weitläufigem Ödland ab, auf dessen Magerrasen niedrige Strauchpflanzen, Luzerne oder Wiesensalbei wuchsen. Sie sahen sogar eine kleine Herde hellfelliger Steppenrinder mit ihren ausladenden, nach oben weisenden Hörnern.

»Guckt mal!«, rief Marie. »Die Ungarn sind sehr saubere Menschen. Sie waschen sogar ihre Kühe, bis sie so weiß sind wie nach einem Vollbad in ›Ariel Futur‹!«

Nach gut vier Stunden näherten sie sich schließlich der österreichischen Grenze. Die Sonne legte sich im Schoße des Abends schlafen, und sie beschlossen, wie schon auf der Hinfahrt in der »Pension Popey« zu übernachten.

Besonders Jordan war davon begeistert: »Muss ich dort essen Spinat, vielleicht davon ich doch kriege Muskeln aus Eisen!«

Marie rutschte schon seit geraumer Zeit nervös auf dem Fahrersitz hin und her und entgegnete: »Was ich gebrauchen könnte, wären keine Muskeln aus Eisen, sondern eine Blase aus Stahl! So überaktiv wie die ist, leidet die wahrscheinlich unter ADHS!«

Was früher ihre Sturm-und-Drang-Zeit war, war nach dem Schlaganfall ihre Sturm-und-Harndrang-Zeit. Außerdem war seitdem das Benutzen öffentlicher Toiletten, die in Restaurants gerne im Keller liegen, nicht gerade zu ihrer Lieblingsbeschäftigung geworden. Was aber wiederum den Vorteil hatte, dass ihr Alkoholkonsum drastisch zurückgegangen war, da sie sich oft ganze Abende an einem einzigen Bier festhielt.

Sie gab Vollgas, um möglichst schnell zum Hotel zu gelangen, und sagte zu Tarkan: »Irgendwie müssen wir uns langsam mal Gedanken darüber machen, wie wir den Porsche endlich loswerden! Können wir den Wagen nicht irgendwo zurück in Deutschland einfach anzuzünden und ausbrennen lassen, um alle Spuren zu beseitigen?«

»Du hast wohl zu viel Krimis geguckt«, erwiderte Tarkan höhnisch. »Das ist vollkommener Fernsehunsinn. Genauso wie der Irrglaube, dass amerikanische Polizisten nur chinesische Nudeln aus viereckigen Pappbehältern essen und deutsche Kriminalbeamte jeden Fall mit einer Currywurst an der stadtbekannten Pommesbude beenden.«

Marie beschloss, vom Hotel aus ihren Anwalt Bonkert anzurufen, vielleicht konnte er ihnen ja aus ihrer misslichen Lage helfen. Sie verließ die Autobahn an der Abfahrt Hegyeshalom, und ein paar Minuten später setzte sie den Blinker, um in die Hofeinfahrt der »Pension Popey« einzubiegen. Da ein Wagen, der auf einem Anhänger einen weiteren Pkw geladen hatte, die Zufahrt zum Parkplatz versperrte, verließ Marie mit den beiden Kindern schon mal das Fahrzeug, um einzuchecken und – wie sie sagte – den Wasserspielplatz zu besuchen.

Nachdem Tarkan den Porsche auf dem Parkplatz abgestellt hatte, trafen sie sich alle in dem Vierbettzimmer, das auch schon vor zwei Tagen das ihre gewesen war.

»Raus aus der Komfortzone, willkommen im ›Hotel Popey‹«, feixte Marie und richtete ihren Blick dabei auf die vollgestaubte Harlekinmarionette, die über dem Bett mit der Katzenbettwäsche aus DDR-Restbeständen hing.

»Ich glaube, hier würde nur ein Holzwurm eine leidenschaftliche Nacht verbringen.«

»Wenn hier mal was aus echtem Holz wäre!«, erwiderte Tarkan.

Marie setzte sich auf einen Stuhl aus mahagonifarbenem Duroplast und tippte Bonkerts Nummer in ihr Handy. Sie setzte ihren Anwalt über die Ereignisse der letzten Tage in Kenntnis und bat ihn, ihr Informationen über Romakolonien in Berlin zu beschaffen. Ihr Anwalt zeigte sich nicht gerade begeistert über ihre eigenmächtigen Nachforschungen. »Zum Glück hat Carsten Rottmann, der Maler, den Diebstahl der Bilder und des Geldes immer noch nicht der Polizei gemeldet. Aber was den Porsche angeht, so steckst du ganz schön im Schlamassel, du einarmiger Bandit! Ich habe meine Kontakte spielen lassen und herausbekommen, dass die Besitzerin des Autos als Täter einen Mann gesehen hat, und zwar in Begleitung von zwei Kindern und einer sich seltsam staksig bewegenden Frau, die sie irgendwie an eine bunte Giraffe aus einem Dalí-Gemälde erinnert habe. Stell der Frau möglichst schnell den Porsche vollgetankt und unversehrt wieder vor die Tür, und ich schau mal, ob ich euch aus der Sache auf Bewährung rauskriege!«

»Wenn er unversehrt sein soll, muss ich mit der Karre aber erst zum Beulendoktor«, wandte Marie kleinlaut ein.

Bonkert schnaubte wie ein Nilpferd mit Keuchhusten in sein Handymikrofon: »Andererseits ist es vielleicht auch gar nicht so schlecht, wenn sie dich drankriegen und du mal eine gewisse Zeit woanders wohnst ...«

Er stockte, weil er nicht genau wusste, wie er Marie die

unangenehme Nachricht überbringen sollte. »Ich habe mich nicht getraut, es dir zu sagen, aber du musst es ja schließlich doch wissen: Deine Wohnung ist nämlich von einem Einbrecher, wahrscheinlich von diesem Andras, ziemlich verwüstet worden!«

Bevor Marie Zeit für einen Wutanfall blieb, verabschiedete er sich und versprach, ihr die gewünschten Informationen über Berlin zu besorgen, wenn sie wiederum seinem Rat folgen würde, sich der Polizei zu stellen. Wohl wissend, dass sie eh nicht auf ihn hören, sondern ihren eigenen Kopf durchsetzen würde. Allerdings warnte er sie eindringlich davor, mit dem Porsche wieder nach Deutschland einzureisen.

Da sowohl die schlechten Neuigkeiten als auch der Hunger ihnen ein wenig auf den Magen schlugen, beschlossen sie, im Hotelrestaurant eine Kleinigkeit essen zu gehen.

»Wir lassen uns den Wagen einfach klauen!«, schlug Marie kauend vor.

»Und wie sollen wir dann mit den Kindern, die keine Papiere haben, über die Grenze kommen? Viel zu riskant! Kommt nicht infrage!«, entgegnete Tarkan ruppig und warf einen besorgten Blick auf Jordan und Sorina. Der überzeugte Singlemacho führte sich plötzlich auf wie eine Tiermutter, die ihre Jungen auf Teufel komm raus verteidigte.

Da sie nicht weiterwussten, rollte Marie erst mal zum Rauchen nach draußen auf den Parkplatz. Neben dem Porsche lehnte ein junger Mann ebenfalls rauchend an einem BMW mit geöffneter Motorhaube, an dem ein beladener Autoanhänger hing.

»Schönes Auto!«, sagte er zu Marie und gab ihr Feuer, bevor er die Motorhaube seines Autos zuschlug und ein verrostetes Metallteil in den Kofferraum schmiss. Er sah aus wie Ende zwanzig, hatte ein großflächiges Gesicht mit hohen

Wangenknochen und eine Nase, die einer Sprungschanze glich. Nachlässig wischte er seine ölverschmierten Hände an seinem Blaumann ab. »Der Anlasser war kaputt, zum Glück hatte ich noch einen zweiten dabei!«

Mit einer Handbewegung zeigte er auf die Zugmaschine seines kleinen Autotransports, einen abgerockten BMW 750 V12, für den die Bezeichnung Rostlaube noch schmeichelhaft gewesen wäre. Auch der allgemeine Pflegezustand wäre nur mit Wohlwollen als dürftig zu beschreiben gewesen. Von der Motorhaube bröckelte der Lack wie Schimmel von den Wänden, die Kotflügel waren verbeult und der verrottete Schweller notdürftig verspachtelt. Also quasi das Gesicht von Cher als Auto.

»Ist ein Carrera 2S, oder?«, sagte der Mann und erwartete keine Antwort, da er sie augenscheinlich selbst kannte. »Was ist der wert? Fünfzigtausend, vielleicht fünfundfünfzigtausend Euro?«

Auch auf diese Frage schien er die Antwort besser zu kennen als Marie, die keinen blassen Schimmer hatte. Er stellte sich als Oleksandr vor und erzählte, dass er Gebrauchtwagen aus Deutschland in die Ukraine exportiere.

»Die Leute dort sind ganz scharf auf deutsche BMWs!«

Er wies auf seinen zerknitterten 7er BMW und auf den Anhänger, auf dem ein böse verunfallter BMW 530 Touring stand, bei dem das vordere Drittel aussah wie das Gesicht von Rocky Balboa nach seinem Kampf gegen Apollo Creed.

»Es gibt ganz viele Neureiche in der Ukraine, die heiß auf Luxuslimousinen sind, und dann gibt es viele nicht ganz so reiche Neureiche, die aber auch ganz heiß auf Luxuslimousinen sind. Und an die verkaufe ich. Den 7er habe ich für sechshundert Euro, den 5er für tausend Euro gekauft. Die lasse ich bei meinem Bruder Yuriy in Odessa fertig machen. Der 7er bringt fünftausend Euro, mit dem wird einer der vielen neureichen Mafiosigestalten Odessas Straßen durchkreuzen. Und der 5er steht in drei Monaten für zehntausend Euro als unfallfreies Sonderangebot wieder bei irgendeinem Gebrauchtwagenhändler in München!«

Er gehörte also zu jenen zahlreichen Händlern, die kleine Werbekärtchen an die Seitenscheiben unserer Altautos klemmen, um den vierrädrigen deutschen Wohlstandsmüll aufzukaufen und nach Osteuropa, Afrika oder in den Nahen Osten zu exportieren. Damit die Menschen dort wenigstens die automobilen Krümel vom großen Kuchen deutscher Ingenieurskunst genießen dürfen.

»Die Farbe heißt Ozeanblau metallic, oder? Wirklich schönes Auto!«, begeisterte sich Oleksandr erneut, doch Marie entgegnete nur: »Mag sein, ist aber was klein. Wenn ich den Rollstuhl eingepackt habe, dann hab ich im Sommer immer das Problem, dass das Surfbrett nicht mehr reinpasst!«

Sie schaute herausfordernd zu ihm herüber.

»Das ist mit deinem Nobel-BMW natürlich kein Problem, da könnte ich sogar noch 'nen Trailer für mein Rennrad dranhängen. Aber für den Porsche gibt's ja noch nicht mal 'ne Anhängerkupplung!«

Ein undefinierbares Lächeln legte sich über Oleksandrs Lippen. »Willst du den Porsche verkaufen?«

»Nee ... beziehungsweise doch. Ich hab irgendwie keinen Spaß mehr an der Karre.«

»Was ist der denn für ein Baujahr? Neunzig? Einundneunzig? Zweiundneunzig?«

»Genau! Neunzig? Einundneunzig? Zweiundneunzig!«

Jetzt musste Oleksandr laut lachen: »Das weißt du nicht? Bist nicht so der Autofreak, oder? Zeig mir mal den Fahrzeugschein. Da steht das doch drin!«

Marie druckste ein wenig herum. »Tja, also, das Problem ist ... äh, den hab ich zu Hause vergessen. Ich bin so was von vergesslich, das kannst du dir nicht vorstellen. Ich hab mir zu Hause sogar ein großes ›A‹ übers Bett gehängt, damit ich beim Sex nicht den Text vergesse!«

»Also geklaut!«, entgegnete Oleksandr trocken.

Marie setzte noch an, dass »geklaut« vielleicht eine zu drastische und vor allem unschöne Formulierung sei, »ausgeliehen«, »eigentumsverändert« oder »böhmisch eingekauft« würde sich doch viel netter anhören, aber dann nickte sie nur mit dem Kopf.

»Ist mir persönlich egal, wirkt sich aber nachteilig auf den Kaufpreis aus. Da will ich ganz ehrlich sein«, unterbrach sie Oleksandr süffisant.

Seine Äußerung ließ sie aufhorchen, und sie reagierte sofort: »Ach, was ist schon Geld? Ein Mann mit zwanzig Millionen auf dem Konto kann genauso glücklich sein wie einer mit einundzwanzig. Ich hab nämlich das Problem, dass ich den Porsche zwar verkaufen will – du weißt, weil da kein Surfbrett reinpasst –, ich aber trotzdem ein Auto brauche, um hier wegzukommen. Was hältst du davon, wenn ich meinen Porsche einfach gegen deinen 7er BMW tausche?«

»Und was ist mit Wertausgleich?«, hakte der Ukrainer nach.

»Ach, nicht nötig!«, setzte Marie schnell hinterher.

»So meinte ich das nicht.«

Oleksandr machte eine nachdenkliche Pause.

»Ich mein, der Porsche hat ja einige Kratzer auf der Haube und auf dem Dach. Außerdem hat der BMW 326 PS, also 70 PS mehr als dein 911er.«

Marie schaute ihn entgeistert an, doch der Autohändler fuhr ungerührt fort: »Das ist ein V12 und der hat Einparkhilfe vorne und hinten, elektrische Sitzeinstellung, Seitenspiegel und Schiebedach, CD-Wechsler mit Radio, Regensensor, Tempomat, Sitzheizung und Klimaautomatik!«

»Und was davon funktioniert?«

»Das Radio!«, antwortete der junge Mann gelassen und zog in aller Ruhe an seiner Zigarette.

»Gib mir tausend Euro und der Tausch ist perfekt!«

Jetzt fiel Marie auch die Kinnlade herunter.

»ICH soll DIR tausend Euro geben?«

»Ich hab doch gesagt, dass die fehlenden Papiere sich nachteilig auf den Kaufpreis auswirken. Da war ich ganz ehrlich oder etwa nicht?«

Marie ballte die Hand in der Tasche zur Faust, aber nur im übertragenen Sinne, denn in Wahrheit langte sie mit der Hand in die Tasche auf ihrem Schoß und fischte aus dem Umschlag mit Carsten Rottmanns Geld zehn Hundert-Euro-Scheine heraus.

Sorgfältig zählte Oleksandr diese nach, steckte sie ein und sagte dann: »Ach! Und es fehlen noch achtzig Euro für die Zollkennzeichen und die Versicherung, die noch sechs Tage gültig ist. Sowie zehn Euro Parkgebühren für den Hotelwirt, weil ich den Anhänger mit dem Unfallwagen ja hier stehen lassen muss und erst übermorgen hier wieder abholen kann!«

Wutentbrannt, aber widerstandslos griff Marie erneut in ihre Tasche und hielt ihm einen weiteren Hundert-Euro-Schein vor die Nase. Der Autohändler verfiel augenblicklich in donnerndes Gelächter: »Das war ein Witz! Meine Güte, ich bin doch kein Halsabschneider!«

Er betrachtete das Geld.

»Aber wenn du drauf bestehst, sag ich natürlich nicht Nein.« Und nahm ihr die hundert Euro aus der Hand.

Allerdings war Oleksandr noch so nett, Marie zu helfen, ihre Sachen aus dem 911er in dem BMW zu verstauen. Dann hing er den Trailer mit dem Unfallwagen ab, setzte diesen zur Seite und überreichte ihr die Autoschlüssel und Papiere. Er startete den Porsche, und im Anfahren rief er Marie zu: »Mal gucken, ob es außer dem Klub Neon nebenan noch andere Striplokale hier in diesem Kaff gibt! Willst du mitkommen? Wir haben ja schließlich ein erfolgreiches Geschäft zu begießen!«

Dankend lehnte Marie ab und rollte zurück zum Restaurant, wo Tarkan und die beiden Kinder ein wenig ratlos auf ihre leeren Teller starrten.

»Überraschung!«, flötete sie. »Mutti hat eine Überraschung für euch. Augen zu und mitkommen!«

Die drei taten wie ihnen geheißen, watschelten wie blinde Pinguine hinter Maries Rollstuhl her und öffneten ihre Augen erst wieder auf dem Parkplatz. Beseelt grinsend wie David Hasselhoff nach zwei Litern Whiskey präsentierte sie den schrottreifen BMW.

»Ab sofort werden Jordan und Sorina nicht mehr auf viel zu kleinen Notsitzen wie Hühner in der Massentierhaltung zusammengequetscht. Außerdem habe ich auch für einen artgerechten Tiertransport gesorgt. Der lila Esel hat jetzt einen eigenen Platz!«

Die Kinder schauten in den Fonds des Wagens, in dem das monströse Plüschtier wie ein Zirkuselefant mit in die Luft gestreckten Vorderläufen angeschnallt auf dem Mittelsitz saß und auf die Weiterfahrt zu warten schien. Tarkan schüttelte beim Anblick des BMWs nur den Kopf und meinte: »Also wenn Gunther von Hagens, der Erfinder von ›Körperwelten‹, mal eine Automobilausstellung plant, dann wäre die Kiste hier bestimmt dabei! Aber danke, du hast unser größtes Problem gelöst!«

Er nahm Marie in den Arm und drückte sie überschwänglich. So viel Innigkeit und körperliche Zuneigung hatte er ihr gegenüber bisher noch nicht an den Tag gelegt, und Maries Herz fühlte sich wieder an wie ein Sack warmer Mücken.

[21]

Nach einer ruhevollen Nacht in ihrem unansehnlichen Zimmer, in der der sanft glänzende Mond einen milden Schimmer auf das realsozialistische Ambiente gelegt hatte, sprangen die vier aus den Betten durch die Dusche zum Frühstück. Marie sprang ein wenig langsamer und kam erst zum Tisch, als ihre drei Weggefährten schon mit dem Essen fertig waren. Kein Wunder, denn das angebotene Interkontinentale Frühstück hatte seinen Namen nicht ohne Grund. Genau wie die fünf Kontinente bestand es aus nur fünf Teilen: ein labberiger Toast, eine Scheibe Brot vom Vortag, eine Ecke Billigschmierkäse, ein Döschen Marmelade und eine Portionspackung Butter.

»Und? Wie schmeckt's?«, fragte Marie, und auf Tarkans gut gelaunte Antwort: »Man isst's und denkt dabei an Handgranaten«, verzichtete sie lieber ganz aufs Frühstück.

Unten auf dem Parkplatz sahen sie, dass Oleksandr die Stadt schon mit dem geklauten 911er in Richtung Ukraine verlassen hatte. Nicht ohne vorher eine bunte Visitenkarte ins Dichtgummi der Fahrertür des BMWs gesteckt zu haben, auf der stand: »HIER KOMMT OLEKS – Auto Export Berlin München Odessa – 0152-144699933«.

Tarkan setzte sich ans Steuer des Zwölfzylinders, der über ein Schaltgetriebe verfügte, sodass er den ganzen Weg nach Berlin würde allein fahren müssen. Er drehte den Zündschlüssel, um den Motor zu starten. Doch die Einspritzdüsen pinkelten das Benzin mehr, als dass sie es zerstäubten, sodass der Wagen erst nach intensivem Orgeln spritstinkend ansprang. Der fauchende Fünf-Liter-Motor stöhnte unwillig, der ganze BMW zickte und zackte, als die vier aus der Hofeinfahrt der »Pension Popey« auf die Hauptstraße abbogen. Sie verließen Hegyeshalom und entschieden sich, aus Sicherheitsgründen nicht über die Slowakei und Tschechien, sondern über Österreich nach Berlin zu fahren. Die andere Route wäre zwar gut zweihundertfünfzig Kilometer kürzer gewesen, aber mit zwei Kindern ohne Ausweispapiere an Bord wollten sie lieber die Strecke mit den wenigsten Grenzübergängen nehmen.

Sie fuhren auf die Autobahn und überquerten in Nickelsdorf die Grenze nach Österreich, ohne angehalten zu werden. Maries Laune und vor allem die der beiden Kinder, die auf ihren hinteren Sitzen endlich ausreichend Platz hatten und ihre Beine ausstrecken konnten, steigerte sich, und Ausgelassenheit machte sich breit. Fröhlich sang Sorina die rumänische Version von »Frère Jacques«: »Frate Ioane, Frate Ioane! Oare dormi tu?«, worauf Marie mit einem kölschen »Broder Köbes, Broder Köbes, stand flöck op! Hopp-di-Hopp! Hörs do nit de Glocke. Bliev em Bett nit hocke« antwortete. Die Kinder amüsierten sich ungemein über Maries komische Sprache.

»Klingt so, als wenn du hast im Mund Hering, der ist in Todeskampf!«, gluckste Jordan.

Dann sang Sorina ein melancholisch schluchzendes, mit seinen Vierteltönen sehr orientalisch anmutendes Lied.

»Was war das?«, fragte Marie beeindruckt, als Sorina geendet hatte.

»Ist Lied, mein Mutter immer gesungen, als ich noch klein. Heißt: ›Wo ist Mädchen von letzte Nacht?‹ Ist von Romica Puceanu, bekanntestes Ţigancă-Sängerin bei uns. Mein Mutter auch heißt Romica und singt genauso schön!«

Nur Tarkan ließ sich von der guten Stimmung der anderen nicht anstecken. Leise fluchte er vor sich hin: »Was ist das nur für eine Dreckskarre! Das war früher bestimmt die Mumiengondel, die einen über den Hades befördert hat! Die Windschutzscheibe ist gerissen, die Bremse hinten hoffnungslos fertig, und die Radlager heulen ihr Lied vom Tod!«

Und als wollte der BMW sein vernichtendes Urteil bestätigen, fuhren sie in dem Moment über eine Bodenwelle und wurden unsanft Richtung Himmel katapultiert.

»Und die Stoßdämpfer haben die Wirkung einer Fahrradpumpe! Ich fasse es nicht!«

»Aber er fährt und hat noch einen Monat TÜV!«, entgegnete Marie vergnügt.

»Da hab ich in meinem Leben schon schlechtere Autos gehabt. Ich hatte mal einen R4, da war alles kaputt, sogar der Tacho. Du wusstest aber trotzdem immer, wie schnell du warst. Denn bei dreißig Stundenkilometer klapperten die Scheinwerfer, bei fünfzig die Türen, bei sechzig der Auspuff, und bei siebzig flogen dir die Plomben aus den Zähnen!«, lachte sie und hob dann den Kopf, um wie ein Hund in die Luft zu schnüffeln: »Aber irgendwie riecht der Wagen nicht gut. Kann es sein, dass da ein Marder in den Heizungsschacht seine Blase entleert hat?«

Sie fuhren durchs österreichische Burgenland auf der Autobahn nördlich des Neusiedlersees und erwarteten sich dort eine romantische Landschaft aus weitläufigen Weingärten, wechselfeuchten Wiesen und Hutweiden, auf denen Schafe, Pferde, Rinder oder Ziegen grasten. Doch stattdessen glitten sie durch eine gnadenlos verspargelte Landschaft, in der eine gewaltige Armee von Windrädern in feindlicher Absicht das ganze Land besetzt zu haben schien und nun grimmig bewachte. Ein absurdes Bild, bei dem nur noch fehlte, dass plötzlich der edle Ritter Don Quichotte auf seiner Rosinante angeritten kam, um im Kampf die dreiarmigen Riesen zu besiegen.

»Meine Güte, ich habe mir unter ›Verspargelung‹ nie was vorstellen können. Ich dachte immer, da ginge es um das Immer-dünner-Werden der ganzen Supermodels! Weißt du, diese Hungerhaken, denen du einen Knoten in die Beine machen musst, damit sie überhaupt Knie haben!«, rief Marie.

An einer Raststätte kurz vor Wien hielten sie, um zu tanken, denn Oleksandr hatte ihnen den BMW mit fast leerem Tank übergeben. Neunzig Liter ließ sich die bayrische Staatskarosse in den Bauch schütten. Marie bezahlte mit zwei Hundertern, die sie aus dem Umschlag mit Carsten Rottmanns Geld nahm. Neben den elfhundert Euro für den schrottreifen Zwölfzylinder hatte sie auch schon in Rumänien ungefähr denselben Betrag daraus entnommen, da ihre eigenen Bargeldreserven aufgebraucht gewesen waren.

Marie machte sich aber keine allzu großen Sorgen darüber, da sie den Betrag zu Hause in Köln wieder ausgleichen würde. Zurück auf der Autobahn war auch Tarkan sichtlich beruhigter, da der BMW trotz aller Macken seinen Dienst zwar störrisch, aber dennoch ordnungsgemäß versah. Tapfer hustete der Motor auf zehn von zwölf Zylindern vor sich hin. Wie ein wiederauferstandenes Schiffswrack aus dem Schiffsfriedhof in Murmansk ratterte das bajuwarische Flaggschiff stoisch über den Asphalt, gesteuert vom unerschrockenen Kaleu Tarkan Tarkanowitsch auf dem Weg in die Berliner Barentssee. Nach einem kurzen Regenguss bei Linz tropfte Wasser durch das rostige Schiebedach auf die Sitze, und Marie versuchte, dieses in den Plastiktüten ihres Einkaufs in dem rumänischen Sportgeschäft einzufangen.

»Wenn wir das jetzt mit Zucker mischen, können wir es als Limo an Passanten weiterverkaufen!«, fluchte sie mit nur einer Pobacke auf dem feuchten Sitz hockend.

Nach knapp vier Stunden Fahrtzeit passierten sie schließlich problemlos die Grenze nach Deutschland und wunderten sich nur, dass sie kurz hinter Regensburg schon wieder tanken mussten.

»Ich will jetzt nicht sagen, dass das ein Spritschlucker ist, aber wenn du bei der Karre beim Tanken den Motor laufen lässt, kriegst du die nie voll!«, beklagte sich Tarkan.

Marie holte die beiden nächsten Hunderter aus dem Umschlag und kaufte für den Rest Mineralwasser, Snacks und Süßigkeiten. Kurz vor dem Bezahlen versorgte sie sich selbst aus einem Impuls heraus noch mit einer bunten, übergroßen Strickmütze und einem schwarzen Western-Strohhut.

Tarkan gab jetzt richtig Vollgas, mit lautem Schaben und Schleifen im Fahrwerk schoss der baufällige BMW über die A93, während Marie abwechselnd die Strickmütze und den zerknautschten Strohhut, der sie wie einen Gaucho aussehen ließ, anprobierte.

»Warum du brauchen zwei Hüte? Du nur ein Kopf!«, fragte Jordan verwundert, doch Marie entgegnete unmissverständlich: »Es geht nicht ums Haben, sondern ums Kaufen. Das betreibe ich leistungssportmäßig. Ich hab den schwarzen Gürtel im Shoppen.«

Was sie aber sehr ärgerte, war, dass sie ihren Lieblingssport seit ihrem Schlaganfall nicht mehr so ausgiebig betreiben konnte. Sie war – wie sie den anderen nun erklärte – ja nur bedingt geländegängig: »Das Problem beim Shoppen fängt ja schon am Eingang an. Kein Mensch hält dir die Tür auf und du musst dich wie ein Yogagroßmeister hindurchschlängeln. Drinnen sind dann die Gänge zwischen den Regalen so eng, dass dir in null Komma nix sämtliche Stringtangas in Größe 34 bis 42 auf dem Kopf hängen und du aussiehst wie eine Mischung aus Zirkusclown und Halloweenmonster!«

Ihr schlimmstes Erlebnis sei aber der Besuch eines Weihnachtsmarkts zu Reha-Zeiten gewesen, führte sie weiter aus. Denn der sei so überfüllt gewesen, dass sie von ihrer sitzenden Position aus die Buden und Verkaufsstände überhaupt nicht zu sehen bekam. Stattdessen habe man sie nur geschubst, und ihre Nase wurde permanent in die Hinterteile fremder Menschen gedrückt.

»Ich könnte mich nach dem Erlebnis bei ›Wetten, dass ...?‹ bewerben. Ich wette, dass ich an den Darmwinden von zwanzig Weihnachtsmarktbesuchern erkennen kann, ob sie Glühwein, Eierpunsch oder heißen Kakao getrunken haben!«, ergänzte sie höhnisch.

Nach der fünfhundertsten Handtasche, die ihr ins Gesicht geschleudert wurde, habe sie dann frustriert beschlossen, zurück nach Hause in die Klinik zu gehen und mit einer halben Flasche Sambucca auf das Schicksal aller Rollstuhlfahrer angestoßen.

»Und als ich im Bad vorm Schlafengehen in den Spiegel guckte, sah ich, dass ich wie ein Brandzeichen ein dickes ›C‹ auf der Backe hatte!«, schloss sie ihre Geschichte.

»Das muss wohl eine der fünfhundert Chanelhandtaschen gewesen sein!«

Mittlerweile hatte der Nachmittag den fiebrig heißen Mittag verdrängt, das Licht leckte an den Gesichtern des vierköpfigen Reisetrupps. Für lange Zeit wohnte eine schläfrige Stille im Inneren des BMWs.

Sie überquerten die Grenze nach Sachsen, und als sie gerade eine Raststätte passiert hatten, wurden sie jäh aus ihrem Dämmerzustand gerissen, denn plötzlich schrie Tarkan laut auf: »Mist! So ein Mist! Die Dreckskarre fängt gleich an zu kochen!«

Er deutete auf die Kühlwasseranzeige, die auf Rot stand. Sofort stellte er die Zündung ab und ließ den BMW auf dem Standstreifen ausrollen. Dort stieg er aus, öffnete die Motorhaube und stellte sich mit verschränkten Armen vor das Fahrzeug.

»Und jetzt?«, fragte Marie.

»Warten!«, war seine wortkarge Antwort. Nach einer Viertelstunde, die er unbewegt wie eine auf der Lauer liegende Riesenechse verharrte, huschte ein grimmiges Lächeln über sein versteinertes Gesicht.

»Dann wollen wir doch mal gucken, wo das Problem liegt.«

Er öffnete mit einem Stofffetzen seines T-Shirts über der Hand den Deckel des Kühlers und rief: »War ja klar, du Dreckskarre!«

Mit dem Tankdeckel in der Hand wies er auf sein T-Shirt mit dem Schriftzug »Je te pisse au cul« und zischte: »Ich dir auch!«

Dann trat er wütend vor die Stoßstange. »Der Kühler ist undicht!«

Er ließ sich von Marie die letzten anderthalb Flaschen Mineralwasser geben. Mit den Worten: »So, jetzt machen wir aus deinem Kühler einen Whirlpool mit Blubberwasser, du Vierradmuseum«, schüttete er diese in den Kühler, schloss die Motorhaube und startete den Motor.

»Wir müssen auf der nächsten Raststätte irgendein Abdichtmittel kaufen und hoffen, dass wir damit nach Berlin kommen!«

Vorsichtig lenkte er den Wagen zurück auf den Fahrstreifen und beschleunigte auf achtzig Stundenkilometer, immer die Kühleranzeige im Blick. Als gäbe er sich selbst Mühe, sich von seiner guten Seite zu zeigen, tuckerte der V12 nun auf allen seinen zwölf Pötten brav und anstandslos über die rechte Spur. Sogar das laute Schaben und Schleifen im Fahrwerk ließ er verstummen. Es waren noch fünfzig Kilometer bis zur nächsten Raststätte, doch der Wagen hielt stand.

»Das Wasser scheint ihm zu schmecken«, scherzte Marie. »Ist ja auch von Apollinaris – the Queen of Kühlerwaters!«

Rund fünfzehn Kilometer vor der Raststätte wurde Tarkan erneut nervös: »Die Temperatur steigt wieder!«

Er drehte die Heizung voll auf, um die Wärme in den Innenraum abzuführen. Allen vieren lief der Schweiß in Strömen herunter, doch es nützte nichts. Die Kühleranzeige bewegte sich unaufhörlich in den roten Bereich. Geistesgegenwärtig scherte Tarkan an einer Abfahrt aus, um eine Tankstelle neben der Autobahn anzusteuern. Nach ein paar hundert Metern auf einer Straße, die ihn durch eine Unterführung auf die andere Seite der Autobahn führte, gab er auch dieses Vorhaben erfolglos auf. Er hielt an einer Art Gasthof direkt an der A9, der nur durch einen Zaun von einem dahinter liegenden Autobahnparkplatz getrennt war. Marie rief den ADAC an, dem sie ihre Position beschrieb, und man versprach ihr, dass in fünfzehn Minuten jemand bei ihnen sei.

Nach zwanzig Minuten stiegen alle aus, um an der frischen Luft zu warten, nach vierzig Minuten schlug Marie den Kindern vor, sich im Wirtshaus Cola und Bratwürstchen zu kaufen. Als sie nach fünfzig Minuten zurückkehrten, war immer noch kein Gelber Engel in Sicht.

Plötzlich läutete an dem zwei Meter hohen Metallzaun zum Autobahnparkplatz hin eine Glocke und die Wirtsfrau kam angerannt. Neugierig gingen Tarkan, Marie und die beiden Kinder zu der Absperrung. Sie sahen, wie ein älterer, etwa sechzigjähriger Lkw-Fahrer mit Kinnbart, kariertem Hemd über dem dicken Bauch und blauer Wollmütze auf dem runden Schädel eine Essensbestellung aufgab. Die Wirtsfrau verschwand, und der Trucker sprach sie in tiefstem Sächsisch an: »Die Dhüringer Brodwürschde hier sinn glasse! Un die Moschndrohtzaun-Lady is auf zagg!«

Er stellte sich als Günther vor und erzählte ihnen, dass er jedes Mal, wenn er in der Nähe sei, hier Rast mache. Stolz, als wäre er selbst der Besitzer, wies er auf den urigen, holzverschalten Gasthof hinter ihnen: »Das is die äldesde Rasdschdädde Deudschlands!«

Das Wirtshaus sei nämlich 1928 als Walderholungsheim eröffnet worden und habe nach dem Bau der Reichsautobahn im Jahr 1936 unzählige Reisende mit Speisen und Getränken versorgt.

»Zu DDR-Zeiden wurde es von der Midroba ols Tronsid Rasdschdädde bedriebn«, erzählte er, wobei er mit »Midroba« wahrscheinlich die »Mitropa« AG meinte.

»Do wurdn die Tourisdn aus'm Wesden versorschd, während Wachbolizisdn dofür sorschden, dass sisch geen DDR-Bürgr der Tronsid-Rasdschdädde näherde!«

Aber vor ein paar Jahren sei dem Gasthof die Konzession entzogen und eine Nutzung als Autobahnraststätte verboten worden. Seitdem ist das geschichtsträchtige Wirtshaus durch den Zaun, an dem sie standen, von der A9 abgetrennt und dadurch zum skurrilsten Rastplatz Deutschlands geworden. Und wie um den Beweis dafür anzutreten, kam die Wirtsfrau mit einem Korb in der Hand herbeigeeilt, kletterte auf eine Leiter und seilte den Korb auf der anderen Seite des Zaunes hinunter zu Günther. Der nahm sich daraus seine bestellte Rostbratwurst, legte einen Geldschein hinein, und die Wirtin zog den Korb zurück.

Genüsslich an seinem Phosphatriemen kauend wies Günther auf den BMW, der keine zehn Meter entfernt mit offener Motorhaube wie ein erloschener Vulkan der Dinge harrte.

»Und was is mid eurer Gäsehitsche? Modor zordebberd oder is nur 's Rahdscho gabudd?!«

Womit er wissen wollte, ob der Motor zerdeppert oder nur das Radio kaputt sei.

Tarkan erklärte ihm ihr Problem, dass der Wagen wahrscheinlich kleine Risse im Kühler habe und der ADAC einfach nicht auftauche.

»Da gann dr Ginder eusch helfn!«, grinste der Trucker über sein rundes Gesicht.

»Is een older Trigg von früher. Hob isch von dn russschen Kollehschn gelernd!«

Er tunkte seine Wurst in den Mostrich, hielt diese hoch in die Luft und sagte bedeutungsvoll: »Senf!«

Seine vier Gegenüber schauten ihn irritiert an.

»Ich will die alte Rennsemmel nicht essen, ich will die wieder flottmachen!«, schüttelte Marie den Kopf.

Doch Günther beharrte auf seiner Behauptung und erzählte, dass er früher für den »VEB Kraftverkehr Riesa« regelmäßig Besen, Bürsten und Büromaschinen in die UDSSR gefahren habe. Dabei hätten ihm russische Trucker einen Trick gezeigt, wie sie die leckenden Kühler ihrer alten Urallastwagen wieder dicht kriegten.

»Zwei Löwwel Senf rinn! Der lösd sisch im Wasser und dischded des Legg ob!«

Er kratzte mit seiner Bratwurst den Senf auf seinem Pappteller zusammen und reichte diesen Tarkan durch den Zaun.

»Isch schwöre, dos fungdsionierd. Hob isch selbsd an meenem Trobbi ausbrobierd!«

Die beiden Kinder zeigten sich sofort begeistert und schabten den Senf von ihren Tellern auf den Teller in Tarkans Hand.

»Los! Du ausprobieren! Mehr kaputt als kaputt kann Auto nicht gehen!«, rief Sorina.

Skeptisch ging Tarkan zum BMW und ließ den kleinen Senfhaufen in den Kühler tropfen. Danach füllte er den Kühler mit dem fehlenden Wasser auf und startete den Motor, den er fünfzehn Minuten laufen ließ, ohne dass dieser überhitzte.

Schließlich gaben Tarkan und Marie ihre Bedenken auf, vor allem da Günther Stein und Bein schwor, dass das Leck halten würde, und entschlossen sich zur Weiterfahrt.

»Und wenn's nischd häld, Ginder, mussdu uns eischenhändisch abschlebbn gomm, mein Gutster!«, rief Marie, sein Sächsisch nachmachend, ihm zum Abschied zu.

Sie konnte den Dialekt ziemlich gut imitieren, denn zu ihren Promizeiten hatte sie oft, wenn sie privat unterwegs war, zum Beispiel mit ihrer Mutter, nicht Kölsch, sondern einfach Sächsisch gesprochen. Das hatte potenzielle Fans und Autogrammjäger immer so irritiert, dass sie sie in Ruhe ließen und sie ungestört einkaufen gehen konnte.

Die vier Weggenossen verließen gerade den Parkplatz des Wirtshauses und bogen auf die Autobahnzufahrt, als ihnen ein Pannenfahrzeug des ADAC entgegenkam. Schelmisch grinsend winkten sie dem Fahrer zu, der sich über so viel Freundlichkeit im Straßenverkehr wunderte.

Rund zweihundertfünfzig Kilometer lagen noch vor ihnen. Anfangs schaute Tarkan unentwegt mit bangem Blick auf die Kühleranzeige, doch mit der Zeit entspannte er sich. Denn der Wassertank schien tatsächlich dichtzuhalten, und der marode BMW verrichtete beharrlich seinen Dienst.

Nach einer Dreiviertelstunde hatten sie Leipzig erreicht, Dunkelheit hatte das Sonnenlicht verschluckt und nur noch die Autoscheinwerfer zogen ihre lang gezogenen Linien über den Asphalt. Am späten Abend fuhren sie über das letzte Teilstück der Autobahn, die AVUS, auf den Berliner Funkturm zu. Marie konnte sich kaum noch im Sitz halten, alle Knochen taten ihr nach der elfstündigen Reise weh, vor allem auf ihrer gelähmten Seite hatte sie fürchterliche Schmerzen an Bein und Arm.

»Hört mal, Freunde«, sagte sie deshalb. »Wenn ich mich nach der Fahrt jetzt noch in irgendeiner Billigbutze auf eine Matratze legen muss, die so durchgelegen ist wie das Bett von Paris Hilton, kann ich morgen mit meiner Wirbelsäule Domino-Day spielen! Was haltet ihr von ein bisschen Pomp und Luxus?«

Ohne wirklich eine Antwort zu erwarten, gab sie Tarkan Anweisungen, welchen Weg er zu fahren hatte, und fünfzehn Minuten später standen sie vor dem Brandenburger Tor. Vor den noch sonnenwarmen Säulen chillten ein paar Punks, und Liebespaare fotografierten sich gegenseitig.

»Außerdem kann Mutti euch jetzt mal zeigen, in welchen Nobelschuppen sie früher verkehrt hat!«

Der gammelige BMW rollte quietschend und heiser krächzend unter einen ausladenden roten Baldachin.

Sie waren am »Hotel Adlon« angekommen. Das wohl teuerste Hotel der Stadt und gleichzeitig Herberge für Stars, Sternchen und Berühmtheiten aus der ganzen Welt, in der schon Josephine Baker, Charlie Chaplin, Queen Elizabeth oder Barack Obama zu Bett gingen.

»Marie, du spinnst!«, entwich es Tarkan, doch die ließ sich nicht beirren und hievte sich aus dem Auto. Nachdem die anderen ihr Gepäck und den Rollstuhl ausgeladen hatten, sprach sie einen Portier in roter Livree und schwarzem Zylinder an: »Und Sie, Herr Rittmeister, bringen bitte unsere Kutsche in den Stall. Aber aufpassen! Nicht, dass mir da ein Kratzer dran kommt!«

Die vier begaben sich in die luxuriöse, kirchenweite Empfangshalle des »Adlon«. Die elegant geschwungene Marmortreppe mit ihrem schmiedeeisernen Geländer, die in lichtem Beige gehaltenen Wände und Decken, die edlen Stoffe, wohin das Auge blickte, und vor allem die riesige kobaltblaue, von Blattgoldmosaik eingefasste Glaskuppel, die sich hoch über dem historischen Elefantenbrunnen wölbte, verbreiteten ein ausgesprochen exquisites Ambiente. Ein Ambiente, in das die bunte Frau im Rollstuhl, das Mädchen in pinkfarbenem Joggingoutfit und der große und der kleine Mann in Fußballtrikots mit einem höchst obszönen Schriftzug so gut hineinpassten wie der Papst in einen Swingerclub.

Doch davon völlig ungerührt begab sich Marie an die Rezeption des Grandhotels. Und ebenso ungerührt wurde sie dort von einem graumelierten Hotelmitarbeiter empfangen, der sie sofort erkannte und mit gockelhafter Höflichkeit begrüßte: »Frau Sander, welche Ehre, dass Sie uns mal wieder besuchen! Es muss mehr als ein Jahr her sein, dass Sie uns bei der Echo-Preisverleihung mit Ihrer Anwesenheit beglückten! Sie sind – ich nehme an – privat angereist?«

»Ja, ähem, natürlich, Familienausflug! Das ist mein ... Bodyguard. Sie glauben ja gar nicht, wie viel wehrlose Rollstuhlfahrer heutzutage entführt werden. Und das sind mein ... äh ... Neffe und meine Nichte«, antwortete Marie und zeigte dabei auf Tarkan und die beiden Kinder.

Sie hatten Glück und erhielten das einzige noch freie Zimmer, ein »Superior-de-luxe-Zimmer« für dreihundertfünfundfünfzig Euro die Nacht mit einem Zustellbett für die Kinder.

»Das Frühstück kostet pro Person zusätzlich zweiundvierzig Euro!«, ergänzte der Mann.

»Na, das ist ja geschenkt!«, lachte Marie und der Concierge lachte steif zurück: »Dafür ist das Frühstück für den Jungen aber auch umsonst! Und es gibt ein Willkommensgeschenk für die Kinder!«

Er winkte einen Hotelboy heran, der kurz darauf mit zwei Kinderbademänteln, Badeutensilien und einem Malbuch zurückkam.

Hundemüde und im Kopf matschig wie eine Tüte Apfelmus gingen die vier in ihr kirschholzgetäfeltes, seidentapeziertes und grün-gold eingerichtetes Nobelzimmer. Ohne Würdigung der innenarchitektonischen Finessen ließen sie sich auf die Betten fallen und schliefen sofort ein.

[22]

Die Morgensonne streichelte die Haut der vier Weggefährten, die nebeneinander auf dem riesigen Kingsizebett eingeschlafen waren, ohne sich ihrer Kleider zu entledigen. Jordan und Sorina lagen in der Mitte, wie immer Arm in Arm, links hatte Tarkan alle viere von sich gestreckt, rechts schnarchte Marie munter vor sich hin.

Sie ließen sich ihr Frühstück im Servierwagen aufs Zimmer bringen, wobei die beiden Kinder nur mit Mühe davon abgehalten werden konnten, nicht alle der acht verschiedenen Cornflakessorten auf einmal aufzuessen und nach zwei Omeletts, vier Spiegeleiern, drei Marmeladenbroten und zahlreichen Schokocroissants nicht auch noch mehrere Stücke Kuchen zu verspeisen. Zu oft hatten sie in ihrem Leben schon Hunger erleiden müssen, als dass sie nun die Möglichkeit, sich den Magen nach Herzenslust vollzuschlagen, ungenutzt verstreichen lassen konnten.

Marie schlug vor, sich nach den anstrengenden letzten Tagen ein wenig auszuruhen, bevor sie ihre Suche nach den Eltern der Kinder fortsetzten.

Und so sah man kurz darauf zwei dunkelhaarige Kinder in schweren weißen Bademänteln und Frotteeslippern, die von einem muskelbepackten Mann in einem Fußballerdress begleitet wurden, auf dem Weg zum Wellness- und Spabereich des Grandhotels. Niemand, der ihnen auf dem Hotelflur begegnete, hielt sie für rumänische Straßenkinder, sondern eher für zwei stinkreiche saudiarabische Prinzengeschwister, eskortiert von ihrem Bodyguard.

Die Abwesenheit der anderen nutzte Marie, um in dem mit schwarzem Granit und hellem Marmor ausgestatteten Bad ausgiebig zu duschen. Sie konnte mit ihrem Rollstuhl, anders als in anderen Hotels, unfallfrei bis an die Duschkabine heranrollen. Um ihre knochenharten Muskeln wieder ein wenig zu lockern, verbrachte sie fast eine Stunde in dem warmen, saunaähnlichen Dampf, den die Dusche produzieren konnte. Danach begab sie sich zurück ins Zimmer, telefonierte mit ihrem Anwalt Bonkert und hatte plötzlich eine Idee, wen sie noch bitten könnte, ihnen bei ihrer Suche hier in Berlin zur Seite zu stehen.

Unterdessen betraten Tarkan und die beiden Kinder den im römischen Stil mit hellen Marmorsäulen ausgestatteten »Day Spa« des Hotels.

»Was ist? Sieht aus wie Palast von reiche Kaiser!«, staunte Sorina, und ihre Augen glänzten dabei wie eine Speckschwarte in der Pfanne. Noch nie in ihrem Leben hatte sie etwas Derartiges gesehen. Vollkommen überwältigt schaute sie auf den Luxus, der sich auf fast tausend Quadratmetern vor ihr ausbreitete. Auf den siebenundzwanzig Grad warmen Pool mit Gegenstromanlage, den still vor sich hin blubbernden Whirlpool, die verschiedenen Saunen und Aromadampfbäder, den riesigen Fitnessraum und die Poolbar mit ihren neununddreißig Mineralwassersorten.

Jordan hatte sich nicht so sehr beeindrucken lassen und war direkt ins Wasser gesprungen, wo er sich einen harten Wettkampf mit der Pumpe der Gegenstromanlage lieferte.

Nachdenklich sagte Sorina: »Mein Mutter immer erzählt, Paradies ist, wo gibt helles Licht und ein groß Badewanne mit warm Wasser!«

Sie machte eine kurze Pause.

»Hab ich aber nie gewusst, was ist Badewanne! Bis in Bukarest auf Straße gefunden Katalog von Quelle mit Bild von Badewanne. Dann ich wusste, was ist Badewanne!«

Sie hatte sich mit Tarkan an die Poolbar gesetzt, wo er ihr eine Fanta für sieben Euro fünfzig spendierte.

»Wenn ich mein Mutter gefragt, woher du weißt, hat sie gesagt: Steht in Bibel, dass Paradies ist, wo gibt helles Licht und ein groß Badewanne mit warm Wasser, das riecht nach Rosen!«

Sie ließ ihren Blick schweifen.

»Hier gibt ganz viele Wannen, wo passen rein ganz viele Menschen, gibt ganz viele Licht in alle Farben. Musik, die kommt unsichtbar aus Wand, und riecht überall nach Rosen, Apfel und Eukalyptus. Warum? Sind Menschen hier reicher als Gott?«

Tarkan schaute sie an und wusste darauf keine Antwort. Er sah, dass sie nicht erfreut, sondern regelrecht überfordert von ihrem gemeinsamen Wohlfühlausflug war. Also versuchte er, sie aufzumuntern, und fragte, ob sie Lust auf eine der zahlreichen Wellnessbehandlungen habe. Er reichte ihr einen der herumliegenden bebilderten Prospekte, in denen eine »balinesische Ganzkörpermassage mit Ingwer-Zitronengras-Öl«, ein »Schokoladen-Body-Wrap« oder eine »Beautybehandlung mit Kaffee-Peeling« angeboten wurden.

Doch Sorina schüttelte nur entsetzt den Kopf: »Warum nasse Pulver von Kaffee in Gesicht schmieren? Warum Schokolade nicht essen, sondern da drin einwickeln?«

Und dann wurde ihre Reaktion sogar heftig: »Und ich nicht ausziehen nackt vor fremde Menschen! So was macht nur ein Prostituată. Bin ich nie auf Straße in Bukarest gewesen Prostituată. Warum dann jetzt?«

Die beiden blieben noch eine Weile sitzen und gingen dann in den Fitnessraum, wo Tarkan ihr an einer Hantelbank zeigte, wie viel Kilo er stemmen konnte.

»Bist du starkes Mann. Stark wie Löwe!«, rief Sorina anerkennend.

Ihr großer Freund genoss es sehr, seinen Körper nach den Tagen des Entzuges wieder ins Schwitzen zu bringen. Schweißtriefend wuchtete er gerade eine Hundertdreißig-Kilo-Langhantel in die Höhe, als ein Hotelmitarbeiter mit Jordan an der Hand den Raum betrat. Er bat Tarkan höflich, aber unmissverständlich, mit den beiden Kindern den Wellnessbereich zu verlassen. Denn Jordan hatte kurz zuvor einem pummeligen russischen Milliardärskind beigebracht, wie man eine Arschbombe macht, und dieser hatte dann bei seinem ersten, sehr gelungenen Versuch die wasserstoffblonde Betonfrisur einer alternden amerikanischen Filmdiva ruiniert. Dieser waren vor Schreck fast die Abnäher ihrer Schlauchbootlippen geplatzt, was dem Hotel eine Millionenklage beschert hätte.

[23]

Gegen Mittag warteten Marie, Tarkan und die beiden Kinder im von Touristen überfüllten Foyer des Grandhotels und fläzten sich in die beigefarbenen plüschigen Sessel in der Nähe des Brunnens. Marie hatte mit Bonkert gesprochen, der sie mit allen möglichen Informationen über Romakolonien in Neukölln versorgt hatte, und nun hielten sie Ausschau nach ihrem ganz persönlichen Stadtführer, den Marie hierher bestellt hatte.

Es dauerte keine zehn Minuten, da betrat eine Figur wie aus einem Heavy-Metal-Video von Motörhead die Empfangshalle. Eine speckige, ärmellose Jeansjacke, aus denen mit Drachenköpfen tätowierte Arme schauten, ein fusseliger Fu-Manchu-Bart, bestehend aus einem breiten Tom-Selleck-Gedächtnis-Haken über der Oberlippe und zwei senkrechten Zottelstreifen an den Seiten. Wahrscheinlich durch den jahrelangen Gebrauch von Essensresten und Zigarettenasche statt Shampoo in den lausigen Zustand kultivierter Verwahrlosung gebracht. Er trug eine schwarze kurze Cargohose, an den Füßen schwere US-Kampfstiefel und an den Fingern eine Ansammlung von Totenköpfen in Ringform, auf die selbst ein Keith Richards neidisch gewesen wäre. Wie ein Apokalyptischer Reiter aus der Offenbarung des Johannes galoppierte er mit grimmigem Blick auf Marie zu, ging vor ihr auf die Knie und legte seine Arme um sie: »Die Chefin persönlich! Komm, lass dich umarmen, altes Rollergirl!«, rief er und zeigte auf ihren Rollstuhl, der neben ihrem Sessel stand.

»Ist nicht grad 'ne Harley, die du da fährst, aber immerhin!«

»Ghostrider, du Mistbratze! Lange nicht gesehen! Komm, Mutti will dich küssen!«, juchzte Marie vor Freude.

Sie knutschte voller Inbrunst den Mann vor ihren Füßen, der von allen nur Ghostrider genannt wurde und seinen wahren Namen wahrscheinlich selbst nicht mehr kannte. Jahrelang hatte er als Roadie für Marie gearbeitet, hatte vor Hunderten von ihren Konzerten die Beschallungs- und Lichtanlage mit auf- und hinterher wieder abgebaut. Er hatte zahllose Nächte rauchend, trinkend oder schlafend mit ihr im Nightliner, also im Tourbus, verbracht und sich am Ende zum Roadmanager hochgearbeitet. Ein Job, in dem er nicht nur Teamleiter der Crew, sondern gleichzeitig auch Aufpasser, Touristenführer, Babysitter, Therapeut, Notarzt und Troubleshooter für Marie und ihre Bandmitglieder war. Obendrein war er aber auch ein echter Motorradfreak und Mitglied des Bikerclubs »Gremium MC«, dessen Logo – die Faust hin zur Sonne – hinten auf seiner Jeansweste prangte und dessen Motto er auf seinen Rücken hatte tätowieren lassen: »Sei Stolz – Sei Stark – Sei Zuverlässig – Sei Hilfe Deines Bruders – Sei Feind Seinen Feinden«.

Wegen seiner Verstrickungen in die Bikerszene hatte er vor rund einem Jahr das Musikbusiness verlassen und schlug sich nun in Berlin mit meist zwielichtigen Geschäften durchs Leben.

»Chefin, was kann ich für dich tun? Willste tanzen gehen oder lieber rin in die Museumspuschen und Trümmerelsen gucken, zum Beispiel die Nofretete oder Claudia Roth?«

Ghostrider war – Marie erinnerte sich – der ungekrönte Weltmeister der Sprücheklopfer, wie er jetzt wieder bewies.

Aber sie liebte es, sich mit ihm Wortgefechte zu liefern, da sie selbst ja auch nicht gerade auf den Mund gefallen war: »Tanzen gehen? Mit mir? Geht nicht, denn du kannst ein totes Pferd beschlagen, aber reiten kannst du damit trotzdem nicht!«

Dann erklärte sie ihm, dass sie auf der Suche nach den Eltern der beiden Kinder seien und er ihnen dabei helfen solle, wie sie ihm doch schon am Telefon dargelegt habe. »Klar, Chefin! Mach ich! Keine Frage!«

Tarkan schaute ein wenig entgeistert auf den Exroadie. Er wusste nicht so genau, was er von ihm halten sollte. Vor allem, da auch seine Aufforderung zum Aufbruch an Flapsigkeit kaum zu überbieten war:

»So, los geht's! Chefin, schnapp dir die zwei Rotzaffen und den Muskel-Murat. Abflug!«

Marie ließ aber erst gar keine angespannte Stimmung aufkommen, indem sie ihrem alten Tourkollegen kräftig in den Solarplexus boxte: »Ghostrider, ich hatte es fast vergessen: Als du auf die Welt kamst, war Hirn alle und es gab nur noch große Fresse!«

Der Angesprochene lachte schallend und drückte Marie erneut. Und zwar mit einer fast zärtlichen Herzlichkeit, die man von ihm gar nicht erwartet hätte. Doch dies war nichts Ungewöhnliches für ihn, denn hinter seiner harten Schale war Ghostrider weich wie das Innere eines Brötchens. Den Spruch auf seinem Rücken: »Sei Hilfe Deines Bruders« nahm er wörtlich, man konnte ihn zu jeder Tages- und Nachtzeit wecken, wenn man Beistand von ihm benötigte.

»Soll ich den BMW aus der Tiefgarage holen?«, fragte Tarkan, doch der Rocker griente nur verächtlich: »Was willste denn mit so 'ner gummibereiften Kasperbude? Womöglich 'n schwarzer Dreier, so'n BMW mit Migrationshintergrund. Nee, lass mal deine Döner-Corvette schön im Keller. Ich hab Geleitschutz für euch organisiert!«

Er schob Marie den Rollstuhl an den Sessel, ließ sie darin Platz nehmen und rollte sie durch die große Drehtür nach draußen, Tarkan und die beiden Kinder im Schlepptau.

Vor der Auffahrt des Grandhotels stand der Geleitschutz, von dem Ghostrider geredet hatte: Drei martialisch aussehende Lederkuttenträger standen vor drei schweren Harleys. Mehr Folterstühle als Motorräder hatten diese ultralange Gabeln und Hinterreifen so breit wie bei einem Schaufelradbagger, die ganze Optik nach dem Motto: Farbe ist egal, Hauptsache schwarz.

Ghostrider stellte sie als Atze, Iggy und Dirty Dieter vor und fügte direkt hinzu: »Aber keine Angst, das sind zwar echte Chefburner, aber vollkommen harmlos. Dirty Dieter zum Beispiel ist Dachdecker und hat 'n Reihenhaus mit Stiefmütterchen im Vorgarten. Also nix mit Schießi-Klaui oder mit schwarzer Einkaufsmütze als Mitternachtsschlosser arbeiten!«

Er wies Tarkan und die beiden Kinder an, auf den Motorrädern seiner drei Kumpel Platz zu nehmen, und dann zeigte er auf sein eigenes Fahrzeug, das er für sich und Marie vorgesehen hatte: »Chefin! Für meine Gäste nur das Beste: Eine 1954er Harley Panhead zum Trike umgebaut!«

Er half ihr aus dem Rollstuhl auf die breite lederne Rückbank des motorisierten Dreirads und zurrte den Rollstuhl an der Sissybar, der Rückenlehne des Trikes, fest. Dass der Sitz, auf dem sie sich niedergelassen hatte, die Form eines Sarges hatte, nahm sie befremdet, aber billigend in Kauf.

Die vier Rocker starteten die V2-Motoren ihrer hochbeinigen Stahlhaufen. Mit mächtigem Getöse, laut wie eine Herde wild gewordener Monstertrucks, setzte sich der Tross in Bewegung. Jordan und Sorina stießen vor Begeisterung spitze Schreie aus, vor allem waren sie ganz hingerissen, dass sie Motorradhelme mit aufgemalten blau-roten Spidermangesichtern bekommen hatten. Tarkan dagegen fühlte sich in seinem Helm in Form eines Totenschädels weniger wohl.

»Ich würd sagen, erst mal 'ne kleine Stadtrundfahrt, bevor wir ins Neuköllner Getto fahren, wo die Kids mit 'nem Diskutierholz in der Hand auf die Welt kommen!«, schrie er den anderen zu.

Sie fuhren ein Stück »Unter den Linden« hoch, bogen dann ab, um kurz darauf die Spree zu überqueren. Ghostrider zeigte ihnen den Alexanderplatz und knatterte dann die Prenzlauer Allee hoch, fuhr ein wenig kreuz und quer und gelangte schließlich zum Kollwitzplatz, wo er einen Augenblick anhalten musste, weil eine Mutter in einem Sommerkleid von »Hess Natur« einen cremefarbenen Bugaboo-Kinderwagen über die Straße schob.

»Wat is, Mutti?«, raunte Ghostrider sie an. »Chronische Stilldemenz? Setz deinen Arsch in Bewegung und schieb deinen inkontinenten Frischling auf die andere Straßenseite!«

Er nahm seinen Helm ab, wandte sich an Marie und fing an, sich in Rage zu reden.

»Der Prenzlauer Berg! Hier werden so viele Kinder geworfen, dass du aufpassen musst, nicht von einem getroffen zu werden. Überall nur neureiche schwäbische Schwangerschaftsbäuche und postnatale Schwabbelbäuche. Man sollte den guten alten Prenzlberg in Pregnant Hill umbenennen! Wenn du hier 'nen Film drehen würdest, wär das ein Schwangerschaftsstreifen! Wenn du hier nicht mindestens drei Blagen hast, giltst du als kinderlos!«

»Ja und?«, antwortete Marie ungerührt. »Die fahren hier doch deine Rente durch die Gegend!«

»Nee, die blockieren mit ihren Alete-Dampfern nur den

Verkehr. Lahmarschig wie Weinbergschnecken schieben die ihre Dreikäsehochs durch die Gegend und rufen dabei Sätze wie: ›Liam Finn-Ole Ferdinand! Nicht den gelben Schnee essen!‹ Oder legen im Café so offensiv ihre nackten Milchschläuche auf den Tisch, dass du denkst: ›Wat is denn nu? Angriff der Drüsenbomber?‹«

Marie wusste, dass Political Correctness nicht gerade seine Stärke war, über die er sich auch gerne lustig machte, indem er in der Pommesbude grundsätzlich sein Schaschlik statt mit Zigeunersoße mit Rotationseuropäersoße bestellte. Aber sie wusste auch, dass sein Wortschwall irgendwann wieder verebben würde, und so widersprach sie ihm nicht, sondern sagte stattdessen: »Aber das ist doch 'ne ziemlich coole Gegend hier. All die Coffeeshops, Boutiquen und kleinen Galerien!«

»Ja, ein Café Wichtig neben dem andern, voll mit irgendwelchen Webdesignern. Überall Klamottenläden der Marke ›Sau&Teuer‹, wo aufgebonzte Perlhühner mit Stoffwechselkrankheit hundertfünfzig Ocken für ein Designer-Leibchen ausgeben. Das ist ein echtes Buyreuth hier!«

Und tatsächlich hatte er jetzt genug Dampf abgelassen, fast schuldbewusst sagte er zu seiner Sozia auf der Rückbank: »Sorry, Chefin! Hab wahrscheinlich wieder mal zu viel gelabert. Ich weiß, du hast Wichtigeres zu tun. Die zwei Engelchen dahinten haben's dir wohl angetan, nicht wahr?«

Marie nickte und schaute auf den kleinen Spiderman und das kleine Spidergirl, die glücklich auf den Harleys neben ihr saßen, und ihr wurde ganz warm ums Herz.

Der Motorradtross setzte sich wieder in Bewegung und fuhr Richtung Süden zurück nach Berlin Mitte. An der Schillingbrücke überquerten sie die Spree, und Ghostrider ließ seinen Konvoi einen Schlenker zu einer alten Industrieruine am Fluss machen. Es war eine alte Eisfabrik, die sich zu DDR-

Zeiten direkt an der Staatsgrenze befunden hatte. Ghostrider zeigte auf die verwahrlosten neoklassizistischen Ziegelsteingebäude, das marode ehemalige Kesselhaus und den Wasserturm, die allesamt dem ungebremsten Verfall ausgeliefert waren.

»Lasst uns mal anhalten. Als ich das letzte Mal hier vorbeigekommen bin, hausten hier nämlich ein paar Dutzend Landsleute der beiden kleinen Spinnenmänner!«

Sie trafen vor einer Backsteinwand auf einen mit Spraydosen bewaffneten Jugendlichen, der sich daranmachte, die letzten wenigen, noch freien Quadratzentimeter der riesigen Ruine mit seiner Graffiti-Kunst zu schmücken. Er erzählte ihnen, dass sich hier tatsächlich ein paar Dutzend Roma in den fensterlosen Fabrikräumen Schuppen aus Sperrholzresten zusammengezimmert hatten, in denen sie ohne Wasser und Strom gewohnt hatten. Ein erbärmliches Leben, das sie sich mit Unmengen von Ratten, nachts mit der feiernden Partyjugend und tagsüber mit neugierigen Touristen teilen mussten. Aber das seien fast ausschließlich Bulgaren gewesen und außerdem seien die alle weg. Sie wurden zwangsgeräumt, weil hier irgendwann mal ein schickes Kulturzentrum oder hippe Wohnungen entstehen sollen.

Die beiden Kinder ließen sich allerdings von seinen Ausführungen nicht entmutigen.

Sorina wandte zu Recht ein: »Hier ja auch nicht neues Köln, wo Eltern wohnen.«

Also bedankte sich Marie bei dem jungen Basecapträger, während Ghostrider ihm sein Malwerkzeug aus der Hand nahm und damit an die Wand ging: »Und eins noch, du Berliner Spreedose. Es heißt nicht ›Fuck the P o l i z e i s a a t‹, sondern ›POLIZEI … S T A A T‹!«

Er sprühte das fehlende T hinter das S und warf ihm die Spraydose zurück in die Hand.

Über den Bethaniendamm setzten sie ihre Fahrt nach Neukölln fort und kamen kurz darauf an einem höchst bizarren Bauwerk vorbei. Ein zusammengeschustertes buntes Baumhaus, das auf einer kleinen Verkehrsinsel wie ein gestrandetes Hippieraumschiff lag. Oder als hätte die starke Pippi Langstrumpf bei einem Besuch in Berlin einfach ihr Haus mitgenommen und hier abgestellt. Es waren aber nicht Herr Nilsson und der kleine Onkel, die vor der Baumhütte saßen, sondern ein alter Mann.

»Das ist ein türkischer Rentner«, erklärte Ghostrider. »Der hat Mitte der Achtzigerjahre direkt an der Mauer auf einem ungenutzten Grundstück Knoblauch angepflanzt und nicht gecheckt, dass er damit aus Versehen ein Stück DDR besetzt hatte. Ein Stück Ossiland, das im Westen lag, weil die DDR aus Mangel an Betonfertigteilen die Mauer hier nicht exakt auf die Grenze gesetzt hatte!«

Marie schaute auf den Mann, der sich von Touristen fotografieren ließ und mit sich und der Welt im Reinen, ja sogar ausgesprochen glücklich zu sein schien.

»Wer weiß?«, überlegte sie. »Vielleicht liegt Glück ja im Niemandsland, jenseits aller Mauern und Grenzen. Dort wo all die Mächte, die auf einen einwirken, keinen Einflussbereich haben. Auf dem Stückchen Brachland, das ich mir einfach unter den Nagel reiße, dort meinen eigenen Zwergstaat gründe und nur ernte, was ich selbst gesät habe.«

Sie legte sich ihren untätigen Arm mit dem gesunden in den Schoß und dachte, dass auch sie wahrscheinlich ihr eigenes Glück erst dann wiederfinden würde, wenn sie sich mit ihren Wünschen und Sehnsüchten in ihrem eigenen Zwergstaat einrichten und zu Hause fühlen würde – anstatt permanent auf der Suche nach Genesung hinaus in die Welt zu ziehen.

Der Motorradtross fuhr über die Sonnenallee Richtung Osten zum Neuköllner Schifffahrtskanal, ein Tipp, den Bonkert ihnen gegeben hatte. In einer für den Ausbau der Stadtautobahn geräumten Gartenkolonie sollten sich hier zahlreiche Roma in den verlassenen Hütten niedergelassen haben.

Die vier Harleys bogen in eine kleine Stichstraße, die durch das Kleingartengelände führte, auf dem Tausende Laubenpieper ihre geranienschmucken Parzellen von Zehntausenden Gartenzwergen bewachen ließen. Mehrmals mussten sie absteigen und die schweren Maschinen mit Muskelkraft vor und zurück rangieren, da diese mit ihren ultralangen Gabeln nicht um die Kurven kamen.

»Tja«, sagte Ghostrider, »seh'n zwar geil aus, die Glotterstühle, ham allerdings 'nen Wendekreis wie'n Containerschiff!«

»Aber auf so 'nen japanischen Joghurtbecher«, warf Dirty Dieter ein, »so 'ne Kawa in Froschfotzengrün oder 'ne Zwiebacksäge«, womit er alle Motorräder mit weniger als fünfhundert Kubik meinte, »kriegste mich trotzdem nicht drauf! Tief sitzen, hoch greifen ist angesagt!«

»Vor allem viel schieben ist angesagt!«, beschwerte sich der schwitzende Tarkan, der eine der rund dreihundertfünfzig Kilo schweren Fatboys um die Kurve zu wuchten versuchte. Worauf er von Ghostrider nur ein müdes: »Was is, Ali Davidson, machste schon schlapp?« erntete.

Nach ein paar Minuten entdeckten sie dann tatsächlich eine illegale Siedlung am Rande der Kleingartenkolonie. Halb zerstörte Lauben, die mit Plastikfolie und Tüchern so zugeklebt worden waren, dass sie zumindest ein wenig Wohnlichkeit boten, lagen zwischen Unkraut und dem Müll, den Anwohner hier ausgekippt hatten. Davor kaputte Tische, als Stühle dienende Plastikeimer und Polster aus alten Sofas.

Da das Gelände ein wenig unzugänglich war, sagte Ghostrider zu Marie: »So, meine Auspuffvenus, Pause für uns zwei. Wir warten, während sich meine Kumpel mit den anderen mal ein bisschen umhören.«

Er holte eine Schachtel Zigaretten aus der Tasche und bot Marie eine davon an. Die anderen machten sich auf den Weg.

»Chefin«, sagte Ghostrider Kringel in die Luft blasend und ihren Rollstuhl an der Rückenlehne seines Trikes nachzurrend. »Wie lange machst du jetzt schon den Schäuble? Elf Monate? Elf Monate in Rente?«

Marie nickte stumm.

»Hey, wird schon wieder, das MUSS auch wieder werden. Immer wenn du früher gesungen hast, hätt ich Tränen furzen können. Geiler Lack war das. Wag es bloß nicht, auf Dauer in Rente zu bleiben! Bei uns im Club, da gibt's so 'n paar zwielichtige Gestalten, die werde ich dir, ohne mit der Wimper zu zucken, auf den Hals hetzen, wenn du nicht ganz bald wieder auf der Bühne stehst!«

Marie antwortete nicht, sondern rauchte weiter, und als sie die Zigarette ausgedrückt hatte, ließ sie sich eine zweite geben.

»Ja! Geiler Lack war mein Leben«, dachte sie still. »Geiler Lack war ich selbst. Aber jetzt ist der Lack ab und für mich gibt's nicht mal 'ne Abwrackprämie.«

Nach einer halben Stunde kamen die anderen zurück.

»Haben ganz viel Ţigani getroffen!«, rief Sorina den beiden Wartenden zu. »Genau so leben in kaputt Schuppen aus Holz und in Müll wie Ţigani in Rumänien. Warum dann kommen hier?«

Sie schüttelte verständnislos den Kopf.

»Haben allen Fotos von Eltern gezeigt und Namen von Eltern genannt! Aber keiner kennt Eltern oder hat gesehen.«

»Wenn wir die beiden Kinder nicht dabeigehabt hätten,

hätte keiner mit uns gesprochen«, ergänzte Tarkan. »Die meisten sprechen gar kein Deutsch und sind scheu wie die Rehe.«

»Kein Wunder«, dachte Marie. »Es sind Menschen, die deshalb scheu wie Rehe sind, weil sie in einer für sie feindlichen Umwelt leben und im Großstadtdschungel des angeblich goldenen Westens ganz hinten auf der Nahrungskette stehen. Die sich mit Schwarzarbeit für drei Euro fünfzig die Stunde über Wasser halten und ohne Arbeitsverträge keine Wohnung und ohne Wohnung keine Arbeitsverträge bekommen. Ein schutzloses Wild, das sich nicht zu verteidigen weiß und gesellschaftlich zum Abschuss freigegeben ist.«

Marie holte einen Zettel aus der Tasche, auf dem sie den nächsten Anlaufpunkt, den Bonkert ihr genannt hatte, notiert hatte. Sie reichte diesen Ghostrider, und der gab das Kommando zur Weiterfahrt: »Los, gebt Kette! Wir machen den Sittich!«

Jordan durfte sich neben Marie auf den Rücksitz des für ihn höchst seltsamen Trikes setzen.

»Was ist das für komisch Fahrzeuggerät: Auto mit drei Räder und ohne Dach! Dein Freund kein Geld für richtige Auto?«

Sie verließen die Gegend mit den Abbruchlauben in nördlicher Richtung und blieben im Osten Neuköllns, jenes Viertels, das einen ausgesprochen schlechten Ruf nicht zuletzt wegen der dort ansässigen Rütli-Schule besaß. Einer Schule, deren Lehrer 2006 die Schließung gefordert hatten, weil sie der Gewalt der Schüler nicht mehr standhalten konnten. Mittlerweile war das Viertel aber auf dem besten Weg, zum nächsten In-Viertel Berlins zu werden. Zahlreiche Studenten und Künstler hatten sich – die günstigen Mieten ausnützend – hier niedergelassen und hatten jede Menge Kneipen, Galerien, Restaurants und sonstige Szeneläden eröffnet.

Doch noch nicht in dem Teil Neuköllns, in den der Tross nun gelangte, dieser Teil wurde von den meisten Einheimischen nur »Klein-Rumänien« genannt.

Die vier Harleys hielten schließlich vor einem Gebäudekomplex, der so gar nicht dem entsprach, was Tarkan, Marie und die beiden Kinder bisher an Romasiedlungen gesehen hatten. Frisch renoviert, blitzblank und mit sorgfältigen Wandmalereien versehen wirkte der Wohnblock ausgesprochen gepflegt. Die zahlreichen Menschen mit dunklen Haaren, schwarzen Augen und bunten Kleidern ließen keinen Zweifel daran, dass hier Roma lebten.

»Wat hammer denn hier?«, rief Marie verwundert und ließ sich von Ghostrider vom Motorrad in den Rollstuhl helfen. Sie betraten gemeinsam den Innenhof des Gebäudes und staunten Bauklötze: Vor ihren Augen eröffnete sich kein weiteres heruntergekommenes Zigeunergetto, sondern ein regelrechtes Idyll. Eine einladende Oase in der ansonsten wintergrauen Umgebung des Kiezes. Blühende Rosenbeete, weiße Häuserwände, zum Boden hin farbenfroh bemalt mit Bäumen, Tieren, Schiffen und Menschen, Parkbänke aus bunt gepunktetem Plastik, eine Nähstube für die Anwohner, ein Ausstellungsraum mit von den Kindern selbst hergestellter Recyclingkunst und dem Schriftzug »Amor« an der Wand. »Guckt mal!«, rief Marie. »Das Wort kann und soll man wahrscheinlich auch rückwärtslesen!«

Und da die beiden Kinder sie verständnislos anschauten, fügte sie hinzu: »›Amor‹, der Gott der Liebe, ergibt rückwärtsgelesen ›Roma‹. Das nennt man ein ›Palindrom‹, ein Wort, das man vorwärts und rückwärtslesen kann. Das ist so ähnlich wie früher in meiner Band, wo wir spaßeshalber auf die Frage ›Welche Tonart spielen wir?‹ immer ›E-Dur, Trude‹ gesagt haben!

»Hier ist schön!«, begeisterte sich Sorina, nachdem sie

Maries Erklärung begriffen hatte. »Hoffentlich Eltern hier leben, dann wir bleiben!«

Doch ihre Hoffnung erfüllte sich nicht, keiner der Bewohner kannte die Eltern der beiden Kinder oder hatte diese jemals gesehen. Man erklärte ihnen, dass dies auch ganz logisch sei, da die meisten Hausbewohner aus ein und demselben Dorf in Rumänien stammten. Sie seien alle sehr stolz auf das Haus, vor allem nachdem es sehr lange für negative Schlagzeilen gesorgt hatte. Damals, als hier noch alles voller Dreck und Müll war und sie von allen angefeindet, gehasst und als Zigeunerplage beschimpft worden waren. Nicht nur von den Nachbarn. Denn sie hatten es vor nicht allzu langer Zeit als sozialschmarotzende Bewohner eines üblen Romaslums zu überregionaler Berühmtheit gebracht.

Allerdings ist es manchmal schon absurd, wie bestimmte Orte in die bundesweite Öffentlichkeit geraten. Bei diesem Romahaus in Neukölln gaben sich zeitweise die Fernsehreporter und Zeitungsjournalisten fast täglich die Klinke in die Hand. Das Haus war damals zum absoluten Medienereignis geworden. Neonazis, Rechtsradikale und vermeintliche Verteidiger der deutschen Leitkultur sahen hier den Untergang des Abendlands und den Zusammenbruch unserer Sozialsysteme ihren Anfang nehmen. Das Haus war sozusagen zum Popstar geworden, zum Bad Boy unter den Immobilien.

Dabei war seine Entstehungsgeschichte zum Problemhaus eher rührend, ja geradezu romantisch. Wie in einem billigen Kitschfilm, dessen Drehbuch man jedoch jegliche Realitätsnähe und Glaubwürdigkeit abgesprochen hätte.

Denn die Story war folgende: Ein arbeitsloser Maurer aus Sachsen hatte an einer Berliner Dönerbude einen Rumänen kennengelernt, der ihn, den zutiefst Gefrusteten, in sein heimatliches Dorf in der Nähe von Bukarest einlud. Dort verliebte er sich in eine Roma, die die Schwester seiner Imbissbudenbekanntschaft war. Er heiratete sie und holte sie zu sich nach Berlin. Dann kam deren Schwager nach, dann der Schwiegervater und die Schwiegermutter, dann sieben Geschwister, deren Kinder sowie einige Cousinen und Cousins. Eine ausgesprochen normale Familienzusammenführung, wenn auch in einem etwas größeren Rahmen. Diese Familienzusammenführung der engen und weiteren Verwandtschaft wurde dann noch einmal ausgedehnt, und zwar auf Nachbarn, Freunde, Bekannte, alles Bewohner des besagten kleinen Dorfes in der Nähe von Bukarest. Mittlerweile war die Entourage des arbeitslosen Maurers so angewachsen, dass er in Neukölln acht Altbauten mit insgesamt mehr als siebentausend Quadratmetern Wohnfläche anmietete und dort schon bald mehrere hundert ehemalige Bewohner des kleinen, inzwischen unter starkem Bevölkerungsschwund leidenden Dorfes lebten. Eine sich immer mehr beschleunigende Auswanderungswelle, die man in ihrer mathematischen Dimension sonst nur von Kettenbriefen kennt. Und die wahrscheinlich erst gar nicht zustande gekommen wäre, wenn der gefrustete Maurer erst gar nicht arbeitslos geworden wäre. Was im Umkehrschluss heißt, dass man allen Ausländer-raus-Rufern zurückrufen muss, dass nicht die Ausländer uns die Arbeitsplätze wegnehmen, sondern dass im Gegenteil manchmal unsere Arbeitslosen den Zuzug von Ausländern erst verursachen. Besonders wenn sie zu oft gelangweilt an Dönerbuden herumlungern.

Doch wie es ab und zu so ist im Leben, wenn sich das Schicksal wohlgesonnen zeigt, hat auch diese Geschichte ein Happy End. Nicht für die Liebe des Maurers, denn der zog sich irgendwann, als ihm die Dimensionen seiner ursprünglichen Liebestat über den Kopf gewachsen waren, kapitulierend aus der ganzen Angelegenheit wieder zurück.

Aber für die sechshundert neuen Neuköllner. Die fielen

urplötzlich in den Schoß der Kirche. Der Leiter einer katholischen Wohnbaugesellschaft kaufte das Gebäude und machte daraus ein der christlichen Nächstenliebe verpflichtetes Wohnprojekt. Nach dem Motto »Gutes tun und daran verdienen«, trägt das Projekt sich sogar selbst. Gut für die Erwachsenen, aber besonders gut für die Kinder, die dort leben, ist dies doch einer der wenigen Fälle der letzten Jahre, in denen Kinder im Schoß der katholischen Kirche gut aufgehoben sind.

Nicht so gut war diese Geschichte allerdings für Sorina und Jordan, die auf der Suche nach ihren Eltern immer noch keinen Schritt weitergekommen waren.

»Warum nicht alle Ţigani können so leben wie hier? Dann wir zeigen, dass wir kein schlechte Menschen!«, sagte das Mädchen enttäuscht.

Auf der von lokalen Künstlern gestalteten Brandwand des Gebäudes wiesen knallgelbe Sonnenstrahlen auf Motive aus der Bergpredigt, während die echte Sonne wie zur Unterstreichung ihre eigenen Strahlen darüber legte. Um dann hinter dem Haus zu verschwinden und einen diffusen Schlagschatten auf den kleinen Reisetross zu werfen.

Marie sah, dass auch die Hoffnung der Kinder, ihre Eltern wiederzufinden, sich verdunkelte, und so sagte sie: »Lasst uns Schluss machen für heute. Wir suchen morgen weiter!«

»Nicht gleich den Korn in die Flinte werfen!«, versuchte Ghostrider noch einen aufmunternden Spruch. »Wenn wir was aufgeben, dann nur ein Paket!«

Aber seine aufheiternd gemeinten Phrasen erzielten bei den anderen ungefähr so viel Wirkung, als wenn Reiner Calmund Cindy aus Mahrzahn Diät-Tipps geben würde.

[24]

Sie setzten sich auf ihre Motorräder und fuhren zurück zum »Adlon«. Ghostrider und seine drei Kumpel versprachen, am nächsten Morgen mit ihnen gemeinsam die Suche fortzusetzen, und Marie, Tarkan und die beiden Kinder begaben sich auf ihr Zimmer.

Jordan nahm das Foto seiner Eltern und seiner Schwester aus seiner Tasche und betrachtete es lange. In seinen düsteren Augen saß eine Träne. Dann fragte er Marie nach dem Safeschlüssel.

»Will ich, dass Familie kann schlafen in Sicherheit. In Panzerschrank, wo kein Mensch kann einbrechen!«

Tarkans und Maries Blicke trafen sich schmerzvoll. Doch dann hatte Marie eine Idee, wie sie den Jungen aufmuntern könnte. Sie griff zum Hörer des Hoteltelefons, sprach einige Minuten mit dem Concierge und ging danach mit Jordan runter ins Foyer.

Der »Manager on Duty« holte dort den Jungen ab, versprach, diesen in einer Stunde wieder zurückzubringen, und führte ihn ins Restaurant des Grandhotels.

Marie bestellte sich einen Milchkaffee für läppische sieben Euro fünfzig, telefonierte noch einmal mit ihrem Anwalt Bonkert und brachte ihn auf den Stand der Dinge.

Zwei Milchkaffees und fünfzehn Euro später kam Jordan in einer weißen Kochmütze und einem weißen Kittel freudestrahlend zurück.

»Hab ich geholfen in Küche. Die haben Sternekoch! Der aber nicht kochen Sterne, sondern Essen! Deshalb kann der nicht so gut, ist ja nur Sternekoch und hat von mir gebraucht Hilfe. Erst ich gedacht, er ist Kannibale, weil er wollt kochen Tochter von eigene Bruder in heiße Wasser. Sagt, ›ich machen Hot Cousine‹. Essen ist teuer, weil hat sehr schwierige Namen. Zum Beispiel ›Grönlandhummel mit Türfelgranate‹, ›Rinderkapilutscho mit Soze Brodeläsekäse‹ und ›Gemüseeinlauf mit Schnill und Dittlauch‹. Dazu darfst du aber nicht trinken Coca oder Fanta, sondern du musst trinken eine ›Porno Gridscho‹!«

»Manchmal hat mein Promistatus doch so seine Vorteile«, dachte Marie, als sie den aufgekratzten Jordan sah. »Ohne den hätte ich es nicht geschafft, dass der Junge als Hilfskoch mal auf andere Gedanken kommt! Vielleicht sollte ich demnächst auch mal mit dreißig Pennern zur Weinprobe vorbeikommen!«

Zurück auf dem Zimmer war es für die Kinder Zeit, schlafen zu gehen. Sie machten es sich auf dem großen Kingsizebett gemütlich, umgeben von blattvergoldeten Deckentapeten und edlen Möbeln aus Kirsch- und Myrtenholz. Zum Einschlafen durften sie im Pay-TV noch einen Film gucken – »Spiderman« auf ausdrücklichen Wunsch von Jordan: »War ich heute selber Spiderman und morgen ich finden mit meine Superkräfte Eltern und mein Schwester Laila!«

Die beiden Erwachsenen verließen das Zimmer und begaben sich auf einen Absacker an die Hotelbar. Dort entdeckte Marie einen ehemaligen Musikerkollegen, mit dem sie schon auf so mancher Preisverleihung so manchen Cocktail vernichtet hatte. Nachdem er sich lange Jahre als höchst talentierter, aber nur mäßig erfolgreicher Punkrocker durchgeschlagen hatte, war er irgendwann unter dem Namen »Major TomTom« in die Abteilung Funrock gewechselt und hatte es mit seinen spaßigen deutschen Texten bis in die volkstümliche Hitparade geschafft.

»Marie, du alte Kampfschrippe, wie geht's?«, rief er ihr freudig zu. Sein bohnenstängeliger Körper, auf dem ein hageres, knittriges Gesicht thronte, steckte in einem bunten Anzug, der aussah wie aus dem Geschenkpapier vom letzten Kindergeburtstag genäht. Er wirkte darin wie ein grell bemalter Bohrturm.

»Hey, TomTom! Was ist das denn, was du da am Leib hast? Mit so etwas würde ich mir nach 'nem Unfall noch nicht mal das Bein abbinden!«, lachte Marie.

»Sehr komisch! Warste mit Peter Lustig duschen?«, echauffierte er sich nicht wirklich erbost. »Den hat mir meine Plattenfirma verpasst für ein jugendlicheres Image.«

»Oh ja, ist auch gelungen. So etwas tragen sonst nur Dreijährige! Und was machst du hier?«

»Ich bin auf der Flucht! Vor dem da!«, antwortete er und deutete auf eine Tür, aus der laute Musik drang.

»Dem Event dahinten, zu dem mich meine Plattenfirma geschickt hat, weil das gut zum Kontakteknüpfen, Networking und Socializing sei. Die Aftershowparty von irgendeiner Preisverleihung! Keine Ahnung, was für eine: ›Die Goldene Zitrone von Torremolinos‹, ›Die Bärtige Venus im Pelz von Pinneberg‹ oder ›Der Silberfisch von Bad Fliesen‹.«

Marie stellte ihm Tarkan vor. »Tarkan wie der Sänger, der ›Kiss, Kiss‹ gesungen hat.«

»Kenn ich, hab ich mal ein Cover von gemacht: ›Spliss, Spliss‹. Ein Song über die Probleme meiner Haarspitzen. War ein echter Knaller!«

Dann erzählte er ihnen, dass er keine Lust mehr habe, immer nur den Comedykobold zu machen und lieber wieder richtige Musik machen würde.

»Weißt du«, antwortete Marie. »Du kannst ja immer noch ins Filmgeschäft wechseln. Filmerfahrung hast du doch. Immerhin sind auf deiner Gesichtshaut ja große Teile von Armageddon gedreht worden.«

Sie sah, dass er ihr die flapsige Bemerkung, die ihr herausgerutscht war und die gar nicht beleidigend gemeint war, nicht krummnahm. Und vor allem sah sie in seinen müden Augen eine tiefe Unzufriedenheit und die Verbitterung darüber, dass er sich für seinen Erfolg verbogen hatte wie eine Brezel.

»Also, wenn mein Schlaganfall was Gutes hatte, dann, dass ich nicht mehr an solchen Schickimicki-Partys teilnehmen muss!«, deutete sie auf den Nebenraum, aus dem nun zwei hoch-untalentierte Nachwuchsschauspielerinnen in kurzen Röckchen gackernd herausgerannt kamen.

»Allein diese Aufläufe auf den Damentoiletten, diese Versammlungen von diversen Dschungel- und Castingshowhippen, It-Girls, Partyludern, Magermodels, Silikonmäusen und Sugardaddytöchtern, die alle von der Filmkunst so weit entfernt sind wie von ihrem Naturgesicht.«

»Schlimmer find ich aber diese alternden Schauspielerinnen, diese klimaktösen Tülltussen, die eher an blondiertes Formfleisch als an Menschen aus Fleisch und Blut erinnern«, warf Major TomTom ein.

»Stimmt, die versammeln sich dort auch zum kollektiven Näschenpudern, lupfen ihre Sonnenbrillen und bieten ein Bild des Grauens. Denn das letzte Fruchtsäurepeeling ist noch nicht komplett verheilt, die Augenlider noch leicht blau, kleine rote Striche unter den Augen, die anzeigen, dass auch die Entfernung der Tränensäcke noch nicht so furchtbar lange her ist. Daher auch die Lichtempfindlichkeit und die massiv geröteten Augen. Da fallen Sätze wie: ›Ich habe mir aus Äl-Äiii‹ – womit Los Angeles gemeint ist – ›ein tolles Lipgloss einfliegen lassen, da ist Chili drin, das durchblutet so schön und plustert die Lippen ohne Spritze auf, absolut genial das Zeug‹. Alles Frauen, die zu gut erzogen sind, um mit vollem Mund zu sprechen. Aber keine Bedenken haben, dies mit leerem Kopf zu tun! Weißt du, ich war auf Preisverleihungen, da liefen Frauen rum, die hatten so viel Make-up im Gesicht, dass sie zum Trinken einen Strohhalm brauchten. Und die so tiefe Ausschnitte hatten, dass ich unter den Tisch krabbeln musste, um zu sehen, was die anhatten.«

Tarkan bestellte drei »Adlon Kaisercups«, ein Cocktail aus frischen Früchten, mariniert in Gin, Cointreau und Granatapfel und aufgefüllt mit Jahrgangs-Champagner. »Schreiben Sie 's mir aufs Zimmer!«, rief TomTom dem Barkeeper zu und fügte hinzu: »Zahlt eh alles die Plattenfirma.«

Während die beiden Männer tranken und anfingen, sich darüber zu streiten, ob neben den Stones, Guns N'Roses, Nirvana, AC/DC und Metallica auch Linkin Park auf die Liste der besten Rockbands aller Zeiten gehöre, hing Marie ihren eigenen Gedanken nach. Sie hatte sich tatsächlich nie sonderlich wohl auf diesen Partys und Galas gefühlt. Wenn sie über den roten Teppich laufen musste und von den Journalisten gebeten wurde, sich mal an eine Wand zu stellen, sagte sie immer: »Ja, wenn's echt nur ein Foto ist, hört sich ja erst mal viel gefährlicher an!« Oder wenn sie nach ihrer Garderobe befragt wurde, hat sie geantwortet: »Mein Kleid ist aus dem Secondhand, die Schuhe hatte ich noch und die Ketten hängen bei mir so rum! Noch Fragen? Ach, und bevor ich es vergesse, meine Falten sollen so!«

Für sie war das Wort »Gala« eine Abkürzung für »Garnelen, Austern, Lachse, Arschlöcher«. Deshalb war sie oft einfach abgehauen und vor die Tür gegangen, um dort eine zu rauchen. Aber dort traf sie dann wie beim Shoppen auf lauter rauchende Männer, die sich nur darüber unterhielten, wer welche Immobilie, wer wie viele Ferraris und wer eine wie viel Jahre jüngere Geliebte habe. Männer, die ungefähr so erotisch wie ein Eimer Pansen waren, dafür aber eine wichtige Funktion als Kreativkretin in der Medienlandschaft bekleideten. Oder Arthrosenkavaliere und Serienschauspieler jenseits des Mindesthaltbarkeitsdatums, die, wenn ihre eigenen Knochen anfingen zu knacken, sich mit knackigen Mädels umgaben. Auf solchen Veranstaltungen überschattete regelmäßig eine existenzielle Langeweile ihr Wohlbefinden und sie dachte immer: »Man könnte jetzt auch in der Hängematte liegen und ein schönes Buch lesen, statt seine Lebenszeit auf usseligen Preisverleihungen zu vergeuden.«

Tarkan und Major TomTom waren mittlerweile bei ihrer Top-10-Liste veralteter Begeisterungsbekundungen angelangt, doch nach »knorke«, »töfte«, »dufte«, »echt stark«, »schnufte«, »schnafte«, »spitze«, »jovel« und »gailomat« fiel ihnen kein weiteres Wort mehr ein. Stattdessen begannen sie, sich Filmtitel für Seniorenactionfilme auszudenken.

»Opacalypse Now!«, rief TomTom, worauf Tarkan »Men in Pampers« zurückwarf. Um dann mit »Rollicop« ausgekontert zu werden.

Scherzend und über das Showbusiness lästernd tranken sich die drei durch die Cocktailkarte. Nach einem Bellini, einem Mai Tai, einer White Lady und einem Horse's Neck, der auch so schmeckte, gingen Tarkan und Marie auf ihr Zimmer, während Maries alter Musikerkollege sich zurück auf die Aftershowparty begeben wollte.

»Lass dich nicht verbiegen!«, rief sie ihm zum Abschied zu.

»Genau!«, antwortete er. »Schließlich bin ich von nix und

niemandem abhängig. Außer von Alkohol, Marihuana, Koks, Ecstasy, Methadon, Speed und schweinischen Pornomagazinen!« Dann winkte er und sagte, bevor er leicht schwankend in der Tür verschwand: »Und du, Chefin, geh wieder auf die Bühne! Bitte!«

[25]

Am nächsten Morgen standen Ghostrider und seine drei Kumpel zu früher Stunde vor dem »Adlon« und warteten auf Marie, Tarkan und die beiden Kinder. Jordan kam durch die große Drehtür des Hotels angerannt und wollte direkt auf eine der Harleys: »Müssen wir beeilen! Bin ich Spiderman und habe Auftrag, zu finden Eltern von drei Kinder!«

»Stopp!«, unterbrach ihn Maries Exroadie. »Mach mal piano! Auch ein Superman muss sich erst den Umhang umhängen, bevor er abfliegt.«

Er nahm eine große Tüte vom Rücksitz seines Trikes und holte daraus eine Lederkombi in Jordans Größe hervor. Aber nicht irgendeine, sondern eine blau-rote Spiderman-Kombi mit einem großen Spinnenmuster auf der Brust.

»Hier, du Held im Zelt, jetzt kannst du dich in deine Abenteuer stürzen, ohne deine wahre Identität preiszugeben. Soll doch keiner wissen, dass du im wahren Leben Jordan Peter Parker heißt!«

Der Junge war so beeindruckt, dass er keinen Ton herausbekam, was Ghostrider auch ganz recht war, da er mit seiner Bescherung noch nicht fertig war. Er griff erneut in die Tüte und überreichte Sorina eine nietenbesetzte, pinkfarbene Lederjacke. Außer sich vor Freude über solch ein teures Geschenk zog das Mädchen sie sofort an. Sie schaute auf das Revers, an dem ein großer, rautenförmiger Pin aus echtem Silber steckte, in den das Zeichen »1%er« eingraviert war.

»Das ist dein Abzeichen. Weil du auch ein Einprozenter bist! Ein echter Outlaw, der außerhalb des Gesetzes steht!«, erklärte der Rocker. »›Onepercenter‹ nennen sich nämlich die Outlawrocker, die ihren Lebensstil ohne Rücksicht und Kompromisse leben.«

Nachdem Marie dem verdutzten Mädchen Ghostriders Erklärung in verständliches Deutsch übersetzt hatte, erwiderte es freudlos: »Bin ich vielleicht Outlaw. Aber wäre ich lieber In-law! Will ich nicht leben ein Prozent. Will ich lieber leben normal wie neunundneunzig Prozent von Menschen in diese Land!«

»Ach komm, Kopf hoch!«, versuchte es der Rocker mit einem Scherz: »Oder bist du etwa Mitglied der Anonymen Melancholiker?«

Die kleine motorisierte Reisegruppe setzte sich in Bewegung und machte sich erneut auf die Suche nach Sami und Romica, den Eltern der beiden Kinder, und Laila, der Schwester. Kreuz und quer fuhren sie durch Neukölln, arbeiteten die Tipps ab, die Bonkert ihnen gegeben hatte, und stellten eigene Erkundigungen an.

Doch trotz Spidermanausstattung und Outlawjacke wurden sie einfach nicht fündig.

Sie sahen Dutzende heruntergekommene Häuser und Wohnungen, in denen Roma hausten. Matratzenplätze, die für fünf Euro die Nacht vermietet wurden. Skrupellose Vermieter, die die Wehrlosigkeit der Bewohner ausnutzten. Sie sprachen mit einer Frau, die mit ihrem Mann und zehn Kindern in einer winzigen Wohnung lebte und ihr Dorf und die Kirschbäume und die Schweine vor ihrem Haus vermisste. Aber dennoch wollte sie nicht zurück in ihre Heimat, denn, so sagte sie: »Häuser kann man nicht essen.«

Sie sahen zwei kleine Mädchen, die mitten in Berlin im Müll spielten, während daneben die Ratten nach Futter suchten.

Und Marie dachte: »Die Ratten kommen, wenn das Leben der Menschen an Wert verliert. Immer dann, wenn der Abstand zwischen Mensch und Tier geringer wird.«

Sie sahen Fenster ohne Scheiben, verwilderte Höfe, Menschen, die nicht wussten, wohin, wenn die Nacht kommt. Sie sahen Bedürftige, arme Schlucker, Hungerleider, Bettler, Schnorrer, Maggler, Heimatlose, Ausgebeutete, Ausgegrenzte, verlorene Seelen, vernarbte Herzen, kleine Gauner und große Not. Menschen, die – wie wir alle – das Buch ihres Lebens mit ihrem eigenen Blut schreiben, doch bei denen der Füllfederhalter gewaltig leckte. Kein Leben in Schönschrift.

Ihre Suche schien so aussichtsreich wie die nach der sprichwörtlichen Nadel im Heuhaufen. All ihr Wünschen und Sehnen hatte die Kinder hierhergebracht, in dieses unendliche Häusermeer. Aber hier drei Menschen über den Weg zu laufen, die sich wahrscheinlich bewusst in Anonymität versteckten, war schwieriger, als einen einzelnen Baum im Urwald aufzuspüren. »Vielleicht sind schon gelaufen über diese Gehweg, haben schon auf Knopf von diese Ampel gedrückt oder haben gesessen auf diese Bank. Sind so nah, aber man kann doch nicht greifen«, sagte Sorina.

Sie suchten den ganzen Tag, gingen zu Sozialeinrichtungen und ließen sich erzählen, dass allein in Neukölln rund tausend Roma gemeldet sind und kein Mensch weiß, wie viele dort illegal leben. Dass die Deutschen Angst vor ihnen haben und sie Angst vor den Deutschen. Da sie von ihnen gehasst werden und als Sozialhilfetouristen und Kriminelle abgestempelt werden, obwohl keine Statistik eine massive Einwanderungswelle bestätigt oder eine überdurchschnittliche Arbeitslosigkeit bei ihnen belegt.

Sie dehnten ihre Suche von Neukölln auf andere Stadtteile aus. Suchten auf dem Leopoldplatz im Wedding, auf dem Roma campiert hatten, ebenso wie im Görlitzer Park, auf dem Oranienplatz oder einer Brache am Spreeufer in Kreuzberg. Sie suchten den ganzen Tag, und sie suchten den ganzen darauffolgenden Tag.

In Tiergarten trafen sie am Nachmittag schließlich vor einem Abbruchhaus, in dem bis vor Kurzem Roma gelebt hatten, auf einen Mann, der das Gestell eines alten Koffertrolleys hinter sich herzog. Darauf waren mit einem Seil zwei Taschen und unzählige Einkaufstüten festgebunden. Marie sprach den Mann, der die Kapuze seines Sweatshirts tief ins Gesicht gezogen hatte und der wie auf der Flucht zu sein schien, an, doch er verstand sie nicht. Sein Alter war schwer zu schätzen, er musste Mitte dreißig sein, seine müden, schwarzen Augen allerdings waren mindestens hundert. Tarkan versuchte es auf Rumänisch und er antwortete: »Was wollt ihr? Was wollen diese Männer?«

Angsterfüllt deutete er auf Ghostrider und seine drei Furcht einflößenden Freunde.

»Lasst mich in Ruhe, tut mir nichts, ich muss doch nur einen Schlafplatz finden!«

»Können wir Ihnen helfen?«, fragte Marie und Tarkan übersetzte.

»Nein!«, lautete die knappe Entgegnung, die er ihr mit der Gewalt eines Steinschlages vor die Füße warf.

»Wie heißen Sie denn? Wer sind Sie?«, hakte Tarkan nach, suchte eine Antwort in den Augen des Mannes und fühlte sich plötzlich unter seinem Blick entblößt.

»Ich bin niemand, ich bin nichts«, erwiderte er fast tonlos.

»Weißt du, wie das ist, wenn du nichts findest für die Nacht? Wenn du den ganzen Tag nichts gegessen hast? Und den Tag davor auch nicht? Wenn es für dich ein Glück ist, in einer Bruchbude für dreißig Euro pro Woche im Keller zu schlafen? Wenn du nichts hast und andere verdienen noch an dir?«

»Du bist ein Țigan, nicht wahr?«, fragte Sorina ihn auf Rumänisch. »Kommst du auch aus Rumänien?«

»Ja, aber in Rumänien gibt es keine Welt, keinen Platz zum Leben. Ich bin da weg, weil ich nicht wollte, dass meine Kinder das erleben, was ich erlebt habe. Eines Tages kam ein Mann aus Deutschland und sagte, dass er einen Arbeitsplatz für mich hätte, bei dem ich dreitausend Euro im Monat verdienen und mir ein dickes Auto leisten könnte. Ich müsste nur etwas Vermittlungsgebühr an ihn zahlen. Er ließ mich dann ein Gewerbe anmelden, mit acht anderen im Keller schlafen und für sich arbeiten. Gab mir was zu essen und dreißig Euro Lohn pro Monat. Entrümpeln, Abriss- und Abbrucharbeiten und so weiter. Ich wollte irgendwann meine Familie nachholen. Aber dann wurde das Haus, das der Mann für drei Euro angemietet und für das Fünffache, was er von Deutschen hätte verlangen können, an Rumänen und Bulgaren weitervermietet hatte, verkauft. Und wir wurden alle über Nacht rausgeschmissen, und ich hatte kein Dach mehr über dem Kopf!«

Er machte eine Pause. Seine ausdruckslosen Augen bewegten sich stetig hin und her. Die beiden Kinder starrten ihn wortlos an. Seine Geschichte schüttelte sie bis in die Knochen.

»Ich bin nichts, ein Mann, der seine Familie nicht ernähren kann!«, schloss er und wandte sich ab, um zu gehen.

Sorina übersetzte für die anderen, was der Mann gesagt hatte, dann wurde sie ganz still. Sie und Jordan spürten, wie der Fluch, der über dem Mann lag, sich auch über sie zu legen schien. Denn sie wussten, dass seine Geschichte wahrscheinlich auch die ihrer Eltern und ihrer Schwester war. Auf einmal verstanden sie, dass sie nicht einfach zurückgelassen worden waren, sondern dass sie eines Tages nachgeholt werden sollten.

Bevor der Mann um die Ecke verschwand, rannte das Mädchen ihm nach und hielt ihn am Ärmel fest: »Bitte! Schau dir das Foto von unseren Eltern an. Vielleicht hast du sie ja mal gesehen!«

Die Antwort warf sie fast zu Boden: »Ja! Sami, Romica und Laila! Haben auch in dem Haus gewohnt. Als wir alle rausgeschmissen wurden, wollten sie Geld zusammenkratzen und nach Frankreich gehen.«

Nachdem Sorina dies übersetzt hatte, legte sich betretenes Schweigen über die Gruppe. Ohne sie noch einmal anzuschauen, verschwand der Mann, während auf dem Kopfsteinpflaster die Rollen seines Koffertrolleys ihm noch eine Weile hinterherklangen.

»Nach Frankreich«, sagte Marie matt. Schlagartig entwich ihr alle Hoffnung wie die Luft aus einem Reifen, und genauso ging es Tarkan und den beiden Kindern. In ihren Augen kamen die Pupillen zum Stillstand. Bewegungslos standen sie herum, während ihnen im Zeitlupentempo die Erkenntnis ins Bewusstsein sickerte, dass ihre Suche gescheitert war.

Marie dachte: »Seit ich Sorina und Jordan begegnet bin, geht es mir, als hätte ich wie Pandora eine Büchse geöffnet, in der sich Leid, Sorge, Hunger und Not befinden. Pandora hat allerdings die Büchse wieder verschließen können, bevor die einzig positive Gabe, welche sich ganz unten in der Büchse befand, entweichen konnte: die Hoffnung. Mir ist nicht mal das gelungen.«

Und auch Ghostrider machte auf seine so ganz eigene Art seiner Enttäuschung Luft: »Was für eine bullshittige Mäusekacke!«, entwich es ihm, nicht ahnend, dass er zwei Tiergattungen in einem Fluch vereinigte. »Tja, Fehler am Oxer! Die Eltern finden wir nie. Da ist es einfacher, auf 'ner Glatze Locken zu drehen.«

Er schlug den vieren vor, sie zurück zum Hotel zu fahren, um dort weiter zu überlegen, was zu tun ist. Doch Jordan schüttelte nur den Kopf, zog seine Lederkombi aus und legte sie auf die Rückbank des Trikes: »Haben verloren! Bin ich nicht Spiderman. Bin ich nicht Popeye! Bin ich nicht Batman! Bin ich nicht Superheld. Bin ich nur Junge, die hat keine Eltern.«

Auch Sorina zog ihre Lederjacke aus und gab sie dem Motorradrocker in die Hand. Vorher nahm sie jedoch den silbernen Pin vom Revers: »Will ich behalten Abzeichen mit ein Prozent. Denn bin ich nicht neunundneunzig Prozent. Bin ich Outlaw und muss immer bleiben Outlaw.«

Tarkan und Marie schauten sich traurig an, dann ging der Bodybuilder hinter ihren Rollstuhl und legte seinen Arm um sie. Eine Geste, die Trost spenden sollte, es in diesem Moment aber nicht vermochte.

»Mein alter Kumpel und Exroadie!«, sagte Marie. »Atze, Iggy und Dirty Dieter, danke für die drei Tage, die ihr mit uns gesucht habt. Ihr habt uns gezeigt, was echte Freunde sind!«

»Nee! Echte Freunde sitzen im Knast neben dir und sagen: Geile Aktion!«, ließ Ghostrider einen letzten Spruch ab. »War mir aber eine Ehre, dich durch die Gegend zu fahren!«

Er und seine Kumpel verabschiedeten sich und starteten ihre Harleys. Dumpfer Donner schwappte aus den aufgebohrten Auspufftöpfen, rollte mahlend und krachend über die Straße und wurde von den gegenüberliegenden Häusern zurückgeworfen.

Leer und deprimiert beschlossen Marie und Tarkan, ein Taxi zurück ins Hotel zu nehmen.

[26]

»Mann, Mann, Mann, ick fasset nich! Nu mach ma hinne, du Flitzpiepe!«, regte sich der Taxifahrer unter seiner kunstledernen Schiebermütze über den Fahrer vor ihm auf. »Nu kiek dir ma den Jammalappen an! Mensch, vadufte!«

Während der personenbefördernde Berufsgenervte mit der flachen Hand aufs Lenkrad schlug, saß Marie schweigend neben ihm auf dem Beifahrersitz und starrte auf die Straße. Ebenso wie Tarkan direkt hinter ihr. Die beiden Kinder hatten sich hinter dem Fahrer in die Ecke verkrochen. Eng aneinandergedrückt betrachteten sie das Foto ihrer Eltern. »Warum ihr weg?«, murmelte Jordan immer wieder. »Warum ihr weg von Erdboden?«

Marie drehte ihren Kopf zu Tarkan und flüsterte, ohne dass es die Kinder mithören konnten: »Wir fahren morgen zurück nach Köln. Es hat keinen Sinn mehr!«

»Ja«, raunte Tarkan zurück und nickte unmerklich Richtung Jordan und Sorina. »Und was machen wir mit den beiden?«

»Keine Ahnung, aber wir können sie nicht ewig bei uns behalten, so ohne Papiere und Aufenthaltsgenehmigung!«

Verstohlen tuschelten und hauchten sich die beiden ins

Ohr. Wäre der Inhalt des Gespräches nicht so unangenehm gewesen, hätte man sie auch für ein frisch verliebtes Paar halten können. Sie überlegten, den Kindern den Rest der geklauten fünfzigtausend Euro zu geben und sie zu Verwandten zurück nach Rumänien zu schicken. Aber es gab keine Verwandten, zu denen sie hätten gehen können. Und ohne Verwandte würden sie wieder auf der Straße landen, was mit so viel Geld in der Tasche lebensgefährlich wäre. Wenn sie die beiden bei der Polizei abliefern würden, würden sie mit Sicherheit ausgewiesen und kämen in ein Kinderheim in Rumänien.

»Ich hab eine andere Idee«, flüsterte sie Tarkan scheu ins Ohr. »Könnten wir die beiden nicht adoptieren?«

»Wir?«, rief Tarkan fast zu laut. Sofort senkte er wieder seine Stimme. »Auch wenn ich mit dir Kinder haben wollte, das geht nicht. Für ausländische Eltern herrscht in Rumänien ein striktes Adoptionsverbot von Waisenkindern.«

Entmutigt und am Ende ihres Lateins und aller anderen Sprachen wollte Marie gerade ihren Kopf wieder nach vorne drehen, als Sorinas Blick sie traf wie eine Kugel in den Unterleib. All ihr Sehnen lag darin, aber auch ein Ausdruck von Argwohn und Resignation.

Leise fragte sie: »Müssen wir zurück auf Straße? Können wir nicht bleiben bei euch?«

Ihre Frage seufzte durch die Stille im Inneren des Taxis, denn Marie gab keine Antwort. Was sollte sie ihr sagen? Eigentlich wusste sie es ganz genau. Sie musste ihr die Wahrheit sagen, am besten sofort.

»Samma, wat ham denn die Hirnis da wieda jemacht!? Ham ma wieda die Straße jesperrt?«, kam der Taxifahrer ihr zuvor, der gerade in die Straße des 17. Juni einbiegen wollte, die wegen irgendeiner Großveranstaltung aber abgeriegelt war.

»Nu komm ma aus'm Knick, Meesta!«, brüllte er einen Kleinwagen vor ihm an, der seiner Meinung nach nicht schnell genug wendete. Fluchend schlängelte er sich durch zahlreiche Seitenstraßen, die zu seinem allergrößten Missfallen nicht nur von ihm, sondern auch von vielen anderen als Schleichweg auserkoren worden waren. Einem Rollerfahrer, der sich an ihm vorbeimogeln wollte, schnitt er kurzerhand den Weg ab: »Du gloobst wohl, det ick uff de Wurschtsuppe herjeschwomm'n bin, wa? Mir kannste nich für dumm vakoof'n!«

An ein Gespräch war in dem Taxi nun nicht mehr zu denken, Sorina senkte den Kopf zu Boden, denn die Flüche des Fahrers nahmen kein Ende mehr. Als ein anderes Taxi ihn vergeblich zu überholen versuchte, dehnte er seinen Unmut auch auf seine Berufskollegen aus. Er behauptete, der letzte deutsche Taxifahrer in Berlin zu sein, alle anderen seien Marokkaner, Pakistani und andere »Kuffnucken«, wie er sich ausdrückte. Obwohl er damit nichts gegen ausländische Taxifahrer gesagt haben wolle! Die seien immer freundlich, allerdings müsse man ihnen meist erklären, wo die Gedächtniskirche steht.

»Ick will ooch nich sagen, det die dir bescheißn, wa! Kann nur sein, det se, wenn se dir'n Ku'damm runtakutschiern, dabei fünfma de Spree übaquern!«

Seine landmannschaftlich und berufsbedingte schlechte Laune steigerte sich zum absoluten Höhepunkt, als er in der Nähe des Potsdamer Platzes an einer Ampel anhalten musste und zwei mobile Fensterputzer angerannt kamen, Spülmittel auf seine Windschutzscheibe spritzten und diese dann mit einem Abzieher bearbeiteten.

»Ick gloob, mir streift'n Bus!«, schrie er, als einer der beiden, eine Frau, vor seiner Fahrertür die Hand aufhielt. Wie von der Tarantel gestochen sprang er aus dem Wagen.

»Vadufte! Oder ick hau dir uff'n Kopp, dit de durch de Rippen kiekst wie der Affe durch's Jitta!«

Er riss ihr den Spüllappen aus den Fingern und schmiss ihn auf den Boden, worauf sofort der zweite Fensterputzer heranstürmte und es zu einem Handgemenge kam.

»Pass ma uff, dit jibbt gleich wat vorn Zopp!«, hob der Taxifahrer drohend die Fäuste. Bevor er zuschlagen konnte, schoss Tarkan aus dem Wagen und stellte sich schützend vor die zwei Fensterputzer. Für einen kurzen Moment standen die beiden Parteien sich regungslos gegenüber.

Da drang plötzlich ein spitzer Schrei durch die Luft und teilte wie ein scharfes Schwert den Sauerstoff vom Stickstoff. Er kam aus dem Mund von Sorina. Sie schrie langanhaltend, und dann donnerten Worte über ihre Lippen, überschlugen sich in wilden Kapriolen: »Dad! Dej! Dad! Dej!«, schrie sie immer wieder. »Mama, Papa! Mama, Papa!«

Ihr Blut kochte, ihr Puls raste und ihr Herz schien zu explodieren.

»Sorina? Murra šej? Murra šej?«, kreischte die Fensterputzerfrau zurück. »Sorina, meine Tochter?«

Dann stieß sie den Taxifahrer mit solcher Wucht zur Seite, dass der auf den Hosenboden fiel und laut fluchte: »Dit Zijeunapack, gloobste, det hab ick jefressn!«

Das Mädchen sprang aus dem Wagen, Jordan sprang ihr hinterher. Die Frau sprang auf Sorina zu, der Mann sprang ihr hinterher. Alle sprangen so urplötzlich, unbändig und wild, als seien sie vier Springböcke und ebenso in der Lage, aus dem Stand drei Meter in die Höhe zu schnellen. Dann vereinten sie sich zu einem wirren Knäuel aus Gliedmaßen und Köpfen, verwandelten sich in einen Polyp mit begierig zuckenden Armen. In eine achtfüßige Krake, die sich mit ihren Saugnäpfen fest an sich selbst klammerte und in einem Meer von Freudentränen zu schwimmen schien. Ein Meer der Freude, denn Jordan und Sorina hatten tatsächlich ihre Eltern Sami und Romica wiedergefunden. Hier, an einer Ampel, nachdem sie schon alle Hoffnung aufgegeben hatten.

Einzelne Wörter auf Romanes drangen aus dem Knäuel: »Murre šave! – Meine Kinder!« »Murra muca, murro šimijako! – Mein Kätzchen, mein Mäuserich!« Und immer wieder: »Dad! Dej! So kerdja? – Mama, Papa, was habt ihr getan? – Mama, Papa, was habt ihr getan?«

Ein leises Sonnenlicht floh über die Schattenseite der wiedervereinten Familie, die nun verstummt war und sich still in den Armen lag, nur kleine Schluchzer drangen ab und zu noch aus dem Knäuel hervor. Die ganze Welt schien anzuhalten und den vieren ihren warmen Atem einzuhauchen.

»Wat is nu? Weitafahrn oder aussteign? Meent ihr, ick mach dit hier aus Daffke oder wat?«, unterbrach der Taxifahrer, der wieder auf die Beine gekommen war, das glückselige Schweigen.

Tarkan sprach Sami und Romica auf Rumänisch an, stellte sich und Marie vor und bat die beiden mitzukommen. Der Taxifahrer ging an die Heckklappe seines Mercedes-Kombis, öffnete diese und klappte die dritte Sitzreihe aus.

»Dit kost aba uff jeen Fall Zuschlach! Ick hab ooch nüscht zu vaschenkn!«

Die Kinder stiegen im Laderaum auf die Notsitze und nahmen Maries Rollstuhl auf den Schoß. Tarkan setzte sich zu Sami und Romica auf die Rückbank. Die beiden erzählten ihm, dass sie vor vier Jahren in der Hoffnung auf ein besseres Leben nach Berlin gekommen waren und Jordan und Sorina, die sie bei dem Onkel in sicherer Obhut wähnten, so schnell wie möglich nachkommen lassen wollten. Aber auch sie seien auf einen skrupellosen Schlepper hereingefallen, der sie die ersten Monate als Scheinselbstständige beschäftigt und mit Stundenlöhnen von zwei bis drei Euro ausgebeutet habe. Der

Goldene Westen hatte ihnen nichts gegeben, nicht mal ein Bett, nur eine Pappe auf dem Boden. Nur eine Jeans. Ein Kleid. Eine Decke.

»Ja«, dachte Marie. »Die Decke der Zivilisation ist dünn, wenn man aus dem falschen Land kommt.«

Sie waren nicht krankenversichert, sprachen anfangs kein Deutsch, sie hatten nichts, nur die Kraft ihrer Körper. Sami seine Arme zum Heben, Räumen und Tragen, Romica ihre Hände zum Spülen oder Putzen. Für sie gab es keine miesen Jobs, sie nahmen alles, egal, wie schlecht sie bezahlt wurden. Zwölf bis fünfzehn Stunden am Tag. Wenn sie krank wurden, gingen sie nicht zum Arzt. Wenn sie um ihren Lohn betrogen wurden, sagten sie nichts.

»Aber reichte nicht. Wir geholt Gemüse aus Müll, gebettelt an Imbissbude um Reste!«, sagte Romica, und Sami fügte leise an: »Und dann wir mussten raus aus Haus und hatten kein Dach über Kopf!«

»Und dann?«, fragte Tarkan.

Sami schaute ihn nur an und sprach nicht weiter. Er wollte über die letzten Monate nicht reden.

Jordan schien Samis Anspannung nicht bemerkt zu haben, denn fröhlich rief er: »Wann wir endlich sehen Laila? Unser Schwester?«

Doch auch darauf wollte Sami keine Antwort geben.

Der Taxifahrer hatte inzwischen das Brandenburger Tor erreicht, überquerte den Boulevard »Unter den Linden« und bog direkt auf die Hotelvorfahrt des »Adlons« am Pariser Platz ein.

Mit den Worten: »Vadufte, du Dattelpflücker, sonst jibdet watt uff de Ohrn!«, drängte er sich an einem dort wartenden Taxi vorbei und hielt an.

Nachdem er das Doppelte des normalen Fahrpreises von seinen Fahrgästen verlangt hatte, forderte er sie auf seine liebenswürdige Art zum Verlassen des Fahrzeugs auf: »So! Raus mitte janze Bagasche. Aba wuppdich!«

Marie bezahlte den geforderten Fahrpreis, griff dann noch einmal in ihr Portemonnaie und gab ihm zehn Cent Trinkgeld: »Hier, für Sie!«

»Wat, so ville, Frollein? Ham'se wohl die Spendierhosen an, wa?«

»Na ja«, erwiderte Marie. »Nicht, dass ich Sie total unsympathisch finde, ist mehr so diffus. Denn für eine konkrete Abneigung kenne ich Sie einfach zu schlecht.«

[27]

Sami und Romica standen mit den anderen vor dem roten Baldachin über dem Eingang des »Adlon« und betrachteten die herauskommenden Gäste in ihren teuren Kleidern, schicken Anzügen und exquisiten Schuhen.

Romica hatte ihren Arm liebevoll um ihre Tochter geschlungen, Sorinas Gesicht ruhte auf ihrer Brust. Ihren Sohn hielt sie nur sehr vorsichtig an der Hand. Obwohl der Junge sich über das Wiedersehen freute, wich er vor zu viel körperlicher Nähe zurück. Stattdessen redete er wie ein Wasserfall, als sei seine Stimme das einzig Vertraute in diesem merkwürdigen Moment, der ihm so fremd war nach all den Jahren ohne seine Eltern.

»Mama! So kerdjan? – Was hast du getan?«, begann er aufgeregt auf Romanes, um dann wieder ins Deutsche zu fallen. »Warum ihr gegangen weg? Wir so lange allein. Wir wie Ratten gelebt unter Erde. Wir euch überall gesucht. Ich sogar gegessen Spinat, damit stark und kann euch befreien. Was ihr gemacht? Ihr auch gegessen Spinat für uns? Ich nicht glauben!«

Er war voller Wut und hinter seiner Wut lag ein grässliches inneres Chaos und eine große Angst, denn er endete mit den Worten: »Ihr uns wieder lassen allein?«

Sami und Romica schüttelten im Gleichtakt den Kopf und antworteten, vielleicht damit er es auch wirklich glaubte, nacheinander auf Romanes, Rumänisch und Deutsch:

»či jek, šoha!«

»Nu, niciodată!«

»Nein, nie mehr!«

Tarkan und Marie wollten sich ins Hotel begeben, doch die Eltern der Kinder blieben wie angewurzelt stehen.

»Was wir sollen hier?!«, sagte Romica kraftlos. »Wenn wir gehen in Haus, sofort Polizei rufen! Wir lieber gehen!«

Marie schaute auf die grazile Frau, die sie schon so oft betrachtet hatte, ohne sie jemals leibhaftig gesehen zu haben. Wie auf dem Foto trug sie ihre blauschwarzen Haare immer noch zu einem geflochtenen Zopf gebunden, aber ihre Anmut erschien nun wie hinter einem dichten Nebelschleier verborgen, und ihre Gesichtszüge waren noch müder als damals, als das Bild aufgenommen worden war. Wirkte ihr Blick auf dem Foto sowohl argwöhnisch als auch herausfordernd, als sei sie gleichzeitig auf dem Rückzug und auf dem Sprung zum Angriff, so war er jetzt nur noch der eines Tieres in Panik. Ihr furchtloser Pantherblick war zu dem eines fliehenden Pferdes geworden.

Und auch Samis Blick hatte sich im Vergleich zu dem auf dem Foto geändert. Lag dort eine gelassene Sanftmut in ihm, die seiner ansonsten maskulinen Ausstrahlung einen ausgesprochen großen Reiz gab, so hatte er nun etwas von der sich aufgebenden Wehrlosigkeit eines eingegitterten Bären.

»Ich verspreche, die werden nicht die Polizei rufen, denn ihr seid meine Gäste!«, versuchte Marie, die beiden zu beruhigen. »Ihr werdet sehen!«

Sie ließ sich von Tarkan ins Hotel schieben, und nach ein paar Minuten kam sie grinsend zurück: »Wir haben Glück, es ist noch ein Zimmer frei!«

Skeptisch folgten Sami und Romica ihr an die Rezeption in der Eingangshalle.

»Guten Tag, mein Name ist Sabrina Becker, ich bin Front Office Trainee und wünsche Ihnen einen angenehmen Aufenthalt bei uns!«, begrüßte sie überschwänglich eine junge Frau in einer grauen Conciergeuniform, die ihre blonden Haare zu einem strengen Dutt zusammengebunden hatte. Sie hatte den Satz noch nicht ganz zu Ende gesprochen, als sie von ihrem Tisch aufschaute und sich ihre vorher so betont freundliche Miene beim Anblick von Sami und Romica verhärtete. Angestrengt kämpfte sie darum, nicht die Contenance zu verlieren, angesichts Samis schmutziger Jogginghose, seiner bleichen, bleifarbenen Polyestertrainingsjacke, sowie Romicas langem, ehemals schwarzem, nun gräulichem Kleid mit dem verwaschenen weißen Schal. Ihr Erscheinungsbild schien einen geradezu körperlichen Schmerz bei der jungen Frau auszulösen.

»Sie wissen, dass wir in der Lobby und an der Bar keinen Dress Code vorschreiben, ›smart casual‹ oder ›casual‹ sind nur eine Empfehlung unsererseits.«

»Ach!«, entgegnete Marie lapidar.

»Allerdings behalten wir uns dennoch vor, Gästen mit Turnschuhen, zerschlissenen Jeans oder anderer unpassender Kleidung unter Umständen den Eintritt zu verwehren!«

Marie deutete auf das Namensschild an ihrer Brust:

»Front Office Trainee? Also noch in der Ausbildung?«

Sie beugte sich verschwörerisch zu der Frau herüber.

»Also, wenn Vivienne Westwood davon erfährt, sind Sie Ihren Job los!«

»Vivienne Westwood, die Designerin?«, fragte die blonde Frau irritiert nach.

»Sami ist eins von Viviennes Catwalk Models, und was er hier trägt, stammt aus ihrer neuen Gypsykollektion zum

Thema Toleranz. Eine Hommage an die Roma und Sinti und alle Außenseiter der Gesellschaft unter dem Motto ›rough, stylish and hardened‹.«

»Rau, stilvoll, abgehärtet ... Äh ... Verstehe!«, stammelte die konsternierte Nachwuchs-Concierge und drückte Sami mit tief nach unten gefallener Kinnlade den Zimmerschlüssel in die Hand.

»I'm so sorry, Sami, äh ... Mr. Sami! Welcome to the Hotel Adlon!«, presste sie gequält heraus.

Marie musste aufpassen, nicht laut loszulachen, konnte sich aber nicht verkneifen, noch anzufügen: »Ach! Sami ist übrigens auch ein ganz enger Freund von Kate Moss. Die beiden sind verabredet. Wenn sie kommt, schicken Sie sie bitte hoch aufs Zimmer!«

Die kleine Reisegesellschaft verschwand in Richtung Aufzug und hinterließ eine hektisch telefonierende Empfangsdame. Ob sie dabei die Hotelleitung von der Ankunft prominenter Gäste aus der Modebranche informierte oder ob sie diese davor warnte, dass womöglich außer Kate Moss auch ihr Exfreund, der zu Drogenexzessen neigende Bad Boy Pete Doherty auftauchen könnte, bekam Marie nicht mehr mit.

Sami und Romica betraten staunend ihr Hotelzimmer mit seinen polierten Hölzern, Seidenstoffen, dem edlen Damast auf den Betten und dem schwarzen Granit im Bad. Marie wollte die beiden in die technischen Finessen des Raums einweisen, doch Jordan ließ es sich nicht nehmen, dies selbst zu tun. Als hätte er schon immer nichts anderes getan, als in Nobelhotels zu verkehren, erklärte er großspurig: »Da Fernsehen mit Fettbildschirm, ist aber nicht fett, ist ganz flach. Wenn du Eskimo, du hier drehen, dann wird kalt wie Kühleschrank. Mit diese Zaubererdose, heißt Femodienung, kannst du machen Licht aus und Fensterschallusine dunkel. Haben Badewanne, heißt aber nicht Badewanne, heißt Jakutzi! Dusche kaputt, kommt nur Dampf. Manchmal ich helfen Koch in Küche! Kocht nicht gut, deshalb braucht Hilfe von mir.«

Nach dieser ausführlichen Unterweisung holte Tarkan die Sachen der beiden Kinder, die mit ihren Eltern in einem Zimmer schlafen wollten. Er und Marie überließen die vier sich selbst und verabredeten, sie in einer Stunde zum Essen abzuholen.

So plötzlich allein setzten sich Sami, Romica und die beiden Kinder wie die Orgelpfeifen zaghaft auf den Rand des großen Kingsizebettes. Sowohl die ungewohnte Umgebung als auch das unerwartete Wiedersehen versetzten sie in eine seltsame Verlegenheit. Zudem fiel es den Kindern gar nicht so leicht, wieder ihre Muttersprache Lovari zu sprechen, die sie jahrelang kaum noch benutzt hatten. Sie fragten nach ihrer Schwester Laila, doch sie erhielten vom Vater nur ein Achselzucken und von der Mutter die Antwort: »Vielleicht kommt sie ja wieder zurück!«

Scheu lächelnd fügte sie hinzu: »Ich hoffe es, denn sie ist doch mein kleines Küken!«

Und dann begann sie, das Lied zu singen, das schon Sorina während der Autofahrt gesungen hatte: das Lied von dem Mädchen, das seit letzter Nacht verschwunden ist.

»Wisst ihr, wie sehr ich euch vermisst habe? Jeden Tag habe ich an euch gedacht, jede Nacht habe ich von euch geträumt, jeden Abend habe ich von euch gesungen. Wollt ihr es ganz hören?«

Sorina und Jordan nickten stumm, und so sang sie mit ihrer klaren Stimme ein langsames, klagendes Lied mit großen, leidenschaftlichen Intervallsprüngen und kunstvollen arabesken Verzierungen:

»Das Brot, das ich esse,
bringe ich kaum herunter
Jede Stunde, meine Kleine,
denke ich an dich
Ich weiß, meine Kleine,
dass du mich vergessen hast
Deine Mutter, deinen Vater
kennst du nicht mehr,
weil du noch so klein bist.«

Dabei strich sie den beiden über den Kopf. Diesmal ließ Jordan es gewähren, und eine Träne rann ihm in einem dünnen Faden seine Wange hinunter. Verlegen wischte er diese schnell mit dem Handrücken fort.

»Du darfst ruhig weinen, kleiner Mann!«, beruhigte ihn Sami. »Schließlich gibt es ja auch kein Verbot zu lachen.« Dann fing er selbst an zu lachen und sagte: »Wisst ihr noch, wie Jordan einmal zu Hause in Baia Mare einen Polizisten reingelegt hat? An diesem kalten Wintertag, als er auf die Ziege aufpassen sollte und sich fürchterlich gelangweilt hat?«

Die drei anderen fingen an zu grinsen, denn sie erinnerten sich auch.

»Als auf einmal einer der Polizisten, die uns immer so fürchterlich schikanierten, an der Brücke über den Craica auftauchte?«

»Stimmt!«, rief Jordan begeistert. »Da hab ich schnell meine Hose runtergelassen, mein großes Geschäft verrichtet und dann die Mütze über den Haufen gelegt. Und dann bin ich immer um die Mütze gelaufen und hab dem Polizisten zugerufen: ›Ich habe ein Habichtskäuzchen gefangen, einen schöneren Vogel hast du noch nie gesehen! Aber er wird mir wieder wegfliegen, wenn ich ihn unter meiner Mütze hervorhole!‹ Und dann hat er mich zur Seite geschubst, seine Uniformjacke über meine Mütze geworfen und mit der Hand vorsichtig daruntergegriffen. Mitten in meinen Haufen rein! Er hätte mich fast umgebracht und ist wütend zu unserer Hütte gelaufen!«

»Ja«, gluckste Sorina, »und dort hat er mich, als ich gerade zur Tür herauskam, angeschrien: ›Gib mir sofort Wasser, ich muss mir die Hände waschen!‹ Ich hab aber gesagt: ›Wir sind arm, wir haben kein Wasser. Nicht mal zum Trinken. Wir trinken das Wasser vom Sauerkraut.‹ Und dann hat er sich von mir den Krug mit dem Krautwasser bringen lassen, sich damit die Hände gewaschen und den Rest des Kruges in einem Zug ausgetrunken. ›Was für ein gutes Krautwasser‹, hat er mir ins Gesicht gerülpst. ›Ja‹, hab ich da geantwortet. ›Und es wäre noch besser, wenn nicht vorher die Ratte darin ertrunken wäre!‹«

»So schnell hab ich noch nie einen Polizisten wegrennen sehen!«, sagte Jordan, sich auf die Schenkel klatschend. »Selbst schuld, wenn man so dumm ist!«

Die vier warfen sich vor Lachen aufs Bett und fingen eine ausgelassene Kissenschlacht an. Mit Kissen, von denen jedes einzelne ein Vielfaches mehr kostete, als der tobenden Familie jemals in ihrem Leben als Monatseinkommen zur Verfügung gestanden hatte. Mitten in dem wilden Kampf platzte dann eins der Kissen, Hunderte von Daunen flogen durch die Luft und blieben an den schwitzenden Gesichtern der vier kleben, die nun wie eine glückliche, ein wenig seltsam grinsende Entenfamilie aussahen.

[28]

Tarkan und Marie saßen in ihrem Zimmer ein wenig verlegen auf der Bettkante. Es war das erste Mal, dass sie wieder allein miteinander waren, seit sie sich an dem Freitagmorgen vor neun Tagen kennengelernt hatten. Seit das wie Maibowle perlende Prickeln zwischen ihnen von zwei kleinen Einbrechern jäh unterbrochen worden war. Nun hatten sie plötzlich Schwierigkeiten, locker und ungezwungen miteinander zu reden, der Sekt in der Bowle wollte nicht so richtig sprudeln.

»Da hat sich unser ganzer Aufwand ja doch gelohnt«, begann Tarkan ein wenig stockend das Gespräch. »Die beiden Kinder haben ihre Eltern wiedergefunden.«

»Ich frage mich nur, was mit der Schwester ist. Warum wollen Sami und Romica nicht darüber reden?«, erwiderte Marie, die sich am liebsten lang auf dem Bett ausgestreckt hätte, um ihren schmerzenden Rücken ein wenig zu entlasten. Aber ihr kam das zu intim vor, denn sie fühlte sich plötzlich seltsam gehemmt in Tarkans Anwesenheit. Stattdessen sagte sie: »Ich danke dir auf jeden Fall, dass du das Ganze mitgemacht hast! War ’ne ziemlich krumme Tour, für die wir bestimmt nicht den Verdienstorden und die goldene Nadel der Bullerei kriegen, mein werter Herr Expolizist.«

»Ist ja noch nicht mal gesagt, dass wir da heil rauskommen. Ich mein, ich würde zwar gerne wieder zur Polizei gehen, aber nicht in Handschellen.«

»Komm, hol zwei Piccolo und ein paar Erdnüsse aus dem Kühlschrank und lass uns darauf anstoßen, dass es bis jetzt gut gegangen ist!«

Tarkan ging zu der kirschholzgetäfelten Minibar und kam mit zwei Kristallgläsern, zwei lächerlich kleinen Schampusflaschen und einem Beutelchen »Premium Peanuts« zurück.

»Hey, die Preise hier sind aber keine Peanuts«, rief er. »Die zehn Gramm Erdnüsse kosten mehr als ein großes Big-Mac-Menü bei McDonald's. Du musst früher echt gut verdient haben, dass du das alles seit einer Woche so locker bezahlen kannst!«

»Wie jetzt?«, fragte Marie verwirrt.

»Na, ich selbst könnte mir das nie leisten, deshalb finde ich es ja auch so toll, dass du mich hier in den Nobelschuppen eingeladen hast!«

»Moment, mein Freund, ich glaub, du verstehst das falsch. Ich bin nach einem Jahr ohne Arbeit auch nicht mehr so flüssig. Ich hatte vor, das alles aus dem Umschlag mit den fünfzigtausend Euro zu bezahlen!«

Tarkan verschluckte sich und spuckte einen halben Mundvoll Moët & Chandon über den edlen Wollteppich.

»Bist du wahnsinnig? Wie sollen wir das denn je wieder an Rottmann zurückzahlen? Wie viel hast du denn bis jetzt aus dem Umschlag genommen?«

Marie zuckte nur mit den Schultern, dann holte sie einen Stift und Papier aus der Schublade des Nachttisches und fing an zu rechnen. Waren nach dem Kauf des schrottreifen BMWs noch achtundvierzigtausend Euro der ursprünglich fünfzigtausend Euro übrig geblieben, so hatten sie seitdem einiges von dem Geld für Benzin, Hotelkosten und Reiseproviant ausgegeben. Noch nicht bezahlt hatten sie die Zimmer für dreihundertfünfundfünfzig Euro die Nacht, Frühstück für zweiundvierzig Euro pro Person, zahlreiche Getränke und zwei Essen, sowie sechsunddreißig Euro pro Tag für die Tiefgarage, wie Tarkan anmerkte.

»Ich würde sagen«, resümierte Marie, nachdem sie einen eleganten Strich unter ihre ansonsten hingekritzelte und vor allem vollkommen unpräzise Auflistung gemacht hatte. »Unser Ausflug hat uns bis jetzt exakt sechstausendachthundertvierundneunzig Euro …«

Sie riss einen weiteren Beutel Erdnüsse auf. »Sechstausendachthundertachtundneunzig Euro und achtundsiebzig Cent gekostet.«

»Und wir sind noch nicht einmal wieder zu Hause«, ergänzte ihr resignierter Zimmergenosse.

»Vielleicht hätte ich früher das Geld nicht so verplempern, sondern sparen sollen. Die einzige Buchung, die ich kannte, war Kasse an Fenster. Aber möglicherweise haben wir ja Glück und Rottmann bemerkt wirklich nicht, dass ihm Geld geklaut wurde. Dann sind wir nicht siebentausend in den Miesen, sondern dreiundvierzig im Plus!«

Sie blies Luft aus ihrem Mund und ihre vage Hoffnung erhob sich wie eine in den Regenbogenfarben schillernde Seifenblase, um schon kurz darauf jäh zu zerplatzen, als das Telefon klingelte.

Es war ihr Anwalt Bonkert: »Marie, mein Goldstück, ich habe gerade erfahren, dass Rottmann wegen des Einbruchs Anzeige erstattet hat. Ich weiß zwar nicht, was er als Verlust gemeldet hat. Aber tu mir bitte einen Gefallen und bring mir die beiden Bilder und die fünfzig Riesen. Allerdings nicht ASAP, sondern asa pissimo! Ich werde die Sachen dann über meine Kanzlei anonym an ihn zurückgeben und dich so aus den Fängen der Justiz befreien!«

»Mein Dickerchen«, flötete Marie in ihr Handy. »Mach ich, sofort morgen! Ich hätte da nur eine Frage: Könntest du nicht von Rottmann für die Bilder und das Geld Finderlohn verlangen? So 'n paar tausend müssten da doch drin sein!«

»MARIE!«, brüllte Bonkert ins Mikrofon. »Hast du sie noch alle? Wenn im Wahnsinn das wahre Genie liegt, dann hast du einen höheren IQ als Einstein und Leonardo da Vinci zusammen!«

»Na gut. Aber meinst du, dass Rottmann sich vielleicht auch mit dreiundvierzig- oder sagen wir lieber zweiundvierzigtausend Euro zufriedengeben würde?«

»Wie soll ich das jetzt verstehen?«, fragte Bonkert fassungslos. »Hast du etwa was von dem geklauten Geld genommen?«

»Ging nicht anders, meine kleine Büffelhüfte. Ich hab nämlich zwei Pflegekinder, die sind so was von verwöhnt. Die fressen schon morgens zum Frühstück den Kaviar löffelweise! Aber ich verspreche dir, ich werd das Geld wieder auftreiben.«

Sie machte eine Pause, denn der folgende Satz ging ihr nicht so leicht über die Lippen: »Ich werde wieder auftreten. Ich geh zurück auf die Bühne!«

Jetzt, wo sie es ausgesprochen hatte, fühlte es sich richtig gut an.

»Mein Manager wird in einem Monat ein großes Comeback-Konzert für mich organisieren!«

Bonkert am anderen Ende der Leitung wusste nicht, ob er sich über diese Nachricht freuen oder über die erneuten Schwierigkeiten, in die Marie sich gebracht hatte, ärgern sollte.

Er entschied sich für das Erste: »Wow! Glückwunsch zu der Entscheidung. Aber dein Management hat dir doch gekündigt. Wer ist denn dein neuer Manager?«

»Du!«

Bevor Bonkert protestieren konnte, hatte Marie das Gespräch beendet.

»Ich glaub, jetzt haben wir wirklich einen Grund zu feiern. Und wenn's die letzte Feier ist, bevor ich in meiner Gefängniszelle die Risse im Beton zählen kann!«, strahlte Tarkan. »Aber dich auf der Bühne sehen zu können, wär mir schon ein paar Monate Knast wert!«

Er zog sie an sich, um sie vor Freude zu umschlingen, und sie spürte seine Hand auf ihrem Rücken. Ein schönes Gefühl, perlend wie Maibowle.

Ein paar Minuten später standen sie im Zimmer von Sorina, Jordan und deren Eltern, um diese zum Essen abzuholen.

»Ist nicht gutes Hotel!«, rief Jordan ihnen entgegen und empörte sich über den Aufdeckservice des Adlon.

»Eben gekommen Mann in Zimmer. Wollte klauen Decke. Aber ich weggejagt!«

Sami und Romica hatten frisch geduscht und verbreiteten in ihren schmutzigen Kleidern einen eigentümlichen Geruch. Es war das sinnliche Odeur knospender Rosen gemischt mit dem herben Aroma Berliner Gossen.

Marie wollte die beiden im wahrsten Sinne des Wortes »streetwear«-mäßig Gekleideten lieber nicht in das Sterne-Restaurant des Grandhotels entführen. Zu sehr befürchtete sie, dass sie sich unter den missbilligenden Blicken der schnöseligen Gäste nicht wohlfühlen würden. Also machte sich der kleine Tross auf in die Lobby Lounge des »Adlon«. Marie ließ es sich nicht nehmen, kurz an der Rezeption haltzumachen und der blonden Empfangsdame von vorhin zuzusäuseln: »Übrigens, Kate Moss kommt wahrscheinlich etwas später. Wenn sie uns sucht, wir sitzen dahinten!«

Die beiden Kinder und die vier Erwachsenen machten es

sich in einer Ecke gemütlich. Sie hatten kaum Platz genommen, da kam ein livrierter Kellner mit einer Magnumflasche Champagner und stellte sie mit den Worten auf dem Tisch: »Mit den besten Empfehlungen des Hauses. Wir hoffen, dass Sie unsere Entschuldigung für den kleinen Fauxpas von Frau Becker, unseres Front Office Trainees, annehmen.«

»Geht doch, wenn man sich ein bisschen Mühe gibt«, grinste Marie.

Alle waren hungrig nach dem langen, aufregenden Tag, und so bestellten sich die Kinder eine Currywurst vom Havelländer Apfelschwein mit Pommes. Sami, Romica und Marie nahmen Penne à la Carbonara und Tarkan ein gratiniertes Rinderfilet mit Morchelkruste und »Soze Brodeläsekäse«, wie Jordan anmerkte. Er sei ja Fachmann und habe die Sauce schon selber eigenhändig gekocht.

»Dazu man trinken Burgunder. Aber erst Mitternacht, weil ist Spätburgunder!«

Auf der Bel Étage klimperte ein weit über siebzigjähriger Klavierspieler mit schlohweißen Haaren und dunklem Anzug all die abgenudelten Klassiker der Barpianomusik vor sich hin. Durchaus gekonnt, aber im höchsten Maße gelangweilt spielte er »As times goes by«, »Moon River« oder »The girl from Ipanema« und verlieh diesen Liedern die Leidenschaftlichkeit von Werbeliedchen für Heizkissen-Schonbezüge. Beim obligatorischen »One note samba« schien er sich tatsächlich auf nur eine Note zu konzentrieren.

Doch insgesamt war die Atmosphäre in der Lobby Lounge erstaunlich entspannt. Auch andere Gäste fielen durch eher lässige Kleidung auf, eine Gruppe Italiener lachte und unterhielt sich nicht gerade in Zimmerlautstärke, während eine holländische Familie vergeblich versuchte, ihre herumtollenden Kinder unter Kontrolle zu bekommen.

Sami und Romica bedankten sich noch einmal, dass Marie

und Tarkan ihnen ihre Kinder zurückgegeben hatten, auch wenn Sami trübsinnig hinzufügte: »Aber wir nicht wissen, wie Kinder machen satt. Wir immer zu wenig Geld!«

»Deshalb auch Laila ist gegangen weg!«, ergänzte Romica. »Wir nicht mal genug Geld, Laila holen zurück!«

Und jetzt endlich erzählten die beiden stockend in abgerissenen Worten, dass ihre große Tochter sie vor vier Monaten verlassen hatte. Sie war das unwürdige Leben auf der Straße leid, und als sie einen Mann kennenlernte, der sie nach Duisburg mitnehmen wollte, musste der sie nicht lange überreden. Sie könne dort, wo er sie hinbringen würde, locker fünfhundert bis tausend Euro die Woche verdienen, und die Männer seien auch gar nicht so schlimm, wenn man sich erst einmal daran gewöhnt habe.

Marie und Tarkan verstanden sofort, von was für einem Arbeitsplatz die Eltern sprachen, vermieden es aber vor Jordan und Sorina das Wort »Bordell« in den Mund zu nehmen. Zu sehr litten die Eltern unter dem Schicksal ihrer Tochter und der Schande, die Laila in ihren Augen über die Familie gebracht hatte.

»Tja!«, sagte Marie schließlich. »Wir wollten morgen sowieso wieder zurück nach Köln. Dann können wir ja alle einen kleinen Umweg über Duisburg machen und eure Tochter dort wieder einsammeln!«

Tarkan trat sie unterm Tisch vors Schienbein, er verspürte nach ihrer Reise quer durch Europa, dem Diebstahl eines Autos, zweier Gemälde und einer großen Summe Bargelds wenig Lust, jetzt auch noch einen Ausflug ins Duisburger Rotlichtmilieu zu unternehmen.

»Nicht wahr, Tarkan?«, hakte Marie, die die Bedeutung seines Trittes wohl verstanden hatte, schnippisch nach. »Der Meinung bist du doch auch?«

Tarkan schaute auf die beiden Kinder, sah, wie wohl sie

sich mit ihren Eltern fühlten, und sagte zu seinem großen Erstaunen: »Klar! Wir holen eure Schwester da raus!«

»Aber wie wir finden?«, fragte Sami. »Nur wissen: Mann gesagt, er Engel und hatte Jacke aus schwarze Leder, hinten Totekopf mit gelbe Flügel.«

»Ein Hells Angel!«, dachte Marie und rief sofort ihren ehemaligen Roadie Ghostrider an, um von ihm eventuell weitere Informationen und Hilfe zu bekommen. Ihr Bikerkumpel konnte ihr auch direkt den Tipp geben, wo sie in Duisburg nach dem Mädchen suchen sollten. Außerdem würde er ja gerne mitkommen und ihr bei der Suche helfen, aber der Gremium MC und »die Angler«, wie er die Hells Angels abfällig nannte, seien nicht gerade die besten Freunde. Er hätte wenig Lust, von einem von denen mit der Pumpgun aus dem Sattel geschossen zu werden.

»Wird also ein Kinderspiel, die Kleine da loszueisen«, meinte Marie schluckend und wandte sich wieder an die anderen: »Kein Problem, Sami und Romica! Wir holen morgen eure Tochter ab.«

Die holländische Familie hatte mittlerweile mit ihren tobenden Kindern die Lobby Lounge verlassen, nachdem diese eine Wasserschlacht am Elefantenbrunnen hatten anzetteln wollen. Die Gruppe Italiener war noch immer laut palavernd nun zum Grappa übergegangen. Der Barpianist schien von den einschläfernden Jazzstandards selbst genug zu haben und verlegte sich auf anspruchsvollere Stücke. Ausgesprochen virtuos spielte er den fünften ungarischen Tanz von Brahms, seine Finger flogen dabei in einer sehr freien Interpretation über die Tasten. Romica rief begeistert: »Hört sich an wie Ţiganmusik aus Heimat!«

»Ja!«, lachte Marie. »Deshalb haben damals viele Brahms auch vorgeworfen, er hätte die Melodie in eurer Volksmusik geklaut. Wagner hat ihm sogar verächtlich entgegengeschmettert, er habe das in der Maskerade eines jüdischen Csárdás-Aufspielers komponiert!«

»Woher du wissen? Du auch Musik machen?«, erkundigte sich Romica interessiert.

Als Marie ihr erzählte, dass sie Sängerin sei, erfüllte sich ihr Gesicht mit Entzücken: »Ich auch gerne singen. Aber immer nur zu Hause oder auf Hochzeit in Familie.«

Der weißhaarige Barpianist, der Anthony Quinn wie aus dem Gesicht geschnitten war, spielte den nächsten ungarischen Tanz. Diesmal im Stil eines Django Reinhardts, mit Offbeats, die einen regelrecht zum Tanzen zwangen.

Vor allem Romica wippte mit den Füßen und schnippte mit den Fingern, denn sein Stil versetzte sie in helle Begeisterung: »Mann muss auch sein Ţigan. Spielt, wie nur Ţigani können spielen. Das ist Čači Vorbă!«

Und auf den fragenden Blick von Tarkan und Marie ergänzte sie: »Čači Vorbă, das heißen ›wahrhaftig Rede‹, so wir Ţigani sagen zu unser Musik!«

Als dann auf dem Klavier ein Marie und Tarkan unbekanntes Lied voller tiefer Wehmut und Trauer erklang, hielt es sie nicht mehr auf ihrem Sitz: »Das ist ›Djelem Djelem‹! Ist altes rumänische Lied und ist nun Hymne von alle Ţigani auf ganze Welt!«

Sie sprang von ihrem Stuhl auf, rannte zum Klavier und fing an zu singen. Sang mit hoher Stimme und schwermütigem Charme, und ihre Augen glänzten dabei so blauschwarz wie ihre Haare. Leidenschaftlich fräste sie sich durch das Lied, ihr silbriger, beängstigend intensiver Gesang war eine einzige große Wehklage, die einem gleichzeitig die Last von der Seele nahm. Er handelte von dem Kummer aller Roma, in eine Welt geworfen zu sein, in der es nur eine Heimat gibt – die des eigenen Volkes. Das Lied, das sie sang, war eine alte Volksweise, den Text hatte der serbische Romamusiker Žarko Jovanović geschrieben und handelte von der Vertreibung und Vernichtung der Roma durch kroatische Faschisten:

»Lieber Gott, öffne deine großen Tore
damit ich sehen kann,
wo all meine Menschen geblieben sind.
Kommt mit mir, ihr Roma der Erde,
denn unsere Wege stehen offen.
Erhebt euch, Roma, es wird Zeit,
steht auf, ihr müden Roma!
Ahai, Roma, ahai, Kinder ...«

Als Romica das Lied beendet hatte und an den Tisch zurückkehrte, waren selbst die Italiener vor Ehrfurcht verstummt.

»Wow!«, sagte Marie bewegt und schnappte nach Luft.

»Das waren nicht deine Stimmbänder, das war dein Herz, was da gesungen hat!«

»Weil ich lieben Musik. Für mich Musik mehr als Hören. Ich Musik kann sehen. Hat Fransen wie Teppich, ist wie goldener Wind oder wie Schwarm von Fische. Dann ich tanzen mit Fische Ballett. Manchmal ich auf Musik kann gehen und manchmal Töne mich anschauen, gucken frech oder streitelustig oder gucken wie Mutter auf neu geboren Kind!«

Ein wenig betreten sah sie zu Marie herüber, unsicher, ob diese ihre Ausführungen nicht für vollkommen verrückt halten würde.

Doch Maries Reaktion war genau das Gegenteil: »Du hast so recht! Aber ich sehe Musik nicht, sondern schmecke sie. Jeder Akkord schmeckt anders, eine kleine Terz zum Beispiel schmeckt salzig und eine Quinte wie frisch gemähtes Frühlingsgras. Manche Musik schmeckt nach Sahne oder nach

Marzipan und Florian Silbereisen nur nach Bratkartoffeln. Weißt du, Musik ist wie eine Tarnkappe, unter der Dinge unsichtbar werden, aber wir können unter die Tarnkappe gucken!«

Die beiden Frauen strahlten sich beglückt an, und Marie griff zu ihrem Handy, um eine SMS an Bonkert zu schreiben: »Habe seit gerade eine neue Backgroundsängerin für das Konzert! Du hast also nicht mehr ganz so viel Arbeit ...«

Dann schaute sie hinüber zu Sami und schickte direkt eine zweite SMS hinterher: »Und auch einen neuen Roadie!«

Nach diversen weiteren Getränken wurden sie schließlich gegen 1:30 Uhr höflich aus der Lobby Lounge komplimentiert, indem ihnen der Barkeeper dezent, aber in nicht misszuverstehender Deutlichkeit die Rechnung zur Unterschrift vorlegte. Sie gingen auf ihre Zimmer. Sami, Romica und die beiden Kinder schliefen auf dem großen Bett aneinandergeschmiegt sofort ein, und auch Marie und Tarkan sanken augenblicklich in Morpheus' Arme. Sie lagen Rücken an Rücken, berührten sich dabei ganz flüchtig, und der Gott des Schlafes sandte Marie Träume, von denen die meisten nicht die Altersfreigabe »Ab sechs Jahren« bekommen hätten.

[29]

Die pralle Mittagssonne blendete die Siegesgöttin Viktoria, die oben auf dem Brandenburger Tor ihre Quadriga lenkte, als die kleine Reisegesellschaft durch die Drehtür des »Adlon« ins Freie trat. Auf dem Pariser Platz ließen japanische Touristen ihre Fotoapparate Schwerstarbeit verrichten, und allein sechs als Berliner Bären verkleidete Männer schwenkten Deutschlandfahnen in der Hoffnung, sich gegen ein Trinkgeld mit den Berlinbesuchern ablichten lassen zu können – wobei einer der sechs in recht freier Interpretation des Wappentiers der Hauptstadt ein Pandabärenkostüm trug.

Marie wandte sich an den Wagenmeister des Grandhotels, der mit seinem langen roten Umhang, seiner schwarzen Pelerine, dem Zylinder und den weißen Handschuhen aussah, als hätte sich der Papst an Karneval als Postkutscher verkleidet. Sie wies ihn an, den rostschimmeligen BMW aus der Tiefgarage holen zu lassen, und kurz darauf fuhr ein Hotelpage mit der Schrottkiste vor dem roten Baldachin vor.

»Junger Mann!«, pflaumte Marie den Fahrer an und zeigte auf die Motorhaube mit dem Metallkaries im Endstadium.

»Ich hoffe, Sie sind haftpflichtversichert. Die Haube war frisch lackiert!«

Hilflos blickte der junge Mann zum Wagenmeister, und Marie drückte ihm grinsend zehn Euro Trinkgeld in die Hand: »Egal, ich wollt die Karre eh verkaufen. Der Aschenbecher ist voll!«

Nachdem sie ihr überschaubares Gepäck, Maries Rollstuhl und die zwei geklauten Bilder im Auto verstaut hatten, half Tarkan Marie auf den Beifahrersitz, setzte sich selbst ans Steuer und fuhr los.

»Du willst doch nicht wirklich, dass wir so bis nach Duisburg fahren?«, maulte er.

»Spätestens am Wannsee fängt die Kiste doch wieder an zu kochen und bleibt liegen!«

Marie schaute nach hinten auf die Rückbank, auf der zusammengepfercht zwei Erwachsene, zwei Kinder und ein riesiger lila Stoffesel saßen.

»Du hast recht«, pflichtete sie ihm bei und kramte nach einem Zettel in ihrer Tasche.

»Ich hab eine bessere Idee!«

Sie zog die bunte Visitenkarte hervor, die der Vorbesitzer des BMWs vor drei Tagen an die Fahrertür des BMWs gesteckt hatte und auf der stand: »HIER KOMMT OLEKS – Auto Export Berlin München Odessa – 0152-144699933«.

Oleksandr ging auch sofort ans Telefon und erzählte, dass er gerade am Schwarzen Meer am Strand liege. Er habe nämlich gerade einen deutschen Sportwagen für einen Superpreis verkaufen können und würde es nun ein paar Wochen ruhiger angehen lassen. Aber in seiner Berliner Niederlassung würde momentan sein Cousin Vitali die Stellung halten und der sei natürlich immer am Ankauf von günstigen Gebrauchtwagen interessiert. Zustand egal, auch ohne TÜV, er zahle Höchstpreise, für sie als Freundin sowieso, bar auf die Hand! Man solle in zehn Minuten am Europacenter sein, er würde Vitali Bescheid geben.

Zehn Minuten später war der Cousin tatsächlich an dem großen Gebäude neben der Gedächtniskirche erschienen und begutachtete den vollgetankten 7er BMW.

Marie schickte die anderen mit den Worten weg: »Kinder, geht ihr mal schön mit euren Eltern shoppen. Mutti wird jetzt mit dem ukrainischen Onkel knallhart verhandeln. Wollen wir doch mal sehen, ob wir auf die sechshundert Euro, für die Oleksandr die Karre gekauft hat, nicht noch ein paar Scheinchen drauflegen können!«

Als nach einer halben Stunde Sami und Romica frisch eingekleidet zurückkamen, rief Tarkan stolz: »Guck mal, was wir eingekauft haben! Und günstig war's auch noch. Alles zusammen, einschließlich zwei Paar Schuhe, für nur hundertfünfundneunzig Euro!«

»Super«, erwiderte Marie, »dann haben wir vom Verkaufserlös des BMW ja noch fünf Euro für ein Eis übrig.«

Sie gingen in eine der vielen Autovermietungen, die sich im Europacenter befanden, und mieteten mit weiterem Geld aus dem Umschlag eine automatikgetriebene, nicht gerade günstige Mercedes-R-Klasse mit drei Sitzreihen und ausreichend Platz für sechs Personen.

»Kommt! Wenn man die fünf Euro abzieht, dann ist der doch gar nicht so teuer!«, versuchte Marie zu beschwichtigen. »Und außerdem werde ich fahren, schließlich hab ich ja auch diesen Wahnsinnspreis für den BMW rausgehandelt!«

Über die Avus verließen sie Berlin und begaben sich auf die A2 in Richtung Magdeburg. So wie Ghostrider es ihr geraten hatte, hatte Marie »Vulkanstraße, Duisburg« ins Navi eingegeben. Dort befand sich das Rotlichtviertel der Ruhrmetropole mit etlichen Bordellen und Laufhäusern, in denen viele Hells Angels den Securitydienst betrieben. Wenn sie nicht gerade mit Drogen handelten, Schutzgelder erpressten oder rumänische Leiharbeiter für Dumpinglöhne an deutsche Fleischfabriken und Schlachthöfe verschacherten.

Gemächlich schnurrte der V6 über die Autobahn, was allerdings Marie schon nach kurzer Zeit zu langweilig wurde. Sie schaltete vom Komfortmodus auf den Sportmodus, die Karosserie senkte sich wie von Geisterhand ab und der Mercedes schoss mit über zweihundert Sachen über die Straße.

»Wenn wir weiter so gut durchkommen, sind wir in dreieinhalb Stunden in Duisburg, um eure Tochter abzuholen!«, stieß Marie einen geschwindigkeitsberauschten Freudenschrei aus.

Und sie kamen auch gut durch, einmal abgesehen von den Staus in Hannover-Langenhagen, Bad Oeynhausen, Bielefeld-Süd und Rheda-Wiedenbrück. Am Kamener Kreuz kam der Verkehr kurzfristig ganz zum Erliegen und so erreichten sie nach rund sieben Stunden Duisburg. Es dämmerte schon, als sie am späten Abend die A40 verließen. Sie fuhren über den Rheinkanal nach Hochfeld und bogen schließlich in der Nähe des Außenhafens in die Vulkanstraße ein.

Zahlreiche rot fluoreszierende Herzen, Neon-Pin-up-Girls in aufreizenden Posen und grelle Leuchttafeln an den Häusern ließen keinen Zweifel daran, welche Geschäfte hier betrieben wurden. Während Jordan die bunten Häuser eben nur für bunte Häuser hielt, ahnte Sorina, womit ihre Schwester ihren Lebensunterhalt verdiente, und ein bitterer Geschmack legte sich auf ihre Zunge.

Ihre Eltern wurden mit jedem Meter, den sie sich durch die Puffmeile bewegten, nervöser. Besonders Sami war sehr angespannt, sein Herz schlug wie ein Presslufthammer und ihm standen Schweißperlen auf der Stirn.

Marie lenkte den Wagen in eine Nebenstraße, in der sich ein stillgelegtes, apokalyptisch beleuchtetes Heizkraftwerk befand, deren vier giftgrün illuminierte Schlote sich zweihundert Meter hoch in den Abendhimmel erhoben. Dort fuhr Marie auf einen Parkplatz, nicht ohne bei der Einfahrt ordnungsgemäß ein Ticket zu lösen.

Kaum hatte sie den Wagen in eine Parkbucht direkt gegenüber eines großen Eros-Centers gefahren, wollte Sami aus dem Wagen springen, um seine Tochter zu suchen. Nur mit Mühe konnten ihn die anderen davon abhalten.

»Muss ich Laila holen zurück! Bin ich ihre Vater!«, rief er erregt.

»Sami, bitte!«, entgegnete ihm Marie. »Ich verstehe, dass du außer dir bist. Aber wenn du jetzt hier überall wütend wie ein angeschossener Löwe reinrennst, machst du vielleicht alles kaputt.«

»Lass lieber mich gehen!«, schlug Tarkan vor. »Deine Wut in allen Ehren, aber sie ist wie ein Schwert, mit dem du dich nur selbst verletzen wirst.«

»Aber wie du erkennen mein Tochter? Hast du sie nur gesehen auf Foto, wo sie noch Kind!«, protestierte der besorgte Vater.

Sorina holte das Bild, auf dem ihre Schwester im Kreise ihrer kleinen Familie abgebildet war, aus ihrer Tasche und rief: »Laila hat doch ein Auge braun wie dunkle Erde und andere Auge ist grün. Wir immer gesagt, bei dir wachsen Gras auf linkes Auge! So Augen gibt nicht oft!«

Sie gab Tarkan das Foto, und schließlich fügte sich der aufgebrachte Vater dem Rat der anderen. Nicht ohne Tarkan vorher das Versprechen abzunehmen, ihn herbeizurufen, sollte er Hilfe benötigen.

Innerlich angespannt, doch nach außen hin betont lässig schlenderte Tarkan auf das Eros-Center zu. Auf der Straße sah man keine einzige Frau, nur Männer. Biedere Familienväter, adrette Anzugträger, tatterige Senioren, lärmende Jugendliche, verschreckte Junggesellen und enthemmte Geschäftsreisende betraten und verließen die umliegenden Häuser so emsig und bienenfleißig wie die gelb-schwarzen Hautflügler ihre Bienenstöcke. Und auch mit demselben Ziel. Der Bestäubung und Übertragung von Pollenmasse auf empfängliche weibliche Blütenteile.

Tarkan betrat durch einen knallrot gekachelten Eingang das Eros-Center, das mit unzähligen Neonröhren und Leuchtstoffsternen heller erleuchtet war als die Landebahn eines Großflughafens. Durch einen schummrigen Gang gelangte er in die Kontaktlounge des Laufhauses, in der um eine ausladende Bar herum einige leichtbekleidete Damen auf plüschigen Hockern saßen und Sekt tranken. Er ging von Dame zu Dame, lehnte dankend deren Angebote ab, die von zart und gefühlvoll über leidenschaftlich und wild bis zu hart und dominant reichten, und begab sich in den ersten Stock. Dort saßen weitere Liebesdienerinnen rauchend auf mit Frotteehandtüchern bedeckten Barhockern vor ihren Zimmern. Er schaute jeder von ihnen lange ins Gesicht, was wechselweise mit »Na, Süßer!«, »Willst du mal reinkommen?« oder »Wie wär's mit uns?« quittiert wurde. Anfangs ging er noch verstohlen den Blick senkend einfach weiter, doch da dies meist den Unmut der Mädchen nach sich zog, sagte er schließlich jedes Mal: »Ich muss eben Geld holen, ich komme gleich wieder.«

Das Laufhaus erstreckte sich über mehrere Etagen, es waren dort an die hundert Frauen, die ihre Dienste anboten. Tarkan sah junge und alte Frauen, blonde und dunkelhaarige, Thaifrauen, Afrikanerinnen, Südamerikanerinnen und Osteuropäerinnen, aber keine, die Laila, der Schwester der beiden Kinder, auch nur entfernt ähnlich sah.

Ein wenig gefrustet, aber noch nicht entmutigt, verließ er das Eros-Center und ging in das Gebäude nebenan, einer düsteren schmutzigen Bar. Drei abgetakelte Dominas in schwarzer Lederkluft, die alle die fünfzig schon überschritten hatten, saßen an der Theke und nahmen ihn herausfordernd in Augenschein. Fluchtartig stürmte er zurück auf die Straße und ging in ein Etablissement, das ihn über einen kleinen Flur direkt in eine Art Empfangsraum führte, der es an Spießigkeit mit jedem deutschen Wohnzimmer aus den Sechzigerjahren hätte aufnehmen können. Der weiß geflieste Fußboden war mit einem weinroten Perserläufer bedeckt, es gab Vorhänge aus großflächigen violett-roten Ornamenten, ein braungemustertes Stoffsofa und eine rustikale Hobbybar in dunkler Eiche, über der in einem gelben Plastikrahmen ein billiger Kunstdruck von Gustav Klimts »Umarmung« hing. All das vermittelte eine Atmosphäre, die mit Erotik so viel zu tun hatte wie ein Schrebergarten mit dem Amazonasdschungel. Eine etwa sechzigjährige Puffmutter betrat den Raum und verkündete Tarkan, dass sich die Mitarbeiterinnen ihres Etablissements nun bei ihm vorstellen würden und er sich den Namen seiner Herzensdame merken und ihr dann mitteilen sollte. Danach verschwand sie durch eine Falttür aus Holzimitat, und nacheinander traten eine rassige Karibikperle namens Paula und drei Frauen herein, die sich als Trixi, Susi und Binchen vorstellten. Ihren Namen zum Trotz stammten sie allerdings aus Thailand oder Vietnam. Auch hier wurde Tarkan also nicht fündig und verließ das Haus unter wilden Beschimpfungen der Puffmutter, die kein Verständnis dafür aufbrachte, dass er sich weder durch die angebotenen heißen Zungenküsse noch durch die erotischen Tantramassagen mit garantiertem Happy End zum Bleiben überreden ließ.

Tarkan rannte von einem Bordell ins andere, rannte von Laufhaus zu Laufhaus, von Bar zu Bar, von Massagesalon zu Massagesalon. Über eine Stunde lang schaute er in die

Gesichter von Hunderten von Frauen, die in dem weitläufigen Karree rund um die Vulkanstraße ihrem horizontalen Gewerbe nachgingen. Es waren stolze und traurige Frauen, erniedrigte, geschlagene, fröhliche, ausgebrannte, entehrte, lebenslustige und lebensmüde Frauen mit den unterschiedlichsten Namen. Aber keine, die Laila hieß, und keine, die sich hier in dieser Welt Chantal, Lola oder Babsi nannte, aber als Laila auf die Welt gekommen war.

Betrübt und niedergeschlagen machte sich Tarkan auf den Weg zurück zum Parkplatz, überlegte, wie er den verzweifelten Eltern beibringen sollte, dass seine Suche nicht von Erfolg gekrönt war. Er wollte gerade um die Ecke zu dem Heizkraftwerk biegen, da entdeckte er in einem Hinterhof eine Leuchtreklame, die er bisher übersehen hatte.

Froh, noch ein wenig Zeit zu gewinnen, aber wenig hoffnungsvoll betrat er kurz darauf einen schäbigen Puff, der sich »Club 69« nannte. Zwei kahl geschorene, grimmig dreinblickende Türsteher standen gelangweilt im Eingang des grauen Siebzigerjahre-Gebäudes, das auf einer Reklametafel heiße Girls auf drei Etagen versprach und eher einem vergammelten Bürokomplex als einem Tempel der Lust glich. Tarkan ging durch die Gänge im Erdgeschoss, in der die versprochenen, mehr oder weniger heißen Girls vor ihren Zimmern auf Freier warteten. Auch hier waren nur Frauen, die vom Alter oder vom Aussehen her nicht infrage kamen. Im zweiten Stock entdeckte er ein Mädchen, das er auf fünfzehn oder höchstens sechzehn Jahre schätzte, doch es war blond und hatte blaue Augen. Schließlich erreichte er den dritten Stock, doch als er einen Blick in den Gang warf, verließ ihn der letzte Funke Hoffnung. Ausschließlich dunkelhäutige Frauen saßen auf dieser Etage auf Barhockern vor ihren Zimmern oder rekelten sich darin auf ihren Betten. Tarkan trottete träge und frustriert unter dem Gejohle und den zudringlichen Annäherungsversuchen der Frauen bis zum Ende des Ganges und wieder zurück.

»Baby, was ist?«, säuselte ihm ein farbiger Vollblutengel zu, hielt ihn dabei an der Schulter fest und presste seine Brüste an ihn.

»Hast du keine Lust oder kannst du nicht?«

»Nein, äh …«, stammelte Tarkan verlegen und versuchte sich aus dem Griff zu befreien.

»Ich suche … Äh … Was anderes … Was Jüngeres … Ein junges Mädchen, höchstens …«

In dem Moment öffnete sich im Bad des gegenüberliegenden Zimmers die Tür, eine Frau trat heraus und Tarkan verstummte mitten im Satz. Es waren ihre Augen, die ihn direkt ansprangen und wie mit festem Biss sich in seine zu verbeißen schienen. Das eine Auge dunkelbraun glänzend und fein gemasert wie poliertes Wurzelholz. Das andere mit einer Iris von der Farbe frischen Grases, durch die von der Pupille ausgehend sternförmig kastanienbraune Blitze schossen. Zwei Augen, die ihn gleichzeitig fesselten und zutiefst irritierten. Er hatte nicht eine Sekunde des Zweifels. Das Mädchen, das nun im Türrahmen lehnte und ihn mit ihrem Blick taxierte, war Laila. Jung, sehr jung war sie, hinter ihrem dicken Make-up, dem aufdringlichen Rouge und dem grellen pinken Lippenstift sah man sowohl ein unschuldiges Kind als auch eine bildhübsche heranwachsende Frau.

»Und? Willst du?«, flötete sie ihm mit routinierter Kessheit zu.

Tarkan näherte sich ihr mit vorsichtigen Schritten, während sie ihre Preise und den Katalog ihrer Dienstleistungen herunterrasselte. Er hielt es für klüger, nicht direkt mit der Tür ins Haus zu fallen und so versuchte er, sie in ein Gespräch zu verwickeln. Unbeholfen übte er sich mit ihr in Small Talk, erkundigte sich nach ihrem Namen, wie lange sie heute noch arbeiten müsse und redete mit ihr über das Wetter, das doch gerade die letzten Tage erstaunlich schön geworden sei.

Das Mädchen antwortete freundlich, aber nach knapp einer Minute unterbrach es ihn barsch: »Wenn du willst nur labern, dafür ich habe kein Zeit. Kommst du rein oder haust du ab! Los, hau ab!«

Tarkan erschrak zutiefst und rief daher schnell: »Nein, nein! Ich komme mit. Fünfzig Euro ist okay!«

Er folgte ihr ins Zimmer, und nachdem er ihr das Geld überreicht hatte, begann das Mädchen, sich auszuziehen. »Nicht so schnell!«, versuchte er sie zu stoppen.

»Ich hab's lieber etwas langsamer. Wo kommst du her?«, fragte er sie und wiederholte die Frage absichtlich auf Rumänisch: »Unde ai fost? Venit din Romania?«

Sie schüttelte vehement den Kopf und sagte, womit sie gleichzeitig verriet, dass sie die Frage verstanden hatte: »Nix Romania. Ukraina!«

»Ich bin übrigens Tarkan, und wie heißt du? Was hast du gesagt?«

»Jennifer.«

»Jennifer? Ich finde, das passt gar nicht zu dir. Ist das dein richtiger Name?«

»Ja«, antwortete sie knapp und zog sich ihre weißen Knautschlackstiefel aus, um sich danach an dem Verschluss ihres BHs zu schaffen zu machen.

»Ich finde, Jennifer passt nicht. Zu dir passt eher ein Name wie ... äh ... zum Beispiel Laila!«

Das Mädchen schoss mit ihrem Kopf in Tarkans Richtung, und ihr Blick schien ihn töten zu wollen: »Was du willst? Du machen Nummer oder gehen! Verstanden?«

Tarkan spürte an ihrer heftigen Reaktion, dass er tatsächlich die Richtige gefunden hatte. Er griff in seine Hosentasche, holte weitere fünfzig Euro hervor und legte diese auf den Nachttisch.

»Hier, nimm, ich will nur mit dir reden!«

»Gibt nix zu reden!«, antwortete sie barsch und nahm das Geld dennoch an sich.

»Ich weiß, dass du Laila heißt. Deine Eltern haben mich geschickt. Sie warten auf dich. Sie sind sehr traurig, dass du nicht mehr bei ihnen bist!«

Sie schaute Tarkan feindselig ins Gesicht, die Bräunung ihres rechten Auges verwandelte sich in ein glühendes Schwarz, und aus der Iris ihres linken Auges schossen die kastanienbraunen Blitze direkt in seine Richtung.

»Können warten bis Ewigkeit!«, giftete sie ihn an. »Was sind das für Eltern, die nicht können sorgen für eigen Tochter?«

Verächtlich warf sie ihren Kopf zur Seite.

»Mein Vater an eine Tag noch nie mehr als fünfundzwanzig Euro verdient. Ich verdienen zweihundertfünfzig Euro an eine Wochenende. Sagst du mir, warum ich soll weg von hier?«

Er antwortete nicht, da er wusste, dass es sinnlos war, wenn das Mädchen nicht selbst eine Antwort auf ihre Frage hatte. Trotz all der verbitterten Härte, die sie ausstrahlte, wirkte sie in gewisser Weise sogar stolz darauf, auf eigenen Füßen zu stehen und selbst Geld zu verdienen.

»Vermisst du deine Familie denn nicht?«, fragte Tarkan schließlich. »Ihr seid doch vom selben Fleisch und Blut. Und man sagt doch, dass Blut dicker ist als Wasser!«

»Ja! Aber in unsere Blut zu viel fremde Tropfen. Tropfen, die heißen Hunger, Dreck, Elend und Hass. Stimmt, Blut dicker als Wasser. Aber Armut noch dicker als Blut!«

Sie beugte sich zu ihrem Nachttisch, griff zum Hörer des Telefons und sagte: »Jetzt du abhauen, sofort! Sonst ich rufen Security!«

Tarkan bewegte sich keinen Zentimeter von der Stelle.

»Ich meinen ernst!«, fauchte Laila grimmig und wählte eine Nummer.

Sie hielt den Hörer ans Ohr und wartete auf die Verbindung. Doch Tarkan drückte auf die Gabel und legte das Foto von ihr im Kreise ihrer Eltern und Geschwister neben das Telefon.

»Sorina und Jordan sind auch da. Sie sitzen unten im Auto und warten auf dich.«

Laila schaute auf das Bild und verharrte in absoluter Regungslosigkeit, sie stand einfach nur da wie ein Baum in dem sie umgebenden absurden Wald von Dildos, Vibratoren und anderen Sexspielzeugen.

So verging eine lange Zeit, und dann plötzlich brachen bei ihr alle Dämme. Der Deich ihrer verhärteten Gefühllosigkeit zerbarst und wurde von einer Springflut an Tränen hinweggespült.

»Sorina! Cigni muca – Sorina, kleines Kätzchen!«, schluchzte sie. »Jordan!!! Jordan, murro cigno žukel – Jordan, mein kleiner, kleiner Welpe!«

Freudenfeucht strahlte sie ihr Gegenüber an: »Jordan! War immer süß wie klein Hund, aber stur wie Esel! Sind wirklich hier?«

Tarkan nickte wortlos und sagte dann: »Pack deine Sachen. Wir gehen nach Hause!«

Laila kramte eine Reisetasche unter dem Bett hervor, stopfte hastig ein paar Sachen hinein und zog sich eilig einen Jogginganzug und Turnschuhe über ihre spärliche Arbeitskleidung.

»Gehen du Treppe, ich nehmen Aufzug für Mädchen. Wir treffen unten!«, befahl sie Tarkan und öffnete die Tür, die zum Flur führte.

Tarkan eilte die drei Etagen nach unten und verlangsamte

im Erdgeschoss seine Schritte, um nicht die Aufmerksamkeit der beiden Türsteher auf sich zu lenken. Diese standen ein wenig abseits mit dem Rücken zur Eingangstür und waren rauchend in das Tippen irgendwelcher Nachrichten auf ihren Smartphones versunken. Wenn Laila jetzt auftauchen würde, könnte er mit ihr direkt um die Ecke verschwinden, ohne dass die beiden ihre Flucht überhaupt bemerken würden. Nervös wie ein Rennpferd vor dem Start schaute er abwechselnd zu den beiden Türstehern und dem zehn Meter entfernten Aufzug. Dann endlich ging dessen Tür auf, Laila trat heraus, blickte sich kurz um und wandte sich zum Ausgang.

In diesem Moment ging eine direkt danebenliegende halbverglaste Bürotür auf, und Laila lief zwei Männern, die aus ihr heraustraten, buchstäblich in die Arme.

Zwei Männern, die Tarkan sofort erkannte. Ein Schreck wie ein heller Blitz durchzuckte seinen Körper. Es waren Andras und Walter Koschnek.

Der Bulle mit der riesigen Nase, dem Doppelkinn und dem ausrasierten Schädel baute sich vor Laila auf und versperrte ihr mir verschränkten Armen den Weg: »Wat is, Mäusken? Schon Feierabend?«

Er drückte auf den Knopf des mittlerweile entschwundenen Fahrstuhls: »Feierabend is nich! Schwing dein' hübschen Arsch nach oben, sonst hau ich dir dat Hemd in Flammen!«

Tarkan spürte eine unbändige Wut in sich aufsteigen. Rasend wie ein Werwolf rannte er auf Andras und Koschnek zu, sprang in vollem Lauf mit ausgestreckten Beinen Koschnek in den Rücken, sodass dieser ins Taumeln geriet und den neben ihm stehenden Andras mitriss und beide Männer gut fünf Meter nach vorn stolperten. Laila wurde von der Wucht des Sprunges gegen die Fahrstuhltür geschleudert und fiel auf den Boden.

Von dem Lärm aufgeschreckt stürmten die beiden Türsteher herbei und warfen sich auf Tarkan, der Andras und Koschnek mit wüsten Schlägen niederzumetzeln versuchte.

»Lauf, Laila, lauf!«, schrie er, und das Mädchen zögerte nur einen Augenblick, dann sprang es auf die Beine und rannte zum Ausgang.

Die beiden Türsteher packten Lailas Retter an den Schultern, zogen ihn hoch, doch Koschnek rief: »Die Kleine! Holt mir sofort die Kleine zurück, ihr Kasper!«

Einer der beiden ließ von Tarkan ab und stürmte dem Mädchen hinterher. Laila stand mittlerweile am Straßenrand, schaute verunsichert in beide Richtungen und wusste nicht, wohin sie flüchten sollte. Der Türsteher hatte sie fast erreicht, da tauchte wie aus dem Nichts ihr Vater Sami auf. Er hatte es nicht länger ertragen, untätig zu warten, und sich auch auf die Suche nach seiner Tochter begeben. Gerade in dem Augenblick, als der Türsteher sie packen wollte, streckte er diesen mit einem trockenen Kinnhaken nieder. Wie ein gefällter Baum blieb der aufgepumpte Gorilla auf dem Asphalt liegen. Sami nahm seine Tochter bei der Hand und eilte mit ihr zum Auto.

Im Eingangsbereich des »Club 69« wehrte sich Tarkan nach Kräften, doch Andras und der zweite Türsteher hatten ihn zu Boden gerungen und hielten ihn mit ihren eisernen Pranken fest im Griff.

Koschnek grinste: »Dir klopp ich die Raupen vom Blatt!«, und versetzte ihm einen brutalen Tritt gegen den Kopf. Ein Stromschlag durchfuhr Tarkan mit namenlosem Entsetzen, sein Blut peitschte von der Schläfe zum Herzen und in den Rachen, wo es fontänengleich aus ihm herausschoss. Einen Moment noch rang sein Bewusstsein nach Gedanken, und dann umfing ihn kohlrabenschwarze Dunkelheit und leblose Stille.

Sami und Laila hatten inzwischen den Parkplatz erreicht und sprangen in den Wagen.

»Müssen weg!«, schrie Sami. »Sofort müssen weg!«

Marie startete den Motor: »Und Tarkan? Wo ist Tarkan? Kommt er auch?«

»Sofort müssen weg!«, schrie Sami erneut.

»Nein!«, protestierte Marie. »Wir können doch nicht einfach ohne ihn weg! Niemals!«

»Wenn wir bleiben hier, wir alle tot!«, kreischte Laila panisch vor Angst. »Männer sehr böse!«

Marie drehte den Zündschlüssel wieder zurück und sagte leise, aber mit unmissverständlicher Eindringlichkeit: »Ich fahre keinen Meter, wenn ihr mir nicht augenblicklich sagt, wo Tarkan ist!«

Bevor sie eine Antwort erhielt, stieß Sorina ihr in den Rücken und wies auf die Straße: »Da! Männer kommen!«

Andras, Koschnek und einer der Türsteher stürzten mit Schlagstöcken und einer Axt bewaffnet auf sie zu und hatten den Parkplatz schon fast erreicht. Marie drehte den Zündschlüssel, schaltete die Zentralverriegelung ein und trat aufs Gaspedal, während sie im Rückspiegel die Männer fest im Blick behielt. Einige Meter holperte sie so über das Betonpflaster, dann schaute sie nach vorne, stieß einen gellenden Schrei aus und trat mit ganzer Kraft auf die Bremse. Die Schranke des Parkplatzes war heruntergelassen. Der massive Schlagbaum mit seinem eisernen Hängegitter versperrte ihnen den Weg. Keine Zeit mehr, zum Automaten zu rennen.

Sie saßen in der Falle.

[30]

Die drei Ganoven hatten sich vor der Kühlerhaube des verriegelten Mercedes aufgebaut. Koschnek, der Hüne, stand in der Mitte und ließ seine Axt in der Luft kreisen wie ein Windradkoloss seine tonnenschweren Rotorblätter. Dann beugte er sich leicht vor und zertrümmerte mit einem gezielten Schlag den rechten Scheinwerfer des Wagens. Glassplitter flogen durch die Luft.

»Der nächste Schlag geht durch die Windschutzscheibe!«, schrie er Marie an. »Und damit teil ich dir die Qualle im Schädel in zwei Hälften! Mach auf und gib das Mädchen raus!«

Bleich vor Schreck blickten Jordan und Sorina von der hintersten Rückbank des Wagens auf ihre Schwester und wurden jetzt erst von Koschnek und Andras erkannt.

»Wat hamma denn da?«, schnalzte der stiernackige Godzilla, während Andras seine Goldzähne bleckte wie ein kampfbereiter Pitbull.

»Da sind ja auch noch die Kinder von meinem Kumpel. Jetzt ist Schluss mit lustig!«

Die beiden sprangen auf die Fahrertür zu und holten mit ihren Schlagwerkzeugen aus, um die Scheibe des Seitenfensters zu zerschlagen.

Marie knallte den Rückwärtsgang rein, trat das Gaspedal bis zum Anschlag durch und setzte den Wagen zwanzig Meter zurück, die beiden Männer hinter ihr her. Dann bremste sie hart, schaltete in den Vorwärtsgang und schrie: »Festhalten!«

Mit Vollgas raste sie auf die geschlossene Schranke zu, der dritte Ganove sprang im letzten Moment zur Seite, und Marie durchbrach die Absperrung. Der rot-weiße Schlagbaum flog in hohem Bogen durch die Luft, und der Mercedes sprang über die Bordsteinkante auf die Straße, wobei seine Insassen aus den Ledersitzen in die Höhe und mit den Köpfen gegen das Dach katapultiert wurden. Marie riss das Lenkrad nach links und ließ die R-Klasse um die Ecke driften, wobei die Hinterachse ausbrach und die rechte Heckseite metallkreischend an der Leitplanke auf der gegenüberliegenden Straßenseite entlangschrammte. Mit Bleifuß trieb sie die Vulkanstraße herunter, lenkte an deren Ende den Wagen in Richtung Außenhafen und blieb kurz darauf auf der Brücke, die über den Rheinkanal führte, stehen.

»Was ist? Warum halten?«, rief Laila. »Wir weg müssen!«

»Ja!«, antwortete Marie. »Aber nicht ohne Tarkan.«

Schweigend schaute sie auf das schmutzig graue Wasser unter ihr, auf dem sich die Lichter der Stadt müde, fast gelangweilt spiegelten. Sie blickte auf den kohlebeladenen Lastkahn an der Kaimauer und das alte Schleusentor zum Innenhafen.

Dann plötzlich schien sie eine Idee zu haben, denn sie hob den Kopf, nickte und sagte halb zu sich, halb zu den anderen: »Okay! Time for Rock'n'Roll!«

Sie setzte den Wagen in Gang, überquerte die Brücke, wendete an der nächsten Ampel und fuhr zurück in die Richtung, aus der sie gekommen waren. Sie bog in die Vulkanstraße und rollte in aller Seelenruhe direkt vor den Eingang des »Club 69«. Dort wählte sie eine Nummer auf ihrem Handy, sprach ein paar Sätze hinein und drückte dann mit ihrer Faust auf die Hupe im Lenkrad. Das Doppelhorn des V6 trompetete markerschütternd und misstönig wie ein halskranker Elefant durch die Duisburger Nacht. Sofort kamen Koschnek, Andras und die beiden Türsteher aus dem Bordell gestürmt, zwei weitere Männer mit Lederjacken und Hells-Angels-Aufnähern im Schlepptau. Koschnek war nun in äußerster Rage, er fühlte sich durch Maries erneutes Auftauchen zutiefst provoziert und hielt statt der Axt eine Pistole in der Hand. Das Sturmkommando der sechs schweren Jungs hatte fast den Wagen erreicht, da ließ Marie die Scheibe herunter und hielt den Männern am ausgestreckten Arm ihr Handy entgegen.

»Ich würd an eurer Stelle lieber stehen bleiben, Kameraden der Berge und des horizontalen Gewerbes!«, sagte sie ohne eine Spur von Hektik. »Ich hab hier die Polizei am Apparat. Die sind in zwei Minuten da und dann wird's ungemütlich für euch!«

Koschnek hob den Arm und brachte seinen Stoßtrupp zum Stehen. Seine Augen waren zu Schlitzen verengt, es waren die Spalten eines Vulkans, der kurz vor dem Ausbruch stand.

Doch Marie ließ sich davon nicht beirren: »Zuhälterei, Förderung der Prostitution Minderjähriger, Kindesentführung und Anstiftung Minderjähriger zu Straftaten. Ich glaube, das würde für dich und deinen Goldzahnschnucki für ein paar Jährchen reichen.«

»Und woher weiß ich, dass du nicht bluffst?«, zischte er.

»Überhaupt nicht! Aber du kannst es ja gerne drauf ankommen lassen.«

Sie blickte auf ihr Handy, dreißig Sekunden waren bisher vergangen, ihr ausgestreckter Arm zitterte nicht im Geringsten, doch auf ihrem Rücken lief der Schweiß in Strömen herunter.

»Du hast noch genau anderthalb Minuten, um meinen Freund freizulassen und deinen Arsch zu retten!«

Ein Lächeln spielte um Koschneks Mund und kratzte ihn an seiner Riesennase: »Angenommen, ich lass ihn frei. Keine Angst, dass ich euch nicht schon morgen einen Besuch abstatte und ihr beide hinterher 'nen Zettel am Zeh habt?«

»Angst hab ich nur vor meinem Friseur und davor, dass das Leben nach dem Tod eine Game-Show ist, die von Ulla Kock am Brink moderiert wird. Und jetzt genug small getalkt: Was hältst du von einem kleinen Deal?«

Koschnek strich gedankenverloren über den verchromten Lauf seiner halb automatischen Desert Eagle, den er gefährlich in ihre Richtung hielt: »Du willst MIR einen Deal vorschlagen? Du? Wo du in deinem Auto ein Mädchen hast, das mir und zwei Kinder hast, die Andras gehören?«

»Eben!«, antwortete Marie und heftete jedes einzelne Wort an Koschneks Ohr: »Was hältst du davon, wenn du meinen Freund freilässt und ich dir die beiden Mädchen und den Jungen gegen eine Ablöse abkaufe?«

Sie schluckte kurz, dann fügte sie hinzu: »Sagen wir für zehntausend!«

Nach außen gelassen war sie innerlich nervös wie ein Tropfen Öl auf einem heißen Backblech, denn langsam wurde es eng für sie. Wenn Koschnek sich nicht auf den Deal einlassen würde, dann wäre die Polizei gleich hier, was zwar die Rettung Tarkans, aber auch die Verhaftung und Ausweisung ihrer rumänischen Freunde zur Folge hätte. Und die drei Kinder würden in irgendeinem rumänischen Getto enden. Doch wider Erwarten fing Koschnek an zu grinsen und sagte: »Okay! Aber nicht für zehn Riesen! Guck dir doch bloß mal das Zuckerpüppchen an: sechzehn Jahre, unverbraucht, ein göttlicher Arsch. Die ist so heiß, wenn du die anpackst, brauchst du 'nen Feuerwehranzug. Die Abstecke allein für die Knuspertüte ist dreißig Riesen. Ich überlass dir alle drei Gören für fünfzig Mille, und deinen Homo Bosporus leg ich dir für umsonst obendrauf. Als Schrottwichtelgeschenk.«

Marie musste tief durchatmen, denn sie hatte erst am Nachmittag beim Tanken das von Rottmann gestohlene Geld gezählt und wusste, dass sie nur noch rund einundvierzigtausendfünfhundert Euro besaßen. Diese Summe bot sie dem stiernackigen Zuhälter an und holte dazu den weißen Umschlag mit dem Geld aus dem Handschuhfach.

Koschnek ließ sich darauf jedoch nicht ein und blieb stur: »Hömma, Perle, wir sind hier doch nicht auf dem Basar. Fuffzigtausend Ocken und dabei bleibt's!«

Da meldete sich plötzlich aus der letzten Sitzreihe Sorina aufgeregt zu Wort. Während sie in der Tasche neben sich kramte, rief sie: »Haben wir auch noch zwei Bilder. Von echtes Künstler gemalt. Sind bestimmt ganze viel wert!«

Sie holte die beiden Gemälde, die sie und ihr Bruder bei ihrem Einbruch in Rottmanns Wohnung erbeutet hatten und auf die seitdem niemand mehr einen Blick geworfen hatte, aus der Umhängetasche und reichte sie nach vorne.

Koschnek machte einen Schritt zum Fenster und nahm die Kunstwerke argwöhnisch an sich. Er warf einen kurzen, prüfenden Blick darauf und zeterte sofort los: »Wat soll dat? Is da Farbe ausgelaufen?!«

Dann schaute er auf die Signatur in der unteren Ecke: »Von Chantal? Hömma, verarschen kann ich mich auch alleine!«

Wütend knallte er die Bilder Marie auf den Schoß, die nun die beiden Ölgemälde zum ersten Mal näher betrachtete.

Auf beiden befanden sich bunte, fast naiv gemalte Engel mit Trompeten in der Hand. Der eine vor einem blauen, der andere vor einem gelben, höchst expressiven und außerordentlich intensiv leuchtenden Hintergrund. Sie sah auf die Unterschrift und musste schlucken. Dort stand in geschwungener Schrift:

Marc Chagall

»Leck mich am Arsch, das sind zwei echte Chagalls!«, entfuhr es ihr. »Die sind doch Millionen ...«

Sie hatte den Satz noch nicht zu Ende gesprochen, da hatte ihr Koschnek die Bilder schon wieder entrissen. Denn ein gutes Geschäft konnte er über mehrere Kilometer hinweg wittern wie eine Hyäne das Aas. Und dieses Geschäft lag direkt vor ihm.

»Ich würd sagen, der Deal ist perfekt!«

Bevor Marie protestieren konnte, griff er durchs Fenster und schnappte sich auch noch den weißen Umschlag mit dem Geld.

»Vierzig Riesen und die beiden hässlichen Ölschinken! Bin ja kein Unmensch!«

In der Ferne ertönten Polizeisirenen. Koschnek gab seinen Gehilfen ein Handzeichen, und diese stürmten im Laufschritt in den »Club 69«, um kurz darauf mit dem malträtierten, aus dem Mund blutenden Tarkan unterm Arm zurückzukommen. Sie rissen die hintere Tür des Mercedes auf und schmissen den Verletzten wie einen Sack Kartoffeln auf die Rückbank. Die Männer verschwanden in alle vier Himmelsrichtungen und wurden nur Sekunden später von der Dunkelheit verschluckt.

»Scheiße! Das waren zwei Chagalls«, fluchte Marie und drehte sich zu Laila, Sorina und Jordan um. »Aber was soll's? Ist doch egal, dass das Geld und die Bilder weg sind, denn ihr Süßen seid frei!«

Die drei Kinder konnten ihr Glück noch gar nicht fassen,

und so fügte Marie hinzu: »Die werden euch ab sofort in Ruhe lassen. Und ich finde, ich habe einen guten Tausch gemacht, meine süßen Million-Dollar-Babys!«

Die Kinder ballten ihre Fäuste und schrien jetzt laut ihre Erleichterung heraus, während ihre überglücklichen Eltern mit dem stöhnenden Tarkan auf dem Schoß es nicht wagten, ihrer Freude freien Lauf zu lassen.

Die Martinshörner der herannahenden Polizei wurden nun bedrohlich laut, jeden Moment würden auch die dazugehörenden Blaulichter zu sehen sein. Marie legte den Gang ein, gab Gas und verschwand ebenso wie die Männer vor ihr in der Dunkelheit.

[31]

Während um 23:07 Uhr im Duisburger Rotlichtviertel der Einsatzleiter von zehn Streifenwagen lauthals über die Verschwendung von Steuergeldern durch falsche Alarme fluchte, glitt ein Mercedes mit nur einem funktionierenden Scheinwerfer über die Autobahn Richtung Köln. Darin saß eine breit grinsende Marie, die sich aus allen Knopflöchern freute, dass ihr waghalsiger Coup gelungen war. Und die froh war, dass sie der Polizei bei ihrem Anruf vorsorglich nicht ihren richtigen Namen genannt und ihre Rufnummer unterdrückt hatte.

In der dritten Sitzreihe feierten Laila, Sorina und Jordan eine ausgelassene Wiedersehensparty. Es wurde gekreischt und geherzt, gesungen und gelacht, gegiggelt und geknuddelt. Auf der Rückbank davor versorgten ihre Eltern Tarkans blutende Wunde, der mit tiefen, lang gezogenen Lauten schwer ein- und ausatmete. So langsam fuhr wieder Leben in seinen kraftstrotzenden Körper, erste zusammenhängende Gedanken kletterten aus dem nebligen Keller der Besinnungslosigkeit wieder hoch ins Gehirn. Er erinnerte sich, dass Koschneks Männer ihn im Büro des »Club 69« eingeschlossen hatten, nachdem er dort noch ein Trommelfeuer an Schlägen und Tritten hatte über sich ergehen lassen müssen. Er wusste beim besten Willen nicht, ob er ohne Maries Hilfe lebend wieder aus dem Büro herausgekommen wäre.

»Marie«, stöhnte er heiser und asthmatisch. »Du hast meinen Arsch aus dem Feuer gerettet! Danke!«

»Ja«, gluckste sie mit hoher Stimme, »ist gerade noch mal gut gegangen.«

»Nein, wirklich: Danke! Ich danke dir!«

»Sei still! Du hörst dich nämlich an wie Darth Vader!«

Sie bog von der A3 auf die Kölner Stadtautobahn und lächelte in sich hinein. Es erfüllte sie mit Stolz, wenn sie die Bilanz der letzten zehn Tage zog. Sie hatte die versprengte Familie wieder zusammengeführt und die Kinder aus den Fängen ihrer Peiniger befreit. Und zwar endgültig, denn so wenig zimperlich die Ganoven auch sonst waren, so sehr würde es ihnen ihr Ehrenkodex gebieten, sich an den Handel zu halten. Mit wenig Stolz erfüllte es sie allerdings, wenn sie den Preis ihrer Aktion überschlug. Denn der war extrem hoch: Neben einem geklauten Porsche und rund neuntausend ausgeliehenen Euro waren es seit gut einer Stunde auch noch ein demolierter Mercedes, weitere einundvierzigtausend Euro sowie zwei Gemälde mit einem Wert im sechsstelligen, wenn nicht sogar im siebenstelligen Bereich. Der Preis war so hoch, weil sie dickköpfig und mit gnadenlosem Optimismus an die ganze Sache herangegangen war. Sie hatte sich wie jemand verhalten, der ein Dutzend Austern in der Hoffnung bestellt, diese mit der Perle, die er darin findet, bezahlen zu können. Aber so war sie schon immer gewesen, und sie war darüber nicht traurig, sondern im Gegenteil ungemein glücklich. Denn sie hatte ihren in den letzten Monaten verloren gegangenen Optimismus wiedergefunden. Viel zu lange hatte sie in der Zeit wie ein Immigrant aus ihrer eigenen Vergangenheit gelebt und das Leben wie ein unbeteiligter Passant an sich vorüberziehen lassen.

Dass sie nun kein Durchreisender mehr, sondern wieder Bewohner ihres Lebens war, nur das war wichtig. Alles Weitere würde sich finden. Jetzt – so beschloss sie – wollte sie sich ohne Einschränkung über das Resultat ihrer Befreiungsaktion freuen.

»Marie?«, rief der kleine Jordan von hinten unsicher und schaute mit großen Augen in ihre Richtung. »Müssen wir morgen zurück auf Straße? Können wir nicht bleibe hier? Am besten bleibe bei dir?«

»Ach!«, flötete Marie vergnügt zurück. »Hab ich dir das noch nicht erzählt? Ihr werdet natürlich bei mir bleiben. Denn deine Mutter hat einen Job bei mir als Sängerin und dein Vater wird mein neuer Roadie!«

»Was ist Roadie?«, fragte der Junge zurück.

»Ein Roadie ist jemand, der für andere alles schleppen muss: Musikinstrumente, Lampen, Stühle, Schminkkoffer, Kleidersäcke, alles, was man nicht selber tragen will, weil man zu schwach ist oder keine Lust dazu hat. Also eigentlich so was wie ein Papa, nur dass er dafür bezahlt wird.«

»Dann mein Papa gutes Roadie!«, jubelte Jordan zufrieden.

»Und was ist mit mir?«, fragte Laila leise.

»Tja«, sagte Marie, »für dich wird's hart! Verdammt hart!«

»Ich muss gehen in Gefängnis?«

»Schlimmer! Du wirst zur Schule gehen! Genau wie dein Bruder und deine Schwester. Damit ihr all die Sachen lernt, die ihr bis jetzt nicht lernen konntet! Zum Beispiel lesen!«

Marie schaute versonnen auf die Straße. »Pippi Langstrumpf, Ronja Räubertochter, die rote Zora! Ich weiß noch, in eurem Alter hab ich mich mit totalem Heißhunger auf alle Bücher gestürzt. Ich hab die regelrecht verschlungen!«

»Du Bücher verschlungen?«, rief der kleine Jordan entsetzt. »Du auch kein Geld für Brot?«

Der amüsierte Blick der anderen verriet ihm, dass er wohl gerade was ziemlich Dummes gesagt hatte. Eingeschnappt schaute er aus dem Fenster, und im Stillen gab er Marie recht, dass er tatsächlich noch viel lernen musste. Vor allem die Sprache seiner neuen Heimat.

Es war kurz nach Mitternacht, als sie in die Tiefgarage von Maries Wohnung einfuhren. Sie luden ihr weniges Gepäck aus, wobei Sami darauf bestand, sofort seinen neuen Job als Roadie aufzunehmen und alles alleine zu tragen, und fuhren mit dem Fahrstuhl nach oben. Tarkan konnte sich nur sehr langsam und unter Schmerzen bewegen, lehnte es aber ab, beim Laufen von den Kindern gestützt zu werden. Nachdem sie die Wohnung betreten hatten, begaben sich die drei Kinder mit ihren Eltern kurze Zeit darauf ins Gästezimmer. Todmüde und entkräftet fielen alle auf ihr Ruhelager und schliefen augenblicklich ein. Marie dagegen schlief noch nicht, sondern wachte über Tarkan. Sie saß auf der Kante ihres Bettes und reinigte Tarkans offene Wunden mit warmem Wasser. Dann gab sie ihm Schmerzmittel, flößte ihm ein wenig Brennnesseltee ein und legte Quarkkompressen auf seine blauen Flecken. Sanft hielt sie seine Hand, und Tarkan stöhnte mit einer Mischung aus Wohlgefallen und Schmerz leise vor sich hin. Als er endlich lächelnd und dankbar für ihre Hilfe einschlief, flüsterte sie noch ganz leise: »Du ramponierter Raufbold, eigentlich sitze ich nicht nur auf dieser Bettkante hier, sondern auch auf der deines Herzens.«

Sie strich ihm über die Haare, dann legte sie sich neben ihn und fiel im freien Fall in einen komagleichen Schlaf.

[32]

»Nein, vergiss es, Marie!«, grummelte Bonkert durch das halbe Schokoladencroissant, das er in seinem Mund stecken hatte und nur mühsam mit einem Schluck Kaffee heruntergespült bekam. »Du wirst Koschnek und Andras nicht das Handwerk legen können!«

»Aber sind böse Menschen, die getan Unrecht. Geschlagen mein Kinder. Haben behandelt wie Sklaven und Laila gezwungen zu großes Schande«, protestierte Romica, die sich mit den anderen um den giftgrünen Holztisch in Maries Wohnzimmer versammelt hatte. Bonkert war früh am Morgen zum Frühstück erschienen und hatte Brötchen, Aufschnitt, Käse, Sekt und Obst mitgebracht, genug um ein komplettes Panzerbataillon im Auslandseinsatz ein Jahr lang verpflegen zu können. Alle langten auch so kräftig wie hungrige Soldaten zu, bis auf Tarkan, der selbst seinen Kamillentee nur unter Schmerzen zu sich nehmen konnte.

»Ich rate euch dringend davon ab, Walter Koschnek anzuzeigen, denn das sind alles vollkommen legale Geschäfte, die der Drecksack betreibt. Er ist sowohl der rechtmäßig im Grundbuch eingetragene Eigentümer des ›Club 69‹ als auch des Hauses in Duisburg, das er an Roma vermietet«, dozierte Bonkert, wobei sich die letzten Worte mehr nach »Pfroma pfermieteft« anhörten, da er sich jetzt gerade ein Stück Baguette mit Camembert in den Mund schob.

»Und Laila? Ist doch nicht erlaubt, so junges Kind in Sündenhaus arbeiten!«, hakte Sami verbittert nach.

»Die Beschäftigung einer minderjährigen Prostituierten werden wir Koschnek nicht nachweisen können, da er glaubhaft machen wird, dass Laila ihn über ihr wahres Alter getäuscht habe. Auch eine Aussage von Jordan und Sorina, zweier minderjähriger Kinder, würde garantiert nicht ausreichen, um das andere Früchtchen, das mit vollem Namen übrigens Andras Petru heißt, hinter Gitter zu bringen.«

»Warum? Kann ich zeigen Polizei Keller, wo wir gelebt wie Ratten!«, rief Jordan voller Wut und sprang vom Tisch auf. »Gehen wir sofort Polizei!«

Bonkert hielt ihn an seinem Arm fest und drückte ihn sanft auf seinen Stuhl zurück.

»Da wird die Polizei nichts finden. Euer ehemaliger Kellerverschlag ist mittlerweile mit Sicherheit von allen Spuren bereinigt!«

Er griff in seine Jackentasche und holte einen Zeitungsartikel hervor, in dem von einem im Untergeschoss des besagten Romahauses ausgebrochenen Feuer berichtet wurde.

»Der Brand war vor ein paar Tagen und wird die letzten Reste an Beweismitteln, dass ihr dort gefangen gehalten wurdet, beseitigt haben!«

Frustriert starrten alle auf die schwarzen Buchstaben des Zeitungsartikels, als würde dort zwischen den Zeilen eine Lösung für ihr Problem stecken.

»Dann werde ich eben nach Duisburg fahren und Koschnek und Andras eins in die Fresse hauen und ihnen das Gesicht auf den Rücken kloppen, dass die in Zukunft aus dem Rucksack fressen müssen! Ich mach die kalt!«, echauffierte sich Marie wütend und hilflos zugleich.

»Und wie willst du das machen, mein Mäuschen?«, entgegnete ihr Anwalt milde. »Willst du dir wie in ›Ben Hur‹ rotierende Sägemesser an deine Rollstuhlräder montieren und den beiden die Unterschenkel wegrasieren, damit du überhaupt an deren ekligen Fressen drankommst?«

Marie dachte einen ganz kurzen Moment, dass die Idee mit den Messern vielleicht gar nicht so schlecht wäre, da klingelte es an der Tür.

Bonkert stand auf, um zu öffnen, und sprach dabei weiter in Richtung Frühstückstisch: »Und außerdem haben wir noch ein paar andere Probleme zu lösen. Marie, der Name ›Rottmann‹ sagt dir doch bestimmt etwas, oder?«, sagte er süffisant. »Das ist nämlich der Mann, dem ihr – falls ihr euch noch erinnern solltet – so einige Dinge von nicht unbeträchtlichem Wert entwendet habt. Ich habe mir erlaubt, ihn hierherzubestellen. Wenn ihr ihm zum Beispiel vorschlagt, ihm seinen Schaden in Monatsraten von tausend Euro zurückzuzahlen, und er sich darauf einlässt, dann wäret ihr schon in circa zweihundert Jahren aus der Geschichte raus!«

Marie verließ kurzfristig ihr ganzer von kalter Wut und warmer Zuversicht gespeister Mut.

»Gestern«, dachte sie, »unsere Aktion in Duisburg, das war ein großer Abend. So groß, dass ein ganzes Leben hineingepasst hätte. Und trotzdem noch genug Platz für Träume von Zukunft da war. Das kann doch nicht alles schon wieder vorbei sein, nur weil wir heute wegen Einbruch und Diebstahl drangekriegt werden.«

Die Tür von Maries Wohnung flog in einem eleganten, fast dramatisch anmutenden Bogen auf. Erst passierte einen Moment gar nichts, und dann flatterte Carsten Rottmann dem auffliegenden Türblatt hinterher. Da er ein Meister der selbstinszenierten Auftritte war, betrat er die Wohnung nicht einfach, sondern schwebte im versammelten Trab herein, die

Arme wie Vorhandhufe in der Luft schwingend, während seine Beine gleichmäßig unter der gesenkten Kruppe seines Hinterns spurten. Ein Auftritt wie der Einritt eines Lipizzanerhengstes in die Spanische Hofreitschule! Kurz vor dem gedeckten Frühstückstisch bremste er seinen Vorwärtsgang und parierte mit einer geschmeidigen Bewegung sich selbst in den Stand. Auch sein Outfit war eine einzige Selbstinszenierung, denn er trug einen leinenen Anzug, den er über und über mit Aldi-Tüten beklebt hatte. Genauso wie das Pepita-Hütchen, das keck auf seinem Kopf saß. Unter dem offenen Sakko trug er ein weißes T-Shirt mit der neonroten Aufschrift: »Keep calm – go shopping«.

»Kinder, es tut mir leid, aber ich habe Migräne und keine Zeit!«, stöhnte er und massierte sich dabei mit den Zeigefingern die Schläfen.

»Die Biennale in Venedig ist ganz heiß auf mich. ›Keep calm – go shopping‹ ist der Titel meiner dortigen Installation. Ich werde auf dem Markusplatz einen Berg von 99 999 nagelneuen, ausschließlich linken Prada-Pumps auftürmen, um gegen die Sinnlosigkeit des Konsumterrors zu protestieren.«

»Nur linke Schuhe?«, fragte Marie belustigt nach. »Dann kannst du mir ja ein paar rechte abtreten, ich kann ja eh nur auf dem rechten Bein stehen!«

»Nein!«, empörte sich der selbsternannte Aktionskünstler von Weltrang. »Die rechten Schuhe werden alle von schwarzgekleideten Gondolieri in Booten aufs Meer gebracht und dort versenkt.«

Er setzte sich trotz seiner angeblichen Zeitnot an den Tisch und begann in aller Seelenruhe, ein Vollkornbrötchen aufzuschneiden und es mit Serranoschinken, Rauke und Kirschtomaten zu belegen.

»Meine Aktion beinhaltet ja auch die Demontage der traditionellen Gegenwartskunst mit ihren Vernissagen, bei denen es nicht mehr um Inhalte, sondern nur noch um Hummerschwänze und Kaviarhäppchen geht. Ich dagegen bin eine permanente Ermahnungsleuchte im Dickicht des globalisierten Kapitalismus«, belehrte er die anderen und legte sich dabei ein paar Garnelen auf den Teller.

Marie ließ es sich nicht nehmen, ihn ein wenig aufzuziehen: »Und was ist das, was du machst? Subversiver Dilettantismus?«

Noch bevor sich ein Streitgespräch zwischen den beiden entwickeln konnte, ergriff Bonkert das Wort: »Herr Rottmann, wir wissen es sehr zu schätzen, dass Sie trotz Ihrer knapp bemessenen Zeit zu uns gekommen sind. Der Grund unseres Termins ist der Einbruch in Ihre Wohnung, den Sie ja bei der Polizei angezeigt haben. Ich als Anwalt vertrete nicht nur Frau Sander, sondern auch Herrn Batman und die beiden Kinder neben ihm, die alle – wie soll ich mich ausdrücken – mehr oder weniger in den Einbruch verwickelt sind.«

Mit bewegungsloser Miene schaute Rottmann auf die Angesprochenen, die alle wie ertappte Schuljungen schuldbewusst ihr Köpfe gesenkt hatten.

»Meine Mandanten«, fuhr der Anwalt fort, »möchten sich hiermit aufrichtig bei Ihnen entschuldigen und fragen, ob Sie Ihre Anzeige eventuell zurückziehen würden, wenn sie Ihnen den entstandenen Schaden ersetzen.«

Bonkert atmete einmal tief durch.

»Also in regelmäßigen Raten. Über einen längeren Zeitraum, oder wenn das ginge, über einen sehr langen Zeitraum.«

»In Raten?«, fragte der Künstler nach. »Ich hab den Schaden, soll den aber nicht jetzt ersetzt kriegen, sondern erst irgendwann? Also, entweder alles auf einmal oder es bleibt bei der Anzeige!«

Allen am Tisch entwich die Luft wie aus einem Luftballon, dann platzte es aus Marie heraus, und sie erzählte Rottmann die ganze Geschichte von Jordan und Sorina. Sie erzählte von deren erzwungener Karriere als Klaukids und ihrer gemeinsamen Suche nach der Familie der Kinder. Je länger Marie erzählte, umso stiller wurde Rottmann, und als sie geendet hatte, standen ihm sogar Tränen im Gesicht.

»Was für ein Tragödie! Quelle tragédie!«, schluchzte er. »Ein soziales Drama Charles Dickens'schen Ausmaßes! Natürlich werde ich euch helfen. Ich werde auf dem Markusplatz neben den Schuhen auch einen Turm von Zigeunerschnitzeln errichten, um auf das Schicksal und die Unterdrückung der Roma aufmerksam zu machen. Und meinen Schaden müsst ihr mir natürlich auch nicht ersetzen!«

Allen an der Frühstückstafel fiel vor Staunen die Kinnlade auf die Tischplatte.

»Waren ja auch nur zweihundert Euro für den Schlüsseldienst und hundert Euro für das neue Zylinderschloss!«, fügte er trocken hinzu.

Dann stand er auf und entschwand mit den Worten: »Und außerdem lade ich, der Sprengmeister des herrschenden Kulturbetriebes, euch Vorkämpfer für die Befreiung des unterdrückten Volkes der Roma zu meiner Ausstellungseröffnung nach Venedig ein!«

Schon draußen im Treppenhaus lukte er noch einmal durch die Tür und sagte mit lapidarem Ton: »Ach, Kinder! Wir können ja alle so froh sein, dass in meiner Wohnung nichts weggekommen ist, was von Wert war!«

Ungläubiges Staunen, stumme Verwunderung und irritierte Verblüffung lagen wie schwere Nebelschwaden in der Luft. Würde man wirklich Bauklötze staunen können, der Raum wäre voll damit gewesen.

»Hat der nicht mehr alle Latten am Zaun?«, fragte Marie

fassungslos, als die Tür ins Schloss fiel. »Ist der wirklich so durchgeknallt, dass er den Verlust des Geldes nicht bemerkt hat und ihm das Verschwinden der Bilder egal ist?«

»Na, vielleicht hat er es ja bemerkt, betrachtet das Verschwinden der Bilder und des Geldes aber als ein Fanal gegen die Kommerzialisierung des Kunstmarktes und die Geldpolitik der Europäischen Zentralbank«, lachte Bonkert. »Auf jeden Fall kann es uns egal sein. Denn die Sorge sind wir los!«

Gut gelaunt biss er in ein Stück Melone mit Parmaschinken. »Bleibt nur noch der demolierte Mercedes. Da werdet ihr auf den Kosten sitzen bleiben, da du den Unfall ja nicht der Polizei gemeldet hast.«

»Ging doch auch schlecht!«, protestierte Marie. »Ich war ja ein bisschen im Termindruck. Und was ist mit dem Porsche?«

»Da würd ich sagen: Glück gehabt. Der ist auf Nimmerwiedersehen in der Ukraine verschwunden, da kann euch keiner was nachweisen. Moralisch halten wir's da einfach mit Bertolt Brecht, der mal sinngemäß gesagt hat: ›Was ist ein Einbruch in einen Porsche gegen den Besitz eines Porsches?‹ Ich habe mir aber trotzdem erlaubt, den Auftrag für die Werbekampagne deines Konzertes und aller möglichen Folgekonzerte an die Werbeagentur der ehemaligen Porschebesitzerin zu vergeben.«

Er legte sein Besteck zur Seite und schob alle Teller an den Rand des Tisches. Mit großer Geste holte er eine Papprolle aus seiner Tasche und entrollte ein Din-A3-Plakat, auf dem in riesigen Lettern stand: »Die Chefin – back in live!«

»Das Wortspiel war meine Idee!«, verkündete er stolz wie ein frisch frisierter Pfau. »Zurück im Leben und zurück live auf der Bühne, steckt beides in ›back in live‹! Ziemlich clever, was?«

Marie schaute auf das Plakat und fiel ihrem Anwalt in die Arme: »Bonkert, du Sack, du hast tatsächlich alles für mein erstes Konzert organisiert?«

Der Anwalt grinste über beide Wangen, und sein weiches Backenfleisch wabbelte dabei rhythmisch in der angedickten Sauce seines Stolzes.

»Mein Lieblingsdickerchen, das ist so toll, dass ich mir gerade wie ein kleiner Welpe in die Hose gemacht habe! Ich weiß nur nicht, ob aus Vorfreude oder aus Angst! Egal, denn wie heißt es so schön: Wenn's läuft, dann läuft's!«

[33]

Vier Wochen später war die Konzerthalle des Kölner »Palladiums« bis auf den letzten Platz gefüllt. Rund dreitausend Menschen fieberten der Rückkehr der »Chefin« entgegen, die ersten hatten sich bereits zwei Stunden vor Konzertbeginn eingefunden, um die Atmosphäre in der ehemaligen Maschinenbauhalle des alten Gründerzeitgebäudes in sich einzusaugen. Noch dreißig Minuten waren es bis zu ihrem Auftritt, Marie saß rauchend in ihrer Garderobe und schaute nervös auf die Uhr.

»Wieso ist Bonkert noch nicht da?«, dachte sie wütend. »Erst reißt er sich ein Bein aus, um das alles hier zu organisieren, und dann lässt er mich allein im Regen stehen!«

Die letzten Wochen hatte Marie wie eine Besessene von morgens bis spät in die Nacht mit ihren alten Bandkollegen geprobt. Obwohl sie sich nicht sicher gewesen war, ob ihre Exkollegen überhaupt Lust hätten, wieder mit ihr auf die Bühne zu gehen, hatten sie alle zugesagt.

»Na ja«, hatte ihr ehemaliger Schlagzeuger Matte gesagt. »Rock'n'Roll hab'n wir in unserm Leben genug gemacht, jetzt machen wir eben Rock'n'Rollator!«

Matte, der entgegen seines Namens keine Haare, sondern eine Vollglatze auf dem Kopf trug, war ein breitschultriger

Typ, der grundsätzlich mit freiem Oberkörper an seinem Schlagzeug saß. Sein immenser Brustkorb war so behaart, dass jeder Gorilla neidisch geworden wäre. Diagonal über seinen Haardschungel hatte er von oben nach unten einen zwei Zentimeter breiten Streifen wegrasiert und sich ans obere Ende des Mähstreifens ein kleines Männchen mit einem Rasenmäher tätowieren lassen.

»Hauptsache, du lebst«, hatte ihr Gitarrist Johnny entgegnet, der eigentlich Rudi Winter hieß, in Erinnerung an den amerikanischen Blues-Gitarristen Johnny Winter aber nur Johnny genannt wurde.

»Für den ›Klub siebenundzwanzig‹ von Amy Winehouse, Jimi Hendrix, Janis Joplin, Brian Jones, Jim Morrison und all der anderen Musiker, die schon mit siebenundzwanzig gestorben sind, bist du ja eh schon alt!«, hatte Picknicker, ihr Keyboarder, gescherzt, der seinen Spitznamen wegen seines pyknischen Körperbaus besaß.

»O Gott!«, setzte Marie noch einen obendrauf. »Ich glaub, Justin Bieber wird erst im Jahr 2021 siebenundzwanzig Jahre alt. Solange müssen wir alle noch durchhalten!«

Jetzt saß sie in ihrer Garderobe und rauchte eine Zigarette nach der anderen. Sie hatte sich geschworen, sich bei ihrem ersten Auftritt nach ihrem Schlaganfall von niemand auf die Bühne führen zu lassen. Da sie mit nur einem funktionstüchtigen Arm auch nicht besonders elegant, lässig und cool im Rollstuhl auf die Bühne kommen konnte, hatte sie sich etwas anderes ausgedacht. Ihre Rückkehr auf die Bühne sollte spektakulär und nicht behindertenmäßig werden. Daher hatte sie sich in einer Autowerkstatt unter dem Motto »Pimp my Rolli« einen Spezialrollstuhl anfertigen lassen: ein Elektromobil mit knallrotem Ledersitz und dicken Chromfelgen aus dem Autozubehör. Auf dem Lenker thronte ein riesiger, fetter verchromter Ansaugfilter, wie sie aus den aufgeschnittenen Motorhauben amerikanischer Musclecars herausragen. Darin hatte sie Rauchbomben einbauen lassen, um ihren Auftritt wie den qualmenden Burnout bei einem Dragsterrennen erscheinen zu lassen.

Außerdem hatte Marie sich geschworen, wenigstens bei einem Stück wieder Bass zu spielen. Da sie einen normalen E-Bass aber nicht mehr bedienen konnte, hatte sie sich einen achtsaitigen Chapman-Stick besorgt. Ein Instrument, das mit einem Gürtelclip und einer Halsschlaufe am Körper befestigt wird und senkrecht vor dem Spieler hängt. Diesen konnte sie einhändig spielen, indem sie mit den Fingerkippen auf die Bünde drückte und so die Saiten in Schwingungen versetzte. Auch wenn sie es nach vier Wochen Probezeit noch lange nicht zur Perfektion gebracht hatte, so wollte sie sich zumindest bei einem ihrer Stücke selbst begleiten.

Noch zwanzig Minuten waren es bis zu ihrem Auftritt. Sie steckte sich ihre nächste Zigarette an und wählte Bonkerts Nummer. Doch auf ihrem Handy erschien nur ein Besetztzeichen. Mittlerweile war sie richtig sauer auf ihren Anwalt. Als ein enger Freund, für den sie ihn immer gehalten hatte, durfte er sich doch den heutigen Abend nicht einfach entgehen lassen! Es klopfte an ihrer Garderobentür, und auf Maries »Herein!« öffnete sie sich einen Spalt und Tarkan lugte mit dem Kopf herein.

»Dürfen wir reinkommen oder stören wir dich beim Konzentrieren oder beim Einsingen oder was immer ihr Musiker vor einem Auftritt macht?«, fragte er vorsichtig, fast schüchtern.

»Rockmusiker singen sich nicht vorher ein, sondern ziehen sich stattdessen 'ne Koks-Line, so groß wie ein Zebrastreifen! Das muss als Vorbereitung reichen«, lachte Marie. »Kommt rein!«

Hinter Tarkan stürmten Sorina, Jordan, Laila, Sami und Romica in die geräumige Künstlergarderobe. Jordan rannte sofort auf das Catering zu, das neben dem Schminktisch mit dem beleuchteten Spiegel aufgebaut war, und plünderte die Süßigkeiten.

»Danke noch eine mal für dass du mir und mein Frau Arbeit geben und mein Frau erfüllen Traum von Singen auf Bühne!«, sagte Sami, der in seiner dreiviertellangen Cargohose, dem schwarzen ärmellosen T-Shirt und den schweren Workerboots wie ein richtiger Roadie aussah.

»Danke dir, dass du mir die Bühne aufgebaut hast!«, entgegnete Marie und blickte zu Romica hinüber.

»Ich weiß aber nicht, ob ich deine Frau wirklich auf die Bühne lassen soll.«

Sami und die anderen schauten sie verwirrt an.

»Ich nicht gut genug?«, fragte Romica kleinlaut.

»Nein, aber so toll, wie du aussiehst, stiehlst du mir doch die ganze Schau!«

Romica sah in ihrem scharlachroten Cocktailkleid in der Tat umwerfend aus und stakste jetzt ein wenig unbeholfen auf Marie zu.

»Aber laufen in komische Higheheels, die halbe Meter hoch, ist sich schwierig wie laufen über Seil in Zirkus!«

»Ja, dann weißt du wenigstens, wie schwer ich mich mit dem Laufen tue«, erwiderte Marie und legte ihre brennende Zigarette zur Seite, um mit einem Eyeliner ihren Lidstrich noch einmal nachzuziehen.

Tarkan kam auf sie zu und überreichte ihr einen silbernen Anhänger, in den ein gläsernes blaues Auge eingefasst war. »Das ist ein Glücksbringer für heute Abend, ein ›nazar boncuğu‹, das Auge der Fatima! Das wird dich vor dem bösen Blick, vor Krankheit, Neidern und vor Dschinns beschützen.«

»Na ja, wenn Dschinns im Publikum sein sollten und

anfangen zu randalieren, dafür haben wir ja die Security.«, entgegnete Marie.

Ohne darauf zu antworten, beugte sich Tarkan zu Marie hinunter und befestigte das Amulett mit einer kleinen Sicherheitsnadel an ihrem Bühnenoutfit. Dann flüsterte er ihr ins Ohr, ohne dass die anderen es hören konnten: »Ich finde übrigens, dass du ausgesprochen scharf aussiehst. Wenn du nicht auftreten müsstest, wüsste ich ganz genau, wie ich den Abend am liebsten verbringen würde.«

Marie errötete wider Willen und wunderte sich gleichzeitig über Tarkans recht plattes Kompliment. War er doch zehn Tage lang mit ihr durch halb Europa gereist und hatte in der Zeit nie versucht, sich ihr zu nähern. Und auch in den vier Wochen danach hatte er keine diesbezüglichen Anstrengungen unternommen. Seine plötzlichen Avancen lagen daher wahrscheinlich nicht in ihrer Person begründet, sondern eher in ihrem Bühnenoutfit, das wirklich nicht von schlechten, sondern von ziemlich heißen Eltern war. Sie hatte sich in einen hautengen schwarzen Leder-Catsuit schießen lassen, der mit silbernen Nieten und Ketten besetzt und an den Schultern üppig mit rußfarbenen Federn geschmückt war. Das verlieh ihr etwas von einem schwarzen Engel, was keine zufällige Anspielung, sondern von Marie ganz bewusst so beabsichtigt war. Denn sie wollte damit sagen: »Schaut! Ich bin ein gefallener Engel, der bei der Landung ziemlich auf die Nase geknallt ist und sich ein paar böse Schrammen zugezogen hat.«

Während Tarkan noch unverschämt ausgiebig mit unverhohlenen Blicken ihre eng verpackten Reize begutachtete, schwang die Garderobentür mit einem lauten Knall auf und schlug so scheppernd gegen die Wand, dass der Glastisch der Sitzecke beinahe zu Bruch gegangen wäre.

Ein Auftritt, wie ihn nur einer beherrschte: Carsten Rottmann! Hinter ihm kam Bonkert hereingeschnauft, seinen Wanst wie eine hochschwangere Frau vor sich herschiebend, während seine beiden Kinne um die Vorherrschaft auf seinem Hals kämpften.

»Leute, ihr werdet mir gleich alle um den Hals fallen, aber lasst es lieber sein, ich schwitze wie ein Iltis im Klimakterium!«

Alle drehten ihre Köpfe in seine Richtung und schauten ihn erwartungsvoll an.

»Lautstarke Jubelbekundungen sind aber durchaus erlaubt! Das gilt jedoch nicht für Marie, die ihre Stimme ein wenig schonen sollte vor dem Konzert!«

»Dickie Hoppenstedts großer Bruder! Könntest du mal endlich sagen, was los ist?«, rief Marie ihm ungeduldig entgegen. »Erst zu spät kommen und dann auch noch großes Kasperletheater veranstalten, dafür hab ich jetzt echt keinen Sinn.«

»Lasst es mich so ausdrücken: Der Mensch ist ein Wesen, dessen Leben in einer Zelle beginnt und für manche auch in einer endet!«

»Denn der Pfad der Gerechten ist wie das Licht am Morgen!«, ergänzte Rottmann salbungsvoll.

»Verdammt noch mal! Hört endlich auf, so kryptisch zu reden!«, brüllte Marie.

»Ich wollte es ja nur ein wenig spannend machen«, entschuldigte sich Bonkert. »Ihr habt euch doch alle über die schreiende Ungerechtigkeit geärgert, dass Werner Koschnek und Andras Petru, diese beiden Drecksäcke, ungeschoren davongekommen sind. Aber manchmal siegt eben doch die Gerechtigkeit, auch wenn sie dafür durch die Hintertür kommen muss. Koschnek wollte gestern an einer Tankstelle mit einem gefälschten Hundert-Euro-Schein bezahlen und ist von der Polizei verhaftet worden!«

»Super«, unterbrach ihn Marie, »aber für einen falschen Hunderter wird er nicht im Knast landen!«

»Warte doch ab!«, fiel Bonkert ihr ins Wort. »Er ist nicht wegen des einen Scheinchens verhaftet worden, sondern weil man daraufhin in seiner Wohnung eintausend gefälschte Hundert-Euro-Scheine, also Blüten mit einem Nominalwert von einer Million Euro, gefunden hat.«

»Wow!«, pfiff Tarkan beifällig durch die Zähne. »Die Arschgeige macht nicht nur in Prostitution und Mietwucher, sondern auch in Falschgeld. Das dürfte für ein paar Jahre reichen!«

»Und was ist mit böse Vampir?«, fragte Sorina aufgeregt.

»Andras wurde ebenfalls festgenommen«, fuhr Bonkert fort. »Und zwar, als er versuchte, einem Kunsthändler in der Innenstadt zwei gefälschte Marc Chagalls zu verkaufen!«

Alle schauten verdutzt auf Carsten Rottmann, der nonchalant mit der Krempe seines schwarzen Borsalinos spielte. In Kombination mit seinem Nadelstreifenanzug verlieh ihm das nicht das Aussehen eines Rockkonzertbesuchers, sondern eines drittklassigen Mafiabosses.

»Gut, ich gebe zu: Die Hundert-Euro-Scheine waren auch wirklich schlecht gemacht. Die waren nur ein Versuch und ich war froh, den Rest davon bei dem zweiten Einbruch in meiner Wohnung endlich losgeworden zu sein!«

Er schlenderte lässig durch den Raum und beachtete nicht die verstörten Gesichter der anderen, die ihm mit ihren Blicken folgten wie hilflose Gänseküken ihrer Mutter.

»Aber ich schwöre euch, die Chagalls wären niemals aufgeflogen, wenn dieser Andras sie nicht wie ein Amateur zum Verkauf angeboten hätte. Der ist doch ein absoluter Kunstbanause! Die Chagalls, die ich male, sind richtig gut. Das weiß ich mit absoluter Sicherheit. Schließlich sind da noch eine Menge anderer im Umlauf.«

Die perplexe Verwirrtheit im Raum ging jetzt über in konsternierte Fassungslosigkeit.

»Noch mal, bitte! Nur fürs Protokoll«, stammelte Marie, »die beiden Chagalls waren gar nicht echt, sondern von dir gefälscht? Genauso wie die fünfzigtausend Euro, die Jordan und Sorina bei dir geklaut haben, und eine weitere Million, die Andras bei dem zweiten Einbruch in deiner Wohnung gefunden hat?«

Rottmann nickte und nahm eine Kippe aus Maries Zigarettenschachtel.

»Konnte ich alles ja auch schlecht der Polizei melden, sonst hätten die mich selbst am Wickel gehabt.«

Mit einer Mischung aus Bewunderung und Abscheu vor so viel schamloser Dreistigkeit blickte Marie auf den Kunstfälscher in seiner albernen Mafiaverkleidung, die wie eine sorgfältig verputzte Fassade wirkte. Und Rottmann schien nur aus Fassade zu bestehen, er war eine Art Potemkinsches Dorf in Menschengestalt.

»Das heißt aber auch«, fuhr sie fort, »dass du mit deinen eigenen Bildern gar nicht so viel Geld verdienst, oder? Zumindest nicht, um dir den passenden Schuh für die Größe des Fußes, auf dem du lebst, leisten zu können?«

Nachlässig und als hätte er den letzten Teil nicht gehört, schnipste Rottmann die ungerauchte Kippe weg und schlenderte weiter durch den Raum, befingerte hier eine Stuhlkante und da einen Garderobenständer. Plötzlich tat er ihr sehr leid, ein Scheinriese des Kunstbetriebes, von der es aber viele gab. Rottmann musste man allerdings zugutehalten, dass er mit seinen Fälschungen tatsächlich die Demontage des traditionellen Kunstbetriebs vorangetrieben hatte. Und zwar indem er wie ein Till Eulenspiegel dessen Gesetze einfach außer Kraft gesetzt und den hehren Begriff der Authentizität verhöhnt hatte. Das machte ihn Marie schon wieder fast sympathisch.

»Na ja, und außerdem«, lachte Bonkert laut polternd. »Was heißt schon Fälschung? Ist es denn wirklich wichtig, wer die Bilder gemalt hat? Wär die Mona Lisa denn weniger schön, wenn sich herausstellt, dass das Bild aus der Maltherapie von Jenny Elvers stammt?«

Er wischte sich mit der Hand über die Stirn und klatschte in die Hände.

»Wichtig ist doch nur, dass Koschnek und Andras hinter schwedischen Gardinen sitzen. Und das Schönste ist: Da unserem Herrn Künstler nichts nachzuweisen sein wird, werden die beiden dort auch ein paar Jährchen sitzen bleiben. Das verspreche ich euch!«

Und dreist gelogen fügte er hinzu: »Ich war mir ja immer sicher, dass man die zwei irgendwann drankriegt, und ihr seht, dass ich mit meinem Gefühl recht gehabt habe!«

Alle fielen Bonkert um den Hals. Und als sie sich wieder von ihm lösten, merkten sie, dass er auch in etwas anderem recht gehabt hatte. Er schwitzte tatsächlich wie ein Iltis.

[34]

Im Backstagebereich hinter der Bühne wartete Marie mit ihren Bandkollegen und den anderen auf den Beginn des Konzerts. In genau zwei Minuten würde der Lichttechniker die Saalbeleuchtung herunterfahren und den Video-Opener einspielen. Marie und ihre Musiker versammelten sich, wie sie es auch früher kurz vor jedem Live-Gig getan hatten, zu einer Art Mannschaftskreis, indem sie sich an den Schultern fassten und die Köpfe ineinandersteckten.

»Stopp!«, rief Marie. »Romica, Sami und die drei Kinder müssen heute mit dabei sein. Ohne die fünf, vor allem ohne Jordan und Sorina, ständen wir jetzt gar nicht hier. Los, kommt!«

Von Stolz geschwellt angesichts der Ehre, die ihm zuteilwurde, reihte sich Jordan erhobenen Hauptes in den Kreis ein, wurde von diesem aber wegen seiner geringen Größe direkt wieder verschluckt. Die anderen taten es ihm gleich, und Marie sprach beschwörend in die Mitte des Kreises:

»Jungs! Romica! Wir werden den Laden gleich rocken! Denn wir haben Romica, deren Stimme eine Gabe Gottes ist, und wir haben einen Drummer, der spielt, als ob zwei Ambosse poppen würden! Außerdem habe ich meine Glücksunterhose an, was soll da noch schiefgehen? Ich würd sagen: Leckt die Ziege am Arsch!«

Und dann brüllten sie alle ihren Schlachtruf heraus, den Marie sich vor einigen Jahren aus Quatsch ausgedacht hatte und den sie »Cry of Hausmeister Krause« nannte:

»Alles für den Dackel, alles für den Club!«

Auf der Bühne lief der Video-Opener, ihre Bandkollegen halfen ihr in ihren aufgemotzten Rolli und gingen im Dunklen zu ihren Instrumenten. Marie war nun ganz allein hinter dem Vorhang. Sie atmete tief durch und versuchte sich zu beruhigen. Ein einziger Gedanke schoss ihr wie die polierte Stahlkugel eines Flipperautomaten durch den Kopf, knallte unkontrolliert gegen ihre Gehirnwände und schlug von dort gegen ihre Nervenzellen und Synapsen: Würden die Leute sie überhaupt sehen wollen? Als Menschen sehen wollen und nicht als Freak, den man vielleicht mit Mitleid begafft, aber nicht mit Respekt betrachtet? Würden die Leute – ähnlich wie früher das Volk auf Jahrmarktsattraktionen wie die »Dame ohne Unterleib« – sie vielleicht nur als »Einarmige Sängerin« und nicht als Mensch aus Fleisch und Blut wahrnehmen?

Sie wusste es nicht und hatte auch keine Zeit, sich selbst eine Antwort auf diese Frage zu geben. Denn sie hörte auf der Bühne den Groove eines ihrer Stücke und eine Stimme aus dem Off, die rief: »Ladies and Gentlemen, back in live: Hier ist ›Die Chefin‹!«

Marie drückte auf den Joystick an ihrem Rolli, zündete die Rauchbombe und rollte in dichte, weiße Dunstschwaden gehüllt auf die Bühne. Ihr Puls stieg in den roten Bereich, ihr Herz schlug im Stakkato, und dann passierte etwas, womit sie nicht gerechnet hatte und das ihr den Atem raubte: Alle, wirklich alle der dreitausend Besucher hatten sich, kurz bevor sie auf die Bühne gerollt kam, in die Hocke gesetzt, und als sie vorne am Bühnenrand angekommen war, standen sie auf und klatschten rhythmisch. Eine Minute lang, zwei Minuten lang, drei Minuten lang und hörten gar nicht mehr auf zu klatschen.

Marie hob ihren rechten Arm, um die Menschen zu beruhigen. Sie war den Tränen nahe, und Schauer, so kalt wie der eisige Hauch arktischer Winde, bliesen über ihren Rücken. Denn mit solch einem Empfang hätte sie nie gerechnet. Mit einer solchen Welle der Sympathie, die sie fast hinwegzuspülen schien. Als die Menge endlich ruhig war, sagte sie mit einem Lächeln: »Kinder, ihr müsst euch nicht so aufregen, ich hab ja nix gemacht. Ich war doch nur krank!«

Ein dreitausendkehliges Lachen war die Antwort, und sie fügte hinzu: »Ich mein, wir können auch gerne was quatschen, und ich erzähl euch, wie's der Mama und dem Papa geht und was die Geranien und die Birkenfeige machen. Aber ich glaub, ihr seid gekommen, um Musik zu hören, oder?«

Matte zählte auf dem Schlagzeug an, und sie spielte ihr erstes Stück »Zentimental Journey«, in dem es darum ging, dass Menschen auf ihrer Reise durchs Leben nicht über Berge, sondern über Maulwurfshügel stolpern.

Und Marie sang, als hätte sie nie aufgehört zu singen, katapultierte ihre Leidenschaft zur Musik heraus. Sie trällerte, schrie, mal leise und zart, mal wie ein liebeshungriger Elch, mal als hätte sie eine Matratze im Mund, mal bissig wie ein zorniger Rottweiler. Marie sang sich ihre Seele aus dem Leib. Scheinbar ohne Anstrengung röhrte sie mit ihrer kräftigen Stimme und entführte die Menge, die sich von ihr vollkommen gefangen nehmen ließ, in eine andere Welt.

Nach dem dritten Stück rief sie: »Hey! I wanna see some dancers! Das müsst ihr schon selbst machen, ich selbst kann ja nun mal schlecht für euch tanzen!«

Ein Lied nach dem anderen schleuderte sie ins Publikum,

das jedes einzelne begierig einsaugte, so lange, bis alle in der alten Maschinenhalle im gleichen Takt atmeten.

Sie spielte all ihre alten Stücke wie »Schwarzer Kitsch«, »Drauf gehen und nicht Draufgehen« und »Döner for one«, ein rotzfrecher Song übers Älterwerden. Marie und ihre Band setzten die Bühne in Flammen und brachten die Halle zum Toben.

»Wahnsinn!«, rief sie gerührt. »Euer Applaus ist ein Riesengeschenk, das habe ich nicht verdient! Vor einem Jahr hatte ich einen Schlaganfall, den ich auch nicht verdient habe. Also nehme ich euer Geschenk dankend an!«

Dann sang sie mit Romica zusammen im Duett »Weitgehend Waidwund«, eine traurige Rockballade über Verletzungen, die einem das Leben zufügt. Und als Romica danach ganz allein, nur von ihrem Keyboarder auf dem Akkordeon begleitet, die melancholische Romahymne »Djelem, Djelem« anstimmte, hätte man im Publikum eine Stecknadel fallen hören können.

Zwei Stunden lang spielten Marie und ihre Band ihr ganzes Repertoire, lyrische Rocksongs, knackige Uptempo-Nummern und krawallige Gitarrentracks.

Ganz zum Schluss, nach der ersten Zugabe, schnappte sich Marie ihren neuen, einhändig zu spielenden Bass und stimmte ein brandneues Lied an, das sie extra für den heutigen Abend geschrieben hatte und von ihrer Gefühlslage der letzten Monate handelte: »Aufstehen, überleben, schlafen!« Und als sie es beendet hatte und die Leute in stürmischen Applaus ausbrachen, hätte sie vor Freude losheulen können, wenn sie denn hätte heulen können. Sie schnappte sich das Mikro und sprach: »Leute, danke, dass ihr es so lange mit mir ausgehalten habt! Wisst ihr, manchmal fand ich in der letzten Zeit das Leben so zum Kotzen, dass ich mich freiwillig wieder in die Nahrungskette eingliedern wollte. Aber dann hab ich gedacht: So ein Quatsch! Bietet das Leben dir nur Zitronen, scheiß drauf, besorg Tequila und ruf mich an! Leute, man sollte das Leben nicht so ernst nehmen, man kommt da eh nicht lebend raus. Deshalb, habt Spaß! Habt Lust! Denn gesunde Verdorbenheit ist besser als verdorbene Gesundheit. Habt den Teufel im Blut und den absoluten Wahnsinn im Kopf. Nagelt einen Pudding an die Wand. Kämmt einen Igel, malt euch eine Fott auf die Backe und erzählt, es wär ein Eichhörnchen. Denn ›Normal‹ ist nur ein Programm bei der Waschmaschine!«

Stroboskopblitze zuckten durch den Saal, Pyroflammen schossen aus dem Boden, Schlagzeugbeats donnerten vom Himmel herab, wummernde Bässe hämmerten im Takt. Die Band spielte das letzte Stück, und das Konzert war zu Ende. Marie rollte von der Bühne, schaute ein letztes Mal ins winkende Publikum, ein Anblick, der so schön war, dass er fast schon in der Netzhaut brannte.

[35]

Hinter der Bühne feierten alle in Maries Garderobe bis tief in die Nacht. Der Alkohol floss in Strömen, die Erwachsenen plapperten wild durcheinander, und die Kinder tobten aufgedreht wie Duracellhasen herum. Alle befanden sich im taumelnden Rausch sich überschlagender Glückshormone. Matte, der Drummer, sprang alle zwei Minuten auf und rief: »Das ging ab wie'n nasser Turnschuh! Vom Feinsten! Hammer!«

Romica murmelte nur leise vor sich hin: »Abend war zum Sterben schön!« Und Sami setzte zu einer pathetischen Dankesrede an, die allerdings nach seinem sechsten Bier in so schlechtem Deutsch gehalten war, dass sie keiner mehr verstand. Bonkert umarmte ihn dennoch überschwänglich und schweißnass und sagte mit schwerer Zunge: »Sami, mein Freund, ich verstehe dich. Denn wie sagte schon Antoine de Saint-Exupéry: Man hört nur mit den Ohren gut!«

Rottmann, rattig und strunzestrack vom Sekt, glaubte, bei Laila landen zu können, indem er ihr seine abstrusen kunsttheoretischen Gedanken vorlallte: »Nine-Eleven war das größte Kunstwerk, was die Menschheit je gesehen hat, hat Karlheinz Stockhausen mal gesagt. Denn Kunst muss wehtun! Sie ist die Blutgrätsche des Lebens! Hoch lebe Vincent van Gogh! Und du mit deinem Leid bist wie van Gogh!«

Was vollkommener Unsinn war, aber insofern stimmte, als dass Laila – genau wie van Gogh es bekanntermaßen grundsätzlich getan hatte – nur mit einem Ohr hinhörte.

Maries Gitarrist Johnny hing irgendwann nach seinem dritten schultütengroßen Joint auf dem Sofa, die Augen so klein und rot wie die eines Meerschweinchens, und giggelte: »Leute, ich hab Kohldampf, ich brauch was zu knabbern, egal was! Ich würd auch 'ne ganze Tüte Katzenstreu fressen!«

»Und würdest hinterher bestimmt rufen: Lecker, die sind echt knusprig!«, erwiderte Marie trocken.

Im Gegensatz zu den anderen war sie in der letzten halben Stunde ziemlich ruhig geworden. Sie saß ein wenig abseits und betrachtete das wilde und alkoholgeschwängerte Treiben der anderen. Zwar war sie froh und glücklich darüber, sich selbst wiedergefunden zu haben wie einen vor langer Zeit verlegten und längst vergessenen Ohrring. Aber sie war auch seltsam wehmütig, und diese Wehmut bohrte sich wie Würmer in ihr Herz. Es gab eine Sache, die nicht geklärt war, bei der sie immer noch im Trüben fischte. Wo quasi jede Menge Uferschlamm durch die ausgeworfenen Netze aufgewühlt worden war, aber gar nicht klar war, ob einer der beiden Angler überhaupt einen Fang machen wollte. Und der undurchschaubare Petrijünger, auf den sich das bezog, kam jetzt auf sie zu. Es war Tarkan, der sich neben ihren Rollstuhl hockte und seine Hand auf ihren Oberschenkel legte.

»Du kannst ganz schön stolz sein! Auf das Konzert und darauf, dass du Jordans und Sorinas Familie wieder zusammengeführt hast! Aber mich wundert das nicht. Kein bisschen!«

Er lachte aus voller Kehle: »Du musst ja immer mit dem Kopf durch die Wand!«

»Natürlich muss ich mit dem Kopf durch die Wand«, erwiderte sie kühl. »Kopflos macht das ja keinen Sinn!«

Tarkan nickte, schwieg lange und sagte dann knapp: »Frische Luft schnappen?«

Marie stimmte seinem Vorschlag zu, und so schob Tarkan sie in ihrem Rollstuhl hinaus auf die Straße. Es war mittlerweile fünf Uhr in der Frühe. Die Autos schlummerten am Bordstein vor sich hin. Der Mond, dünn und brüchig wie Esspapier, klebte am Himmel. Verschlafen kroch der Morgen unter dem Rockzipfel der Nacht hervor und malte ihr mit groben Strichen blaurote Furchen aufs Gesicht.

Marie zündete sich eine Zigarette an, sog lange und stieß eine blaue Rauchwolke aus, die sich tanzend ins Nichts auflöste.

»Ist es nicht komisch, dass ich schon so viele Nächte neben dir geschlafen habe und eigentlich gar nichts über dich weiß?«, sagte sie nachdenklich. »Ich meine, außer dass du schnarchst!«

»Ich schnarche nur, um dich vor wilden Tieren zu beschützen, Prinzessin!«, grinste Tarkan und blickte mit diesem ihr längst bekannten Blick, aus dem sie einfach nicht schlau wurde. Jetzt machte sie dieser sogar wütend.

»Deine galanten Komplimente kannst du dir sparen, echt! Die sind wie ein Lied ohne Worte. Süß im Klang, aber ohne Inhalt!«

Tarkan schaute sie nur stumm an. Marie hielt seinem Blick stand, ein paar Sekunden rangen sie mit den Augen. In der Ferne riss das Jaulen einer Katze Löcher in die Stille.

»Ich weiß selbst, dass ich so was wie ein eingedellter Fußball bin«, fuhr Marie fort. »Aber das ist noch lange kein Grund, erst ein wenig mit mir rumzuspielen und mich dann wegzukicken, weil man die Lust an der bedrissenen Lederpille verloren hat.«

Ein bitteres Lächeln zuckte um Tarkans Mund.

»Mein Freund, noch nie was vom ökologischen Fußabdruck gehört? Dass alles Spuren hinterlässt, wo man drauf rumgetrampelt hat?«

Tarkan sagte immer noch nichts und dann sprach er holpernd und rumpelnd wie ein Güterzug auf einer Brücke: »Ich trampele überhaupt nicht auf dir rum. Im Gegenteil! In den zehn Tagen mit dir habe ich mehr gelernt als in den vierundvierzig Jahren vorher. Weißt du, meine Großmutter hat immer gesagt: ›Zu seiner Geburt kriegt jeder Mensch die ganze Welt als Geschenk überreicht.‹ Das stimmt, aber ich habe noch nicht mal das Geschenkband angepackt, geschweige denn hineingeschaut! Du dagegen reißt dieses Geschenk namens Leben mit beiden Händen auf wie ein begieriges Kind die bunten Päckchen an Heiligabend.«

Maries ganzer Körper erstarrte zu einem Fragezeichen, denn sie wusste nicht, was er damit sagen wollte.

»Da kann ich nicht mithalten!«, versuchte er, sich zu erklären. »Du bist einfach zu schnell im Geschenke auspacken.«

»Aha, der Herr will sagen, dass er Emotionslegastheniker ist«, erwiderte Marie spöttisch.

»Wenn du so willst. Das Einzige, was ich kann, ist Gewichte stemmen und diszipliniert trainieren«, sagte er trübe und dann strömte plötzlich Entschlossenheit in sein Gesicht.

»Aber wenn du willst, bringe ich dir meine Disziplin bei und trainiere mit dir. Und ich verspreche dir, dass du in spätestens zwei Jahren wieder alleine laufen kannst.«

Marie schüttelte nur den Kopf und sagte: »Vergiss es, wie sollte das funktionieren? Medizinisch gesehen geht das gar nicht!«

»Natürlich geht das! Eine Hummel zum Beispiel wiegt fünf Gramm bei einer Flügelfläche von eins Komma fünf Quadratzentimetern. Nach den Gesetzen der Aerodynamik kann die Hummel gar nicht fliegen. Aber die Hummel weiß das nicht. Weißt du, dass du nicht laufen kannst?«

»Nein«, antwortet Marie leise. »Vielleicht hast du recht.«

»Ja! Und du musst nicht nur eine Hummel sein, sondern auch ein Maulwurf. Der muss nämlich, wenn er im Tunnel seine Richtung ändern will, einen Purzelbaum machen.«

»Abgemacht!«, rief Marie und konnte ihr Lächeln nicht mehr unterdrücken. »Machen wir Purzelbäume!«

Das Blau ihrer Augen erleuchtete wie das Morgenblau über den Dächern der umliegenden Häuser, glänzte mit Tarkans Kohleaugen um die Wette. Ihre Blicke trafen aufeinander und vereinten sich in enger, inniger Umarmung. Lange verharrten sie so. So lange, dass Marie innerlich aufschrie: »Meine Güte, Junge! Mach schon und halt hier nicht nur Maulaffen feil.«

Schließlich hielt sie es vor lauter Spannung, die in der Luft lag, nicht mehr aus: »Was ist? Wartest du auf den Bus?«

Tarkan schüttelte nur verblüfft den Kopf.

»Hast du Sekundenkleber unter den Füßen? Wartest du auf eine Segnung vom Papst?«

»Nein«, erwiderte Tarkan irritiert.

»Ja, worauf wartest du denn dann, du Idiot?«

Sie zog ihn zu sich herunter und reichte ihm ihre Lippen. Tarkan stutzte kurz, dann nahm er dankend ihr Geschenk an und tauchte ein in ihr offenes Herz.

Der Tag dämmerte wolkenlos, die Luft war so klar wie Maries Gedanken. Sie lösten sich aus ihrer bebenden Umklammerung und Tarkan stammelte verlegen: »Was war das?«

»Das nennt man küssen!«, lachte Marie. »Ein Kuss ist ein oraler Körperkontakt mit einer Person oder einem Gegenstand. Wobei ich persönlich Personen bevorzuge. Wir können das gerne mal öfters ausprobieren!«

»Öfters? Das war jetzt nicht nur der Moment?«, hakte Tarkan unsicher nach.

»Vollkommen egal!«, dachte Marie still vor sich hin. »Denn Glück gleicht durch Höhe aus, was ihm an Länge fehlt!«

Und im Moment war sie hochglücklich, die Zukunft war ihr egal. Sie war froh, dass sie wieder ein Leben vor sich und nicht nur eins hinter sich hatte.

»Ich meine, was fühlst du gerade in diesem Moment?«, ließ Tarkan keine Ruhe und guckte dabei wie ein Bauer, dem sein Knecht in den Mähdrescher gekommen ist. »Verliebtheit? Freundschaft? Leidenschaft?«

»Hunger!«, rief Marie und boxte ihm in die Seite, um danach liebevoll seine Hand zu ergreifen. »Komm, lass uns frühstücken gehen! Ich kenne da eine Bäckerei am Chlodwigplatz, da kriegt man bei einer hochtoupierten Blonden im weißen Kittel mit nix drunter Käsebrötchen, die sind so groß wie Dackel.«

Und während die Morgendämmerung dünne Vorhänge aus Licht über die Stadt legte, stützte sie sich mit der rechten Hand auf die Armlehne ihres Rollstuhls, zog sich mit Schwung nach oben in den Stand und rief: »Und den Weg dorthin teilen wir uns.«

Wackelig und in den Beinen zitternd, aber freihändig und ohne fremde Hilfe setzte sie einen Fuß vor den anderen. Schritt für Schritt bewegte sie sich vorwärts, während Tarkan vor ungläubigem Staunen die Kinnlade bis in den Gully vor ihm fiel. Nach vier Metern stoppte sie an einem Parkscheinautomaten am Straßenrand. Dort hielt sie sich wieder fest, drehte sich zu Tarkan und lachte: »Was ist? Meinst du etwa, ich will die ganze Strecke allein laufen? Die letzten paar Meter kannst du mich wieder schieben!«

Nachwort

Geschafft! Hinter mir liegen 13 Monate, 72 396 Wörter, doppelt so viele Zigaretten, noch mehr Flüche, 38 Pfund Kaffee, Hunderte Schokoriegel, zahllose Tassen heißer Schokolade, 27 Packungen »Edle Tropfen in Nuss« und 8 Flaschen »Hierbas Ibicencas«. Das war der Aufwand, der nötig war, damit »Die Chefin« meinem kranken Hirn entspringen konnte. Ähnlichkeiten mit lebenden Personen, die meinen Namen tragen, sind rein zufällig zwangsläufig. Ich habe mir in Marie Sanders Geschichte das Leben von Menschen ausgedacht, die es gar nicht gibt, deren Leben es aber sehr wohl gibt. Denn die Lebensbedingungen der Roma sind leider tatsächlich so, wie sie von mir im Buch beschrieben werden. Alle beschriebenen Orte und die unhaltbaren Umstände, unter denen die Menschen dort leben müssen, sind sorgfältig recherchiert und existieren wirklich: sowohl die Slums in Rumänien, als auch die Romagettos in Duisburg und Berlin. Auch alle anderen beschriebenen Orte und Ereignisse entsprechen der Realität, sei es das positive Beispiel des Wohnprojekts in der Harzer Straße in Neukölln, das Baumhaus an der Berliner Mauer oder die Gipsy-Modenschau Vivienne Westwoods. Ich habe nur manchmal die Gewichtung der Geschichten ein wenig verändert, um sie meiner Geschichte anzupassen, ohne dabei deren Kern zu verfälschen.

Rund zehn Millionen Roma leben heute in Europa. Sie sind ein Teil Europas, ein Jahrhunderte alter ethnischer Bestandteil, der als die in ganz Europa am stärksten diskriminierte Minderheit unter uns lebt. Menschen, die einfach wenig Glück haben in einer Zeit, in der bei uns alle vom Glück reden. Und genau dies hat mich auch aus meiner eigenen Geschichte heraus interessiert: Warum gibt es auf dieser Welt Glückspilze und auf der anderen Seite Menschen, die das Pech für sich gepachtet haben? All die ewigen Verlierer oder diejenigen, deren Leben durch Zufälle aus der Bahn geworfen wurde, denen der arschkalte Hauch des Unglücks plötzlich und unerwartet eisig ins Gesicht weht. Und ob und wie es möglich ist, sich selbst in ein neues Leben zu werfen? Ich selbst habe dafür nur meine große Klappe zur Verfügung.

So, meine lieben Menschen, jetzt kommen noch meine Danksagungen an die, ohne die dieses Buch nicht hätte entstehen können. Danke an meinem Coautor und Exmann Thomas Köller, der mit ungeheurer Geduld und mit nicht endendem Fleiß an meiner Seite gearbeitet hat! Unsere Freundschaft macht mich stolz und erfreut mein Herz! Danke an meine Lektorin Katrin Anders, obwohl ich sie oft genug auch verflucht habe, da Ihr Adlerblick alle inhaltlichen und grammatikalischen Schludrigkeiten meinerseits gnadenlos aufgespürt hat. Danke an die beiden Mäuse Doro und Doris für Anregungen und Kritik, Laurentiu Cabariu fürs Rumänisch, Sebastian fürs Romanes, Stephanie Petrowitz fürs Berlinern und Frau Egelhaaf fürs Schwäbisch.

Mein weiterer Dank gilt Jonas Wagner, meinen Manager.

Er ist ein Spitzentyp, dem berufliche Reisen mit mir nicht zuviel sind, obwohl das Reisen mit mir oftmals umständlich ist und eben etwas länger dauert, als es normalerweise bräuchte! Jonas, danke, dass es Dich gibt!

Ganz besonderer Dank gilt auch meinem Physiotherapeuten Gert Nelz – vielen Dank für die unermüdliche Geduld mit mir!

Ich möchte mich auch bei den Menschen bedanken, die mich auf meinem oft auch holprigen Weg unterstützt haben und ohne die ich wahrscheinlich sowieso nicht mehr auf diesem Planeten wäre! Als erstes danke ich Ria, meiner Mutter, die inzwischen 75jährig täglich alles gibt und damit unser Kösterchaos am Laufen hält! Ich bin grenzenlos glücklich, dass ich sie noch bei mir haben darf! Außerdem danke ich von ganzem Herzen meinem Sohn Donald, der immer wieder Zeit für mich findet, um mit mir Ausflüge zu unternehmen, Veranstaltungen zu besuchen und shoppen zu gehen. Und immer »alles nur für die Kunst!« Einen tolleren Sohn kann man nicht haben und ich liebe Deine geistige Schönheit und Deine wunderbare Fähigkeit, schöne Momente zu sehen und zu genießen! We are Family!

Ein ganz besonderer Dank gilt auch meiner Tourbegleiterin und Maskenbildnerin Daniela Arends, die – obwohl sie Mutter von drei Kindern ist – immer an alles denkt, inklusive der Globulis, die verhindern, dass mir ständig vor Aufregung die Nase läuft.

Ich danke Maria Brings für ihre Freundschaft und liebevolle Hilfe bei so vielen Dingen in meinem Leben. Sie ist immer zur richtigen Zeit am richtigen Ort. Keine Ahnung, wie sie das immer spürt!

Ich bin voller Dank für die Jungs von »Brings«. Sie sind nicht nur ne geile Rockband, sondern haben mich auch wieder zurück auf die Bühne geholt. Ich danke Euch sehr, denn bei Euch findet Nächstenliebe nicht nur auf der Bühne statt, sondern erst recht dahinter!

Außerdem danke ich von ganzem Herzen Stefan Jürgens und Band für »Alles immer möglich«! Lieber Stefan, wir kennen uns inzwischen über 20 Jahre und Deine wunderbare Musik hat mich immer wieder aus so mancher Talsohle geholt, denn sie ist Balsam für meine Seele!

Und schließlich danke an Ariane Piehl, meine Seelenschwester aus Berlin. Liebe Soulsister, danke, dass Du so viel Magie in mein Leben bringst! Liebe Ariane, lieber Uwe, ich liebe Euch sehr!

Ich fühle mich reich beschenkt, dass Ihr alle in meinem Leben seid!

Gaby Köster

Schnauzbärte, Cherry Coke und ganz viel Herz

*Cover- und Preisänderungen vorbehalten

Tim Boltz
Sieben beste Tage
Roman

Piper Paperback, 320 Seiten
€ 12,99 [D], € 13,40 [A], sFr 19,50*
ISBN 978-3-492-06008-0

Sommer 1988: Berti Körner ist ein chronisch abgebrannter Schwindler, der davon lebt, den toten Hund einer dementen Gräfin Gassi zu führen. Ausgerechnet als er gerade deren Villa hütet,trifft er Mia, der eine lebensbedrohliche Operation bevorsteht. Um ihr Herz zu erobern, will er ihr an den sieben Tagen bis zur OP ihre größten Wünsche erfüllen. Aber wie kann der klamme Berti ihr eine Fahrt auf der Route 66 ermöglichen und tags darauf eine Safari? Nur mit viel Phantasie und skurrilen Schwindeleien ...

Leseproben, E-Books und mehr unter www.piper.de

PIPER